———— 阅读之前 没有真相

午夜文库

杰夫里·迪弗
科尔特·肖系列

杰夫里·迪弗 Jeffery Deaver（1950— ）

杰夫里·迪弗，一九五〇年出生于芝加哥，十一岁时写出了第一本小说，从此笔耕不辍。迪弗毕业于密苏里大学新闻系，后进入福德汉姆法学院研修法律；在法律界实践了一段时间后，在华尔街一家大律师事务所开始了律师生涯。他兴趣广泛，曾自己写歌、唱歌，进行巡演，也曾当过杂志社记者。与此同时，他开始发展自己真正的兴趣：写悬疑小说。一九九〇年起，迪弗成为一名全职作家。

迄今为止，迪弗共获得六次MWA（美国推理小说作家协会）的爱伦·坡奖提名、一次尼禄·沃尔夫奖、一次安东尼奖和三次埃勒里·奎因最佳短篇小说读者奖。迪弗的小说被翻译成三十五种语言，多次登上世界各地的畅销书排行榜。包括名作《人骨拼图》在内，他有三部作品被搬上银幕，同时也为享誉世界的詹姆斯·邦德系列创作了最新官方小说《自由裁决》。

迪弗的作品素以悬念重重、不断反转的情节著称，常常在小说的结尾推翻或多次推翻之前的结论，犹如过山车般的阅读体验佐以极为丰富专业的刑侦学知识，令读者大呼过瘾。其最著名的林肯·莱姆系列便是个中翘楚，另外两个以非刑侦专业人员为主角的少女鲁伊系列和采景师约翰·佩勒姆系列也各有特色，同样继承了迪弗小说布局精细、节奏紧张的特点，惊悚悬疑的气氛保持到最后一页仍回味悠长。

除了犯罪侦探小说，作为美食家的他还有意大利美食方面的书行世。

杰夫里·迪弗 重要作品年表

少女鲁伊系列

1988 Manhattan Is My Beat《心跳曼哈顿》
1990 Death of a Blue Movie Star《蓝调艳星之死》
1991 Hard News《重要新闻》

采景师约翰·佩勒姆系列

1992 Shallow Graves《法外行走》
1993 Bloody River Blues《变奏曲》
2001 Hell's Kitchen《地狱厨房》

林肯·莱姆系列

1997 The Bone Collector《人骨拼图》
1998 The Coffin Dancer《棺材舞者》
2000 The Empty Chair《空椅子》
2002 The Stone Monkey《石猴子》
2003 The Vanished Man《消失的人》
2005 The Twelfth Card《第十二张牌》
2006 The Cold Moon《冷月》
2008 The Broken Window《破窗》
2010 The Burning Wire《燃烧的电缆》
2013 The Kill Room《狙击室》
2014 The Skin Collector《天使的号角》
2016 The Steel Kiss《钢吻》
2017 The Burial Hour《安葬时刻》
2018 The Cutting Edge《致命雕刻》

凯瑟琳·丹斯系列

2007 The Sleeping Doll《睡偶》
2009 Roadside Crosses《路边的十字架》
2012 XO《唱片》
2015 Solitude Creek《孤独的小溪》

詹姆斯·邦德系列

2011 Carte Blanche《自由裁决》

科尔特·肖系列

2019 The Never Game《游戏中毒》

杰夫里·迪弗 重要作品年表

非系列作品

1992 Mistress of Justice《正义的情妇》
1993 The Lesson of Her Death《她死去的那一夜》
1994 Praying for Sleep《祈祷安息》
1995 A Maiden's Grave《少女的坟墓》
1999 The Devil's Teardrop《恶魔的泪珠》
2000 Speaking in Tongues《说悄悄话的熊》
2001 The Blue Nowhere《蓝色骇客》
2004 Garden of Beasts《野兽花园》
2008 The Bodies Left Behind《弃尸》
2010 Edge《先手》
2013 The October List《十月名单》

游戏中毒
The Never Game

[美]杰夫里·迪弗 著

邢泊静 译

NEWSTAR PRESS
新星出版社

目 录

1	第三关：沉船
7	第一关：废弃工厂
147	第三关：沉船
153	第二关：黑暗森林
281	第三关：沉船
431	后记

游戏成瘾的定义是……一种（针对"数字游戏"或"电子游戏"）游戏的行为模式，特征是（成瘾者）对游戏行为的控制力减弱，增加了游戏相对于其他活动的优先级，以至于游戏优先于其他兴趣和日常活动，尽管已经出现了负面影响，但（成瘾者）仍在持续或增长游戏时间。

——世界卫生组织

电子游戏对你不好？他们也是这么说摇滚乐的。

——任天堂游戏设计师宫本茂

第三关：沉船

六月九日，星期日

科尔特·肖向着大海冲过去，紧紧盯着那艘船。

那艘十二米长的废弃渔船已有几十年历史，正缓缓下沉，四分之三已经沉入水下，只有船头露出水面。

肖没有看到通往船舱的门。这意味着这艘船肯定只有一扇门，而且现在已经沉水下。船的前部仍高于海平面，有一扇窗户面向船头。窗户足够大，人可以爬进去，但是看上去已经被封死。他只能潜到水里，寻找那扇唯一的门。

他停了一下，想：有必要这样做吗？

肖试着找到那条把船拴在码头的绳子，也许收紧绳子能让船免于沉没。

但是没有绳子。船抛锚了，这意味着它注定要下沉九米，沉到太平洋底。

要是那个女人也在船里，这艘船会带着她沉没到阴冷黑暗的坟墓里。

他跑到湿滑的码头上，避开腐朽最严重的部分，脱下血迹斑斑的衬衫，然后脱掉鞋袜。

一阵汹涌的海浪冲击着渔船，渔船颤抖着，在看似平静的灰色海水中再次下沉了一些。

他喊道："伊丽莎白？"

没有回应。

肖在心里默默盘算，那个女人有百分之六十的可能性在船上，水已经没过船舱几个小时，她有约百分之五十的概率活着。

不管可能性是多少,接下来他要做的事情不需要经过考虑。他把一只胳膊伸到水中,判断温度大概有四摄氏度,距离他因为体温过低而晕厥还有半小时。

计时开始,他想。

然后他一头扎进水里。

大海可不是液体,它更像流动的石头,具有毁灭性——
也很狡猾。

肖本想努力打开船尾的舱门,然后和伊丽莎白·夏贝尔一起游出去。但海水有自己的想法。他刚浮出水面喘口气,就被海浪抛在一根橡木桩上。木桩上纤细的绿色苔藓像蕾丝花边一样,随着海水漂浮舞蹈。海浪一下子把他甩向木桩,他试图用一只手撑住,可是木头表面黏黏糊糊的,他的手一下子滑了出去,头撞在柱子上,撞得他眼冒金星。

又一个浪头掀起了他,把他抛向码头。这次他侥幸躲过一根生锈的钉子。他没有逆流而上,而是等待水流把他带回那艘在大约两米之外的船。可一个向上的浪头再次把他卷了起来,他的肩膀撞在铁钉上。一阵剧痛袭来,肯定流血了。

这里会有鲨鱼吗?

永远不要自寻烦恼……

海浪退去。他抬起头深吸了一口气,一个猛子扎了下去,奋力游向那扇水下的门。咸咸的海水不断灼烧着他的眼睛,但他使劲睁着。太阳快落山了,水里黑漆漆的。他找到了想要的东西,一把抓住那个金属的门把手,用力扭动。门把手不断前后摇晃,但门就是打不开。

肖浮出水面,深吸了一口气,然后又钻了下去。他左手攥着门闩,防止自己漂走,右手摸索着其他锁或是门的固定装置。

最初入水时的震惊和疼痛已经慢慢消退,但他仍在剧烈地颤抖。

阿什顿·肖曾教过他的孩子们如何为在冷水中求生做准备——干式潜水服当属首选;潜水衣是第二选择;还需要两顶帽子,因为即使像肖一样拥有浓密的头发,经由头骨造成的热量损失也是最大的。这时基本可以忽略四肢的热量损耗,通过手指或脚趾失去的热量可以不计。如果没有潜水服,唯一的解决办法就是在体温过低引起混乱、休克麻木和死亡之前尽快离开。

只剩二十五分钟了。

他再次试着猛拉舱门,又失败了。

他想起了朝向船头甲板的挡风玻璃,现在,那可能是唯一能救她出来的方法。

肖向岸边游去,找到一块石头。那块石头大得足以打碎玻璃,但又不会太重,不至于让他沉到海里。

他有节奏地使劲蹬着脚,随着波浪的节奏调整动作,终于回到了船上。这时,他注意到这艘船的名字是"海洋之日"[①]。

肖设法爬上四十五度倾斜的船头,停在船舱前部,靠在一米见方的半透明窗户上。

他往船舱里面看了看,但并没有发现任何那个三十二岁棕发女人的踪迹。他注意到船舱前部是空的,通往船尾的方向有

---

①船名原文为"Seas the Day",与"seize the day"谐音,后者意为及时行乐。

一面舱壁,正中间有一扇门,还有一扇大约在头那个高度的窗户,玻璃已经不见了。如果她在船里,那应该在另一边——水已经灌满的另一边。

他举起从岸边捡来的那块石头,把尖头的那边朝前,一下又一下不断砸向玻璃。

可他现在才发现,不管是谁制造了这艘船,他都加固了前窗,以抵御风、浪和冰雹的冲击。那块石头甚至无法对这块玻璃造成一丁点儿伤害。

就在此时,科尔特·肖意识到一件别的事。

那就是伊丽莎白·夏贝尔的确还活着。

她肯定听见了船舱外砰砰的响声,她那苍白美丽、被浓密的棕色头发围绕的脸出现在窗口。她确实在客舱的另外一边。

夏贝尔大声呼救道:"救救我!"她的声音很大,肖隔着厚厚的玻璃都听得清楚。

"伊丽莎白!"他喊道,"马上就有人来救你了!挺住!不要溺水!"

不过他也知道,等救援到了,船也就沉底了,时间根本来不及,他是她唯一的希望。

其实换成其他人,也许可以从那扇没玻璃的窗户爬到另外那半边比较干燥的客舱。

但伊丽莎白·夏贝尔不行。

绑架者不知是有意还是无意地选择了一名怀孕七个半月的女人,她根本不可能穿过那个小窗框。

夏贝尔从窗口消失了,她在尝试找一个没有被冰冷海水淹没的地方休息,而科尔特·肖再次举起石头,开始猛敲那块坚实的挡风玻璃。

第一关：废弃工厂

六月七日，星期五，两天前

1

他让女人重复一遍。

"他们扔的东西?"她说,"就是里面有一块烧着的破布的东西?"

"他们扔的?"

"就像暴乱中用的那种,是一个瓶子。我在电视上见过。"

科尔特·肖说:"是燃烧瓶吧。"

"没错,没错,"卡罗尔说,"我觉得他拿的应该是那个。"

"瓶子里面的东西——那块破布——是烧着的吗?"

"那倒没有。但是,你懂的……"

卡罗尔的声音有点儿烟嗓,不过肖没看见过她抽烟,也没闻到她身上有烟味。她穿着一条绿色连衣裙,布料柔软。尽管她本来就有些天生苦相,但今天早上她的表情更加令人不安。"他就在那儿。"她指着一个地方。

橡树观景房车公园,这个肖曾经住过的破旧公园,周围种满了树,大部分是矮橡树和松树,而且有些树已经死了。到处都是密密麻麻的干枯树枝,肖根本看不到卡罗尔指的"那儿"。

"你报警了吗?"

空气突然安静了一下。"没有。要是他手里拿的不是……什么东西来着?"

"燃烧瓶。"

"他要是没拿着那个,那可就太尴尬了。我因为这个地方的事已经给警察打过无数次电话了。"

肖认识全国各地几十个房车公园的老板,他们大多数是夫妻档,好像这种生意特别受中年夫妻的欢迎。要是哪个房车公园只有一个单身的经理,像卡罗尔这样,一般来说会是一个女人,而且通常还是个寡妇。要是公园里出了什么事,这些女人比她们去世的丈夫更喜欢报警,因为那些丈夫本身就经常带着武器到处乱逛。

"另外,"她接着说,"在这儿,如果报警说有着火的可能性……你懂的。"

但凡长眼睛看过新闻的人都知道,加州可是个大火药桶。大家都知道州立公园、郊区或者农田之类的地方容易着火,但是实际上,城市也无法幸免于难。肖认为加州历史上最严重的森林火灾之一就发生在奥克兰,离他们现在所在的地方并不太远。

"而且有时候,我把他们赶出去了,他们还会放话说要回来报复。"她的表情十分惊恐,补充道,"他们不交钱也罢,我甚至抓到过有人交钱了却又顺了点儿别的值钱东西走。有些人啊,我真不知道说什么好。"

他问道:"那你想让我做什么?"

"我不知道,肖先生。请帮我看一眼吧。能不能帮我看看那边?就一眼,麻烦您了。"

肖眯起眼睛看向植物那边,突然注意到一点儿动静,而且不是现在这阵风吹的。好像是个人在慢慢挪动?以如此慢的速度行动,意味着他别有用心——估计脑子里转的主意不怎么正。

卡罗尔一直紧紧盯着肖,琢磨着什么。公园里经常出这种事。肖虽然是个普通人,而且从来没有亮明其他身份,但是他确实有做警察的潜力。

肖绕到公园前面转了一圈,走在坑坑洼洼的人行道上,然后走到这条安静道路旁的草地上,眼前这片地方应该是这座城市里最冷清的角落。

卡罗尔说得没错,前面大约十八米处有一个人,穿着深色夹克和蓝色牛仔裤,头戴黑色针织帽。他穿着一双靴子,方便他在这种灌木丛和草丛里走路,而且要是遇到什么人的话,他还能一脚踹过去。是的,他手里要么拿着一个自制燃烧瓶,要么拿着啤酒瓶和餐巾纸。不过以现在的时间,喝啤酒早了点儿,尤其是在奥克兰,没人这么早喝啤酒。

肖赶紧从草坡滑进右边枝叶繁茂的树丛中,加快了步伐,但是依然小心翼翼地尽量不出声响。落叶堆积,还有很多针叶植物的落叶铺满地面,他可以轻而易举地无声潜行。

不管这个人到底是谁、是不是回来寻仇的,他已经远离了卡罗尔住的地方,所以她应该脱离危险了,但肖还是没有放过这个人,依然跟着他。

直觉告诉他这个人有问题。

这家伙正走向所有房车停的那片区域,肖自己的温尼巴格[①]也在那边。

肖对燃烧瓶的特别留意可不是一时兴起。几年前,他在俄克拉荷马州寻找一名涉嫌参与石油骗局的逃犯。当时有人从车

[①]温尼巴格(Winnebago),美国顶级房车的一种。

窗往他的房车里扔了一枚类似的汽油弹，二十分钟之内，那辆车就已经烧得只剩一副架子。虽然个人物品在关键时刻保住了，但是围绕着那具金属尸体的那股独特又令人不快的气味深深地印在了肖的记忆中。

理论上，人在一生中两次被这种俄制武器袭击的可能性应该非常小，更不用说这才时隔几年。肖非常笃定，可能性大概是百分之五。再加上他来到奥克兰－伯克利地区是为了办私事，而不是为了毁掉一个逃犯的生活，所以这个概率应该更小。虽然肖昨天确实犯了点儿事，可能会因此被痛骂一顿、和某个强壮的保安发生冲突，或者在最坏的情况下需要跟警察聊聊，但无论如何，他不应该在此面对一个燃烧瓶。

肖移动到那个男人身后十米远的地方，而那人正在扫视这片区域。他看了看房车公园，来回观察马路，又瞥了几眼对面几座废弃建筑物。

那人身材匀称，面色苍白，脸刮得干干净净，一点儿胡子都没有，肖目测他身高大约一米七。他的脸上坑坑洼洼，帽子下面的棕色头发似乎被剪成短发。他的外表和动作都像极了啮齿动物，看样子有可能是个退伍军人。肖本人并没有当过兵，不过有朋友和熟人参军，而且他年轻时曾参与过一段时间的准军事训练，所以他对军队的事并不陌生，还经常被问及最新版《美国陆军生存手册FM 21-76》。

那个人手里确实拿着一个自制燃烧瓶。餐巾被塞进瓶颈，肖已经闻到了汽油的味道。

肖很熟悉左轮手枪、半自动手枪、半自动步枪、栓动步枪、霰弹枪、弓箭和弹弓，对匕首也有着浓厚兴趣，不过他现在从口袋里掏出了他最常用的武器——他的手机，目前使用的是一部苹果手机。他按了几个键，当警察和消防紧急调度员接电话时，他低声说出所在位置和看到的情景，然后挂断了电话。他又按了几下手机，然后把它塞进深色格子运动外套胸前的口袋里。他懊恼地想起自己昨天的违法行为，不知道这通电话会不会让当局找到并逮捕他，不过应该不太可能。

肖本来打算等专业人士来解决问题，毕竟还轮不到他来止暴制乱。

说时迟那时快，那个男人突然拿出一个打火机，然而他手里并没有烟。

一切发生在顷刻之间，肖立刻采取行动。

肖从灌木丛中出来，走近那个男人。"早啊。"

那人迅速转过身，蹲了下来。肖注意到他没有伸手去摸腰带或里面的口袋。这有可能是因为他本来就没想投出燃烧瓶，或者并没有其他武器，也可能因为他太专业了，知道枪在哪里，也知道需要多少秒来瞄准和射击。

那人眯起眼睛，盯着肖的一举一动，上下打量着。发现肖身上没有枪之后，他又开始查看肖是否携带其他威力稍小的武器。他穿着黑色牛仔裤、黑色爱步鞋、灰色条纹衬衫和夹克，短发紧贴着他的头皮。"啮齿动物"可能本以为是警察来了，然而，肖没有佩戴警徽，也没有用官方腔调索要身份证件，所以"啮齿动物"笃定肖是个普通市民，但并没有掉以轻心。肖大约一米八，而且身材壮硕，肌肉发达，脸颊上有个小伤疤，脖子上还有个大一点儿的。他倒是不喜欢跑步，但热爱攀岩，大学时还曾经获得摔跤比赛的冠军，一看就是能打架的人。他的眼睛紧盯着"啮齿动物"，仿佛要把人拴住。

"嘿。"那男人声音尖细，像被拉扯的铁丝网一样绷得很紧。

他有着中西部口音,可能来自明尼苏达州。

肖低头看了一眼他手里拿的瓶子。

"这可能是尿,不是汽油,你知道吗?"那人的笑容和声音的音色一样紧绷。这铁定不是真话。

肖一直在想两人会不会打起来。他最不想发生的事就是打架,他已经很久没有打别人了。他不喜欢打架,更不喜欢被打。

"那是什么?"肖朝那人手里的酒瓶扬了扬头。

"你是谁?"

"游客。"

"游客。"那人不置可否,眼睛忽上忽下地瞟着,"我就住在这条街上,旁边的空地有几只老鼠,我要把它们全都烧死。"

"加州有老鼠?在这个近十年来最干燥的六月?"

肖顺嘴一编,但谁也不知道是真是假。

这并不重要。这里空空如也,没有老鼠,尽管这番话表明这个人过去可能活活烧死过老鼠。这就是"厌恶"与"谨慎"理应并存的时候。

永远不要让动物受苦……

肖的眼神越过那个人的肩膀,望向他要去的地方。那里的确是一块空地,尽管它紧挨着一座老旧的商业建筑,而不是那个男人想象中的家旁边的想象中的空地。

那个男人的眼睛又眯了起来,算是对越来越近的警笛声的回应。

"真的吗?""啮齿动物"的表情扭曲了起来,言外之意大概是:你还报警了?他喃喃自语了几句。

肖说:"把你手里的玩意儿放下,立刻。"

那男人没有照做。他平静地点燃了那块被汽油浸透了的破布，它在火焰中翻腾着。然后，他像一个瞄准好目标的投手，敏锐地注视着肖，把燃烧瓶扔向他的方向。

2

燃烧瓶不会爆炸，因为密封的瓶子里没有足够的氧气。但如果瓶子碎裂，燃烧的破布导火索会点燃正在扩散的气体。

这个燃烧瓶，非常出色且高效地完成了任务。

一个无声的火球升到一米多高的空中。

肖躲过了被烧焦的危险，卡罗尔尖叫着跑回她的屋子。肖犹豫是否追上去，但路边有一弯新月形状的草正在剧烈燃烧，火焰向高高的灌木丛缓慢蔓延。他跃过铁链，奔向他的房车，取出一个灭火器，然后转身回来拔下灭火器的塞子，在火上喷了一股白色的化学物质，控制住了火势。

"我的天哪，你还好吗，肖？"卡罗尔拖着沉重的脚步走来，手里拿着她自己的灭火器，是较小的单手筒。她其实没有必要拿那个灭火器，但是她也把塞子拔下来丢了出去。尤其在火焰快熄灭的时候，这个动作显得尤为有趣。

一两分钟后，肖弯下腰，用手掌摸了摸每一寸烧焦的地方，这是他多年前就学会的。

永远不要离开营火而不拍灭灰烬。

明知道为时已晚，肖还是看了一眼那个啮齿动物一样的男人所在的方向。毫不意外，他消失了。

一辆巡逻车停到旁边，是奥克兰警察来了。一个剃着光头、身材高大的黑人警官拿着灭火器从车里出来。在这三个人中，他的灭火器是最小的。他检查了余烬和其他植物的情况，把那个红色罐子放回副驾驶座位下面。

根据胸牌上的名字，名为 L. 艾迪生的警察转向肖。只要这个身高超过一米九的警察走到嫌疑人面前，身体前倾，嫌疑人就有可能招供。

"电话是你打的吗？"艾迪生问。

"正是。"肖解释说，"扔燃烧瓶的人刚刚跑了。"他指着杂草丛生的街道，每隔几米就有一堆垃圾，"他可能就在不远的地方。"

那警察问刚刚发生了什么事。

肖如实以告，卡罗尔补充了几句，还说了一些有的没的和她一个寡妇独自经营生意有多难。"人们老是占我便宜，我只能反击，换成你你也会的。有时候他们还威胁我。"肖注意到她瞥了一眼艾迪生的左手。他没戴戒指。

艾迪生把头转向肩上的摩托罗拉，向中心汇报现场情况和肖提供的案件描述。他汇报得相当详细，但是省略了"长得像啮齿类动物"的部分，毕竟这是个人观点。

艾迪生的目光又回到了肖。"我能看一下您的身份证件吗？"

当警察要求你出示身份证，而你不是嫌疑人时，你该怎么办？关于这个问题，有很多自相矛盾的说法。这也是肖经常遇到的问题，因为他时常发现自己身处犯罪现场或者正在被调查的地方。通常情况下，你不需要给任何人看任何东西，不过不配合警方工作的后果是很严重的。时间是世界上最有价值的商品之一，跟警察牵扯不清毫无疑问会让你损失大量时间。

然而，他现在的犹豫并不是出于什么别的原则，而是因为担心昨天违规停放摩托车被抓到了，所以他的名字可能会出现在警局的系统里。

然后他想，警察可能已经知道他是谁了。他刚才用自己的电话打的九一一，而没有隐藏号码。于是肖乖乖交出了驾照。

艾迪生用手机拍了一张照片，并上传了细节信息。

肖意识到这名警察并没有对卡罗尔做同样的事情，尽管她经营的房车公园间接和案子相关。肖想起一些细节方面的侧写：镇上的陌生人和当地人谁更容易被信任呢？然而他只是想了想，只字未提。

艾迪生看了看系统返回的结果。他仔细地打量着肖。

现在是要清算昨天的错误吗？肖打算直接坦白，该来的怎么也逃不过。

显然，正义之神今天并没时间搭理他。艾迪生把驾照还给了他。"你认得他吗？"他问卡罗尔。

"不，警察先生，我们这里人很多，而且这个地方本来人口流动性就大，很难记住每个人。"

"他是朝你扔燃烧瓶吗，肖先生？"

"朝我这个方向。他没想直接袭击我，只是为了转移注意力，这样他就可以逃走了。"

这句话让警察停顿了一会儿。

卡罗尔脱口而出："我在网上查了查，莫洛托夫[①]曾秘密为普京工作。"

两个人都疑惑地看向她。肖继续和警察说："他这么做还能

[①]文中燃烧瓶原文为 Molotov cocktail，即莫洛托夫鸡尾酒，一种简易燃烧瓶。

把玻璃上的指纹和DNA等证据烧掉。"

艾迪生陷入沉思。他是那种很常见的警察，喜怒不形于色，举止也很谨慎，但是他一定在想为什么肖知道这么多法医物证学知识。

他继续问道："女士，如果他不是来找你麻烦的，那你认为他来这里干什么？"

在卡罗尔回答之前，肖说："那里。"他指向街对面他先前注意到的那块空地。

三个人朝那里走去。

房车公园位于二十四号公路外一个破旧的商业街区，游客可以在前往陡峭的灰熊峰或邻近的伯克利之前先在这儿落脚休息一下。这片垃圾遍地、杂草丛生的土地被一道两米多高的旧木栅栏与后面的房子隔开。当地艺术家曾以它为画布，创作一些非常有才华的画作，远远超出了涂鸦的水平：马丁·路德·金、马尔科姆·艾克斯①和另外两个肖不认识的人的肖像。当三个人走近时，肖看到了画像下面的名字：鲍比·希尔和休伊·P. 牛顿，这两位都和黑豹党②有联系。肖还记得小时候家里没有电视时的那些寒冷夜晚，阿什顿会给科尔特和他的兄弟姐妹们读美国历史，大部分是关于替代治理形式的，黑豹党在其中出现了好多次。

"所以说，"卡罗尔厌恶地歪着嘴说道，"仇恨犯罪真的糟透了。"她朝那些画扬了扬头，补充道："我打电话给市政府，告诉他们应该设法保护这些画，但他们再没回过电话。"

---

①马尔科姆·艾克斯（Malcolm X），非裔美籍伊斯兰教教士与非裔美国人民权运动者，被视为美国最伟大与最有影响力的非裔美国人之一。
②黑豹党，存在于一九六六年至一九八二年，是由非裔美国人组成的黑人民族主义和共产主义政党，宗旨主要为促进美国黑人的民权。

艾迪生的对讲机沙沙作响。肖能听到里面传来的声音：一个分队在附近的街道巡逻，没有发现任何符合对纵火犯的描述的人。

肖说："我有录像。"

"嗯？"

"我打完九一一就把手机放在口袋里了。"他摸了摸上衣左边胸前的口袋，"整个过程都录下来了。"

"现在还在录吗？"

"是的。"

"你可以把它关掉吗？"艾迪生的实际意思是：赶紧关掉，这可不是问询。

肖停止了录像，然后说："我一会儿给你发一张截图。"

"好。"

肖截了屏，要了艾迪生的号码，把照片发了过去。两人只相距一米，但肖想象着这场电子之旅让他们跨越了半个地球。

警察的手机震了一下，但是他根本懒得看那张截图。他把名片给了卡罗尔，也给了肖一张。肖收集了不少警察的名片，他觉得警察像广告公司主管和对冲基金经理那样拥有名片是一件非常有意思的事情。

警察离开后，卡罗尔说："他们不会睁一只眼闭一只眼了吧？"

"不会的。"

"嗯，谢谢你帮我，肖先生。要是你被烧伤了，我就真的要被吓死了。"

"问题不大。"

卡罗尔回到屋里，肖也回到了车上。他一直在回想，其实他向警察隐瞒了一件事。他给九一一打电话这件事让那个"啮齿动物"气急败坏,那人说了一句:"真的?"他可能还想说:"你为什么要干这种垃圾事?"

或者他有超过百分之五十的可能性想说的是:"你为什么要那样做,肖?"

如果这是真的,那就意味着"啮齿动物"认识他或者知道他的事。

当然,这会给这件事情带来全新的视角。

3

回到房车里，肖把运动外套挂在一个钩子上，然后走到厨房的一个小碗柜前。他打开门，拿出了两件东西。第一件是他那把小巧的格洛克三八〇手枪，被他藏在一大堆麦考密克牌的香料后面，装在一个灰色塑料黑鹰枪套中。肖把枪别在了腰带上。

他取出的第二件东西是一个十一英寸乘十四英寸的厚信封，就在他放枪的架子下面，藏在另外一堆调料瓶后面。这些调料有辣酱油、照烧酱和半打醋，从亨氏到进口品牌都有。

他看了看窗外。

如他所料，外面没有那个"啮齿动物"的踪影，但是大部分时候带枪也无伤大雅。

他走到炉边，烧开水，用单杯过滤锥煮了咖啡倒进陶瓷杯子里。他选了最喜欢的咖啡品牌——达特拉，来自巴西。他往咖啡里加了一些牛奶。

他坐在软垫长椅上，看着信封，上面写着"五月二十五日考试成绩"，字迹优美，仿佛打印上去的，字体比肖的还小。

这个信封没有封口，只是用一个曲别针别着。他把曲别针扯下来，从信封里抽出一沓用皮筋捆住的纸，大约有四百张。

盯着那堆东西时,他的心跳急剧加速。

这些东西是肖昨天偷来的赃物。

他希望这些纸张能回答那个困扰了他十五年的问题。

他抿了一口咖啡,开始翻阅那沓纸。

有关于历史、哲学、医学和科学的沉思随笔,还有地图、照片和收据的复印件打乱放在一起。作者的笔迹和信封正面的一模一样,精确又完美,就像用尺子比着写的一样,一点儿都不像手写的,跟打印的花体字一样好看。

和科尔特·肖的字迹很像。

他随便翻开一页,读了起来。

在梅肯西北二十四千米的松鼠坪路,圣兄弟教堂。
我们应该和部长谈一谈。好男人。牧师。哈雷·康博思。聪明,知道什么时候该保持沉默。

肖又读了几段,然后停了下来。喝了几口咖啡后,他想起了早餐。继续吧,你自己选择开始的,只能接受所有结果,所以赶紧接着看吧,肖不断责备自己。

他的手机震了一下。他瞥了一眼来电显示,为能从偷来的文件上分心而高兴,却没有表露出来。

"泰迪。"

"科尔特,我去哪儿找你?"一个男中音在电话里嘟囔着。

"还是湾区。"

"有戏吗?"

"可能有点儿吧。家里还好吗?"布鲁因一家正帮肖看着他的房子,他们两家是邻居。

"都挺好。"这可不是职业海军军官常使用的词,泰迪·布鲁因和他同样是退伍老兵的妻子维尔玛却经常这样说,总让人觉得有些反差。肖都能想象到那一家人现在在干什么,很可能就坐在老地方,在那个面对着北佛罗里达百亩湖的门廊上。泰迪身高将近一米九,体重一百一十三千克,一脸雀斑,皮肤只比他的红头发略浅。他喜欢穿花衬衫和卡其色休闲裤或短裤,因为他没有其他颜色的裤子。维尔玛个子很高,但体重不到泰迪的一半。她经常穿牛仔裤和工作衬衫,文身比泰迪的好看。

电话的背景音里有一只狗在叫。那肯定是查斯,夫妻俩养的罗威纳犬。肖经常在下午和这只结实又性情温和的小动物一起远足。

"有个活儿离你不远,不知道你感不感兴趣。维尔玛知道具体情况,我让她跟你说,等会儿。"

"科尔特,是我。"维尔玛的声音很好听,像一条缓缓流淌的小溪般温柔。肖说过她适合给儿童录有声读物,因为她的声音对小孩子来说应该跟安眠药差不多,他们听一会儿就能睡着。

"我的'算法'找到了一个活儿。它可真是好用啊,像猎狗的鼻子一样灵敏。"

维尔玛认为她用来给肖找活儿的电脑机器人——算法——是只小狗,而且是只小母狗。

"硅谷有个姑娘失踪了。"她补充说。

"有线索电话吗?"

这种电话号码通常是由执法部门或阻止犯罪组织之类的私人组织设置的,掌握内幕消息的人可以匿名拨打电话,提供有关嫌疑人的线索。所以线索电话也被称为"举报热线"或者"告密线"。

这些年来，肖会时不时接一些这种活儿，尤其是罪犯特别猖狂或者受害人家属特别难过的那种案子。不过他一般会试图避免中间那些官僚主义和繁文缛节的东西。线索电话很容易吸引一些奇怪的人，有时候甚至会带来危险。

"没有，是那个姑娘的爸爸提的需求。"维尔玛补充说，"就一万，钱不多，但是我能听出来他……是真心的。他真的很绝望。"

泰迪和维尔玛多年来一直在帮肖找这些有赏金的活儿，他们本能地了解真正的绝望。

"他女儿多大了？"

"十九岁，是个学生。"

在佛罗里达的电话那头开着公放，传来了泰迪沙哑的声音："我们查新闻了，没有警方介入调查的报道，她的名字只出现在有偿寻人启事上，所以应该不是谋杀案①。"

泰迪使用的词出自歇洛克·福尔摩斯之口，现在全国各地的执法部门都经常使用它。这是决定警察如何处理人口失踪事件的必要标志。如果一个十几岁的孩子失踪，但没有被诱拐的证据，警察基本上不会像处理绑架案那样贸然介入。至少现在，警察会认为这个女孩离家出走了。

当然，她的失踪可能两者兼而有之。许多年轻人心甘情愿被唆使离开家，结果发现引诱他们的人并不像他们想的那样。

又或许，她就是单纯倒霉，她的尸体现在有可能正漂浮在太平洋冰冷而以变幻莫测著称的海水中，或者在蜿蜒的一号高速公路下三十米的峡谷底部的一辆汽车里。

---

①原文使用的字眼是 foul play，而不是 murder。

肖一边说话，一边盯着那四百多张纸。"我去见见她的父亲。她叫什么名字？"

"苏菲·穆林纳。她爸爸叫弗兰克。"

"母亲呢？"

"现在还不知道。"维尔玛补充道，"我之后再把细节发给你。"

肖又问："有别的信件吗？"

她说："有一些账单，我已经付了，还有餐馆的优惠券和内衣品牌维多利亚的秘密的宣传册。"

两年前，肖给玛戈特买了一件维多利亚的秘密当礼物，但是品牌方可能觉得肖的地址不算隐私，所以一直给他邮寄宣传册。肖已经有……一个月没有想起玛戈特了吧？也许是几个星期。他说："大概是推销吧。"

"我能留着它吗？"泰迪问道。

电话那头传来一阵巨大的声音，有人笑了，然后又是一阵巨大的声音。

肖谢过他们，挂断了电话。

他把那沓纸装起来，又往外看了一眼，依然没有那个"啮齿动物"的踪迹。

科尔特·肖打开笔记本电脑，查看维尔玛的邮件。他拿出一张地图，盘算着去硅谷需要多长时间。

4

事实上,在有些人看来,科尔特·肖当时就在硅谷。

肖知道,很多人觉得北奥克兰和伯克利在一个特别神秘的地方,这个区域的边界相当模糊。对他们来说,硅谷——显然,懂行的人会说"SV"[①]——范围是从东边的伯克利到西边的旧金山,向南至圣何塞,面积广阔。

肖认为,这个定义很大程度上取决于那个公司或个人是否希望身处硅谷,而大多数人都希望如此。

然而一些更严格的人似乎只把硅谷定义为湾区以西,中心在帕洛阿尔托的斯坦福大学。要约人住在山景城,离大学很近。肖检查了汽车内部的驱动,确保越野摩托车固定在车尾的车架上,然后断开了连接的钩子。

他将车停在房车公园的接待中心前,把消息告诉了卡罗尔。半小时后,他已经沿着宽阔的二八〇号高速公路行驶了。透过左边的树丛,他可以瞥见硅谷郊区,西边是郁郁葱葱的科拉尔·蒂拉牧场和平静的水晶泉水库。

这个地区对他来说是陌生的。肖出生在三十二千米外的伯

[①] SV,硅谷(Silicon Valley)的缩写。

克利，但他已经没有多少在那里生活的记忆了。他四岁时，阿什顿把家搬到了弗雷斯诺以东一百六十一千米的内华达山脉山麓，称那里为"大院"，因为他觉得这个名字听起来比"牧场"或"农场"更令人生畏。

在GPS导航的指令下，肖下了高速公路，前往位于洛斯阿尔托斯山的西风房车公园。他办理了入住，接待他的经理说话轻声细语，六十岁上下，身材匀称。如果他身上的船锚文身有什么意义的话，那一定因为他曾是海军军官或商船水手。他递给肖一张地图，然后用一支自动铅笔一丝不苟地连起了房车公园和肖要去的地方。肖的目的地在谷歌路上，需要途经雅虎路和帕克路。肖没听清最后一条大街的名字，不过应该也和计算机有关。

他找到了那个地方，停下车，挎着黑色皮包回到房车公园接待中心。他叫了一辆网约车，到山景城闹市区的阿维斯租车公司。肖需要一辆车，最好是全尺寸的黑色或海军蓝汽车，这是他最喜欢的颜色。在十年赏金猎人的生涯中，他从来没有说过自己是一名警察，但偶尔会让这种印象保持在他人心中。毕竟开着一辆很像便衣警察座驾的车时，人们偶尔会放松警惕。

在过去几天的任务中，肖骑着雅马哈越野摩托车往返于卡罗尔的房车公园和伯克利之间。他一有机会就骑摩托车，尽管只是要去处理一些私事，当然，也可以顺便享受一下骑行的乐趣。不过在工作中，他总是会租一辆小轿车，如果地形需要，他还会选择SUV。在和要约人、证人或警察见面时，骑着一辆隆隆作响的摩托车，会让人怀疑他的专业程度。一辆长九米的房车在高速公路上行驶没问题，但在拥挤的街区里就太麻烦了。

他把GPS定位到要约人在山景城的家，然后把车开进繁忙的郊区车流中。

这就是硅谷的中心，高科技的奥林匹斯圣殿。这个地方并不像人们想象的那样闪闪发光，至少肖走的这一路不是。没有古怪的玻璃办公室或大理石大厦，也没有奔驰、玛莎拉蒂、宝马和保时捷组成的豪车阵营。这就是一个典型的二十世纪七十年代街景立体模型：大多是牧场式的舒适独栋住宅，院子很小；公寓楼外观非常整洁，但也需要重新粉刷或者铺设墙板；购物街绵延不断；办公楼差不多都是两三层。这里没有高楼，也许是出于对地震的恐惧，毕竟圣安德烈亚斯断层就在硅谷的正下方。

硅谷本来可能是北卡罗来纳州的卡里、得克萨斯州的普莱诺、弗吉尼亚州的费尔法克斯，又或者是向南四百八十三千米、出于实用目的修建的一〇一号高速公路与硅谷相连的另一个加州山谷圣费尔南多。肖认为，这是促使高新科技产生并发展的一个特点——一切都是在硅谷内部发生的。开车经过明尼苏达州的希宾，我们会看到一点六米深的红色铁矿；在印第安纳州的加里，有钢铁工厂的堡垒。但并没有特殊地形地貌或独特的地上建筑来定义硅谷。

十分钟后，他来到了弗兰克·穆林纳位于阿尔塔·维斯塔大道上的家。这个房子和其他房子风格并不统一，尽管它们有着类似的感觉。这些房子看上去不是很昂贵，使用木墙板或乙烯基墙板，有三级混凝土台阶通往前门，还有熟铁栏杆。较为豪华的房子有凸窗，房前停车场、人行道和前院一应俱全。有些院子的草是绿色的，有些是稻草的颜色。许多房主放弃了照料草坪，转而使用鹅卵石、沙子和低矮的多肉植物布置景观。

肖把车停在那幢灰绿色的房子前，注意到隔壁房子上挂着

"止赎出售"的牌子。穆林纳的房子也在出售中。

肖敲了敲门,只等了片刻门就开了,开门的是一个五十来岁的男人,秃顶,身高略矮但身材结实,穿着灰色休闲裤和开领蓝衬衫。他的脚上穿着一双乐福鞋,没穿袜子。

"弗兰克·穆林纳?"

那人红着眼眶,飞快地瞥了一眼肖的衣服、金色的短发和严肃的举止——肖很少笑。这个失去亲人的绝望父亲肯定会觉得肖是来转达噩耗的警探,所以肖快速介绍了自己。

"哦,您是……您打过电话,关于赏金的事。"

"没错。"

肖握了握他冰凉的手。

他环顾四周,点头示意肖进屋。

肖可以通过要约人的生活环境了解很多关于他们的事情,包括生活水平和支付赏金的能力。如果情况允许,肖会在这些人的家里和他们见面;如果情况不允许,会面地点就会选在他们的办公室,这样能够更加全面地了解他们潜在的商业关系,以及这些人是否真的能支付他的赏金。在弗兰克家里,肖闻到一股食物的酸味。桌子和家具上堆满了账单、文件夹、工具和传单,客厅里堆满了衣服。这些都表明,尽管苏菲只是失踪了几天时间,但是这个男人非常心烦意乱。

值得注意的是,这个地方非常破旧。房屋和墙壁的很多地方都已磨损,需要重新油漆并适当修理。咖啡桌的腿断了一根,仅仅用胶带简单地固定住了,胶带上还涂有模仿橡木的颜色。天花板布满了水渍,有一扇窗户上方有个洞,窗帘杆从薄板石上脱落。这些都意味着他声称能提供的一万美元现金很难真的送到肖的手里。

两个人在松垮的家具上坐下，沙发套是金色的，跟旁边的台灯非常不搭。以今天的标准来看，房间里的"大屏电视"并不算大。

肖问道："你还有什么别的消息吗？警察说什么了？苏菲的朋友说过什么吗？"

"什么都没有。而且她妈妈不住在这个州，什么都不知道。"

"她妈妈在来的路上了吗？"

穆林纳沉默了半晌，然后说："她妈妈不会过来了。"他绷紧了圆下巴，擦了擦仅剩的那些棕色头发，"至少暂时不会。"他仔细打量着肖，"你是私家侦探还是什么？"

"并不是，我只是通过帮助一些市民或者警察赚钱。"

他似乎很好地消化了这一切："谋生。"

"没错。"

"我从来没听说过这种工作。"

肖重复了一遍自己的立场。的确，他不需要像一个寻找新客户的项目负责人那样去争取穆林纳的支持。但如果他想要找到苏菲，那么他需要信息，这意味着需要与穆林纳合作。"我在这方面有多年经验，已经帮忙找到了几十个失踪的人。我会去调查，看看能不能找到苏菲。一旦有什么发现，我就会告诉你和警察。我不会去救人，也不会劝说离家出走的人回家。"

虽然最后这句话并不完全准确，但肖觉得有必要跟穆林纳说清楚他能够负责的部分。他希望明确规则而不是例外情况。

"如果你给我的信息能够让我找到她，就把报酬给我。那么现在，我们谈谈吧。如果你不满意听到或看到的，就请告诉我，我不会追究。如果这件事有什么让我不舒服的地方，我会抽身离去。"

"目前我被你说服了。"穆林纳的声音哽咽了,"我觉得你还行。你说话直来直去,很冷静。我虽然不了解你,但是你不像电视上的赏金猎人。只要能找到费①,我怎样都可以。拜托你了。"

"费?"

"她的小名是苏费。她小时候就是这么叫自己的。"他勉强忍住了眼泪。

"还有别人来找你要赏金吗?"

"我接到了很多电话和邮件,大部分都是匿名的。他们声称见过她或者知道发生了什么事。但是我随便问了几个问题,就知道他们根本什么都不知道。他们只是想要钱。有人说费被宇宙飞船里的外星人带走了,还有人说她跟一个俄罗斯的性交易团伙有关。"

"大多数联系你的人都是这样,想赚快钱。任何认识苏菲的人都会无条件帮助你。联系你的人里面可能有跟绑匪有关的人——如果存在绑匪的话——或者是在街上发现了她的人,所以你一定要接所有打来的电话,看所有发来的邮件,这些都会对找到苏菲有帮助。

"现在,找到她是我们唯一的目标。我们可能需要很多人提供信息来拼凑她的下落。可能这个人提供百分之五,那个人提供百分之十,拼拼凑凑就有答案了。至于赏金怎么分配你不用管,反正不会超过你给的那一万美金。

"还有一件事,我不管找到她之后的事情,我只管找人。"

穆林纳没有回应肖。他正把玩着一个亮橙色的高尔夫球。

---

①穆林纳的女儿名叫 Sophie,小名叫 Fee,此处翻译为费。

过了一会儿,他说:"他们做这个东西就是为了让人们在冬天玩。有人给了我一盒。"他抬头看了看肖冷漠的眼睛,"这里从不下雪。你打高尔夫球吗?想要一个吗?"

"穆林纳先生,我们应该尽快行动。"

"叫我弗兰克就行。"

"我们要尽快了。"肖重复了一遍。

穆林纳深吸一口气。"求求你,帮帮她。帮我找到费。"

"首先我们要明确,你确定她不是逃跑吗?"

"绝对不是。"

"你怎么知道的?"

"卢卡。"

5

肖弓着背坐在那张破旧的咖啡桌旁。

他面前是一本三十二页、五英寸乘七英寸的空白页笔记本，没有横线。他手里拿着一支德尔塔钢笔，笔尖处有三个橙色的环。有些人会因为这支笔瞥他一眼，像是在说："装什么装？"但肖还是坚持用它记录信息。这支意大利笔确实不便宜，二百五十美元，但也绝对算不上什么奢侈品。相比圆珠笔或者其他笔，这支笔绝对能减轻不少手部肌肉的压力，是完成这项工作的最佳工具。

肖和穆林纳并不孤单。这位父亲确信女儿并非逃跑的原因正坐在肖的旁边，不断喘着粗气：卢卡。

一只乖巧的白色贵宾犬。

"费不会离开卢卡。不可能的。如果她逃跑了，她一定会带走它，或者至少打个电话问问它怎么样了。"

狗一直都是主人家里的重要角色，有些能带路，有些能寻回失物。如果有不速之客到访，它们会狂吠不止。科尔特和罗素继承了父亲的观点，认为这种动物是人们的帮手，而不只是受人喜爱的宠物。另一方面，他们的妹妹多蕾昂会给小狗们穿上她亲手缝制的衣服，让它们和她一起睡在床上。肖现在接受了卢卡的存在，虽然这不能算作那个年轻女人并非逃跑的证据，但他认为此事件有百分之九十的可能性是诱拐或意外。

科尔特·肖仔细询问了苏菲失踪的细节、穆林纳报警时和警察说的内容，还有她的家人和朋友的信息。

他用小巧优雅的字体，把所有可能有用的要素都整齐地记录在没有横线的纸上，忽略了无关紧要的信息。问完所有问题后，他让穆林纳再多说一些。肖经常能通过这种方式获取最重要的信息，在漫无边际的闲谈中寻找线索。

穆林纳走进厨房，片刻后回来，拿着几张纸片和便利贴，上面写着姓名、电话号码和地址。那上面有两种笔迹，穆林纳说是他和苏菲的字迹。内容包括朋友的电话号码、约会、工作和课程安排等，肖一一誊写下来。如果需要报告警方，穆林纳应该要留存原件。

苏菲的父亲在寻找女儿这件事上做得很好。他贴了几十张寻人启事，也联系了苏菲兼职工作的软件公司的老板、她所在大学的六位教授和她的体育教练。他和她的几个朋友谈过，虽然苏菲的朋友不多。

"我不是最好的爸爸。"穆林纳垂下眼睛承认道，"苏菲的母亲住在别的州。我同时做着两份工作，所有事都要我操心。她打曲棍球，可是我没法像其他孩子的爸爸一样去看她的比赛或者参加各种活动。"他在乱糟糟的房间里挥了挥手："她从来不在家里和朋友聚会。你也能看出来为什么，毕竟我没有时间打扫，也没有闲钱请人收拾。"

肖记下了曲棍球这一点。这说明这个年轻女人很能跑步，肌肉发达，而且一定有着较强的好胜心。

如果有机会反抗，苏菲一定不会束手就擒。

"她经常住在朋友家吗？"

"现在不会，那都是她高中时候的事了。她现在只是偶尔住朋友家，但总会打电话回来。"穆林纳眨了眨眼睛，"我什么都没给你准备，不好意思。你喝咖啡吗？还是喝水？"

"不了，我不用。"

和大多数人一样，穆林纳的眼睛也无法离开肖用深蓝色墨水草草写下的那些关键词。

"这是老师教你的吗？你在学校里学过？"

"是的。"

在某种程度上算吧。

对苏菲房间进行搜查后，肖没有发现任何有用的东西。她的房间里堆满了跟电脑有关的书和电路板，壁橱里面全是衣服、化妆品和音乐会海报，还有一棵树形首饰架，和她的年龄完全相符。肖注意到她是一位艺术家，而且是优秀的艺术家。用色大胆的水彩风景画堆放在她的梳妆台上，画纸因干燥而卷起。

穆林纳说她随身携带笔记本电脑和手机，这是肖预料到的。令他失望的是，她没有备用电脑。虽然就算找到了，对于寻找失踪者的作用也不大，毕竟上面多半不会写着"星期天早午餐后我就要逃走，因为我真的烦透了我爸妈"。

更不必费力寻找遗书了。

肖要了一些这名年轻女子的照片，照片中她穿着不同的衣服，从不同的角度拍摄。肖从中挑了十张比较清晰的。

穆林纳坐了下来，肖依然站着。肖并没有看向笔记本，直接说道："两天前，星期三下午四点她从学校回家，五点半骑自行车出去，之后就再也没回来。你星期四早上发布了悬赏公告。"

穆林纳歪着头，确认时间点没错。

"在失踪发生之后这么快就发布寻人悬赏，这确实不太常见。"

"我只是……你一定懂，这对我的打击太大了，我真的很担心。"

"弗兰克，我需要知道发生的所有事。"肖的蓝眼睛死死盯着要约人的眼睛。

穆林纳的右手拇指和食指再次捏起了那个橙色的高尔夫球。他盯着咖啡桌上的便利贴，把它们拢在一起并整理好之后，停下了动作。"我们吵架了，费和我。星期三她回家后，我们大吵了一架。"

"告诉我发生了什么。"肖的声音比刚才柔和。他坐了下来。

"我做了一件蠢事。我星期三在中介那儿登记了这座房子，并告诉中介在我想好怎么跟费说之前，先不要挂出'出售'的牌子。但他还是挂了牌子，结果被住在附近的一个朋友看到了，就告诉了费。妈的，我真应该再考虑一下的。"他的眼眶里噙着泪水，"我已经想尽办法避免搬家了。我不光同时做着两份工作，还管我前妻的新丈夫借了钱。你想想，能做的我都做了，但是真的无法留在这里。这可是我们的老房子！费就是在这里长大的。但是现在我要失去这座房子了。这个郡到底是怎么收税的？天哪，简直就是抢劫。我在南边的吉尔罗伊找到了新住处，在往南很远的地方，但我只能负担得起那边的房价。苏菲去大学和通勤都将要两个小时，她也不能经常见朋友了。"

穆林纳苦涩地笑了笑。"她说：'真棒，我们要搬到他妈的世界大蒜之都了。'她倒没说错，'而且你甚至不跟我说一声。'

我没控制住情绪，吼了她几句。我朝她喊着为什么她不能理解我做的一切，而且我的通勤时间会更长。之后她抓起背包就冲出去了。"

穆林纳将目光从肖身上移开："我真的很怕如果我把这些告诉你，你会觉得是她自己跑了，然后就不帮我了。"

不过穆林纳的叙述解决了一个重要的问题：为什么他这么快就发布寻人悬赏公告？这引起了肖的担忧。的确，穆林纳似乎真的心烦意乱，已经懒得管这房子的事了。这也证明他确实关心女儿。然而，萌生杀意的配偶、生意伙伴、兄弟姐妹，甚至是父母，都会发布这种悬赏，以为可以掩盖罪行。而且他们往往会很快发布悬赏，和穆林纳的情况一模一样。

不，现在还不能认定穆林纳是完全无辜的。然而他承认了他们的争吵，加上肖对这个男人的其他结论，表明他和女儿的失踪无关。

他早早提出寻人悬赏的理由是合理的：一想到他要为把女儿从家里赶出去，让她有可能投入杀人犯、强奸犯或绑匪的怀抱而负责，他就无法承受。

穆林纳现在的声音像爱荷华州一样平静，几不可闻："如果她出了什么事……我不如……"他咽了下口水，没有继续说下去。

"我会帮你的。"肖说道。

"谢谢你！"穆林纳的声音已经近乎耳语。然后他突然爆发，哭得令人心碎。"对不起，对不起，对不起……"

"别担心。"

穆林纳看了看表。"可恶，我得去上班了，这是我现在最不想做的事，但我不能失去这份工作。请一定给我打电话。不管你找到什么,请立刻、随时给我打电话。"

　　肖盖上笔帽,把笔放回上衣口袋,然后起身合上笔记本,自己走了出去。

6

在评估赏金任务时——或者说,在做出人生的大多数决定时——科尔特·肖都听从他父亲的建议。

"应对威胁及完成任务时,你要评估每种可能性,先考虑最可能发生的情况,然后想出合适的策略。"

在有风的日子,你逃脱一场向山上蔓延的森林大火的可能性是百分之十。主动建造一个防火带,躺在灰烬中,等火燃烧过去,那么你逃脱的可能性将会增加到百分之八十。

阿什顿·肖说:"至于在高山暴风雪中幸存的概率——如果你正在徒步旅行,那么是百分之三十;如果你躲在洞穴里,那么将是百分之八十。"

"除非,"一向务实的八岁的多蕾昂说,"除非山洞里有一头灰熊妈妈和小熊崽们。"

"确实如此,没错,那你的胜算就会变得非常非常小。虽然我们这儿没有灰熊,都是黑熊。灰熊在加利福尼亚已经灭绝了。"

此刻,穆林纳家门口停着的雪佛兰车里,肖坐在驾驶席,笔记本放在腿上,电脑打开放在旁边。他在思考苏菲命运的可能性。

百分之九十是谋杀案。

虽然没有告诉穆林纳,但他觉得苏菲大概率已经死了。

死亡的概率大约是百分之六十。她很有可能是被连环杀手、强奸犯或一群想要入伙黑帮的人所杀(名为湾区船员的组织是全国最凶狠的黑帮之一)。一个不太可能的死因是她遭遇了一场事故,骑自行车时被一个醉酒或正在发信息的司机撞了,然后司机肇事逃逸。

除此之外,当然,还有一个很重要的可能性就是她还活着,绑匪把她藏在某个地方,准备勒索赎金或者强奸她。又或者她对父亲做出的搬家决定感到愤怒,尽管有卢卡在,她还是在朋友的沙发上躺了几天,为了吓唬她的爸爸。

肖转向电脑。工作时,他总会订阅当地新闻,并收集所有可能有帮助的信息。现在,他正在浏览所有身份不明但可能是苏菲的女性尸体(并没有收获),或者过去几星期发出的连环绑架犯或杀手的报告(有几起事件,但犯人在旧金山的田德隆区,而且以非裔美国妓女为目标)。他把搜索范围扩大到整个北加州地区,仍然没有发现任何相关信息。

从星期三晚上到昨天,肖都在独自寻找那个女孩。他又扫了一遍记着弗兰克·穆林纳提供的所有信息的那页笔记。穆林纳说,苏菲有多少朋友、同学和同事,他就打了多少通电话,能找到名字的都打了。穆林纳还告诉肖,这些人都说他的女儿并不是他们知道的任何跟踪狂的目标。

"有个人我觉得你得知道。"

那个人是苏菲的前男友,凯尔·巴特勒,当时二十岁,也是一名学生,不过在另一所大学上学。据穆林纳所知,一个月前苏菲和凯尔就已经分手了。他们分分合合了一年,今年年初才确定分手。虽然穆林纳不知道他们为什么分手,但他挺高兴的。

肖的笔记中写着:穆林纳:KB[①]对苏菲不太好,不尊重她,说了难听的话。没有暴力相向。KB有脾气,很冲动。同时使用毒品,大概是大麻。

穆林纳并没有这个男孩的照片,苏菲也显然已经丢掉了所有和他有关的东西,但是肖在脸书上找到了一个账号。凯尔是一个体格健壮、皮肤黝黑的年轻人,顶着一头金黄色的卷发。他的社交媒体资料显示,他致力于宣传重金属音乐、冲浪和毒品合法化。穆林纳认为他还有个安装汽车音响之类的兼职。

穆林纳:不知道苏菲喜欢他什么。相信苏菲也许觉得自己没什么吸引力,是个极客女孩,而他是一个既英俊又帅气的冲浪好手。

女孩的父亲说,这个男孩并不接受分手,而且他的行为越来越逾矩。有一天他给苏菲打了三十二通电话。苏菲把他的电话拉黑之后,她发现他在她家前院里大哭,乞求复合。过了一会儿他平静下来,草草休战。他们偶尔会见面喝杯咖啡,以"朋友"的身份相约看戏。凯尔之后并没有为了复合做什么努力,尽管苏菲告诉父亲凯尔非常想复合。

家庭绑架几乎都是父母所为。(肖正是有一次心血来潮,解决了一桩这样的绑架案,才开启赏金猎人的职业生涯。)偶尔,前夫或前男友也会实施这样的绑架。

---

①凯尔·巴特勒的首字母缩写。

爱——科尔特·肖已经明白——完全有可能变成疯狂的动力源泉。

肖认为凯尔作案的可能性是百分之十。他可能确实被苏菲迷住了，但他的表现很正常，哭哭啼啼，不至于干这种事。然而，这孩子吸毒确实是个问题。要是凯尔把她介绍给了某个神秘的毒贩，是不是无意中危及了她的生命？她是否可能在自己都不知情的情况下，目睹了一场枪击或其他犯罪？

肖觉得这种可能性有百分之二十。

肖拨打了男孩的电话，没人接。他尽己所能用警察的腔调留言，大意是他刚刚和弗兰克·穆林纳谈过，现在想和凯尔谈谈苏菲的事。他留下了现在还在使用的六个电话号码中的一个，来电会显示是华盛顿特区打来的，所以凯尔可能会想到联邦调查局或者肖知道的那种"全国失踪前女友战术救援行动"之类的组织。

随后，肖驱车五千米来到帕洛阿尔托，在那里找到了凯尔居住的公寓。那栋房子是用米色和橙色煤渣砖建造的，门是奇怪的淡蓝色。他站在门口，没有按门铃，而是使劲敲门，因为他觉得门铃有可能坏了。肖大声喊道："凯尔·巴特勒。开门。"

像警察，但他不是警察。

没人回应。肖不认为那个男孩在躲着他，因为透过窗口那块污迹斑斑的帘子可以看到，屋内没有任何动静。

他把一张名片塞进门缝，上面只印着他的名字和电话号码。他在名片空白处写道：我需要和你谈谈苏菲的事，打电话给我。

肖回到车里，把凯尔的照片、地址和电话号码发给他的私家侦探麦克，希望对方能提供这个人的背景资料、犯罪记录和携带的武器。他想要的这些信息里，有一些是非公开的，但对麦克来说，隐私和公开的信息并没有区别。

　　肖又扫了一眼笔记本，然后发动引擎，开车上路。他已经决定了下一步的调查方向。

　　午餐时间到了。

7

科尔特·肖走进山景城快字节咖啡厅。

星期三下午六点左右,苏菲就在这里——在她失踪之前。

星期四,穆林纳也来过这里,询问他女儿的情况。他没得到什么有用的信息,但说服经理把一张寻人启事放在软木板上。这张启事现在被钉在绘画、吉他和瑜伽课程的广告旁边,那里还有其他三条失踪公告——两条狗和一只鹦鹉。

肖环顾四周,闻到了热油、洋葱、培根和面糊的香味("此处全天供应早餐")。

这家咖啡厅一九六八年就开始营业了,经营者无法确定到底想开个酒吧、餐厅还是咖啡店,索性选择三者兼而有之。

它现在看上去也很像一个电脑陈列室,因为大多数顾客都弓着背坐在笔记本电脑前。

房子的正面是被溅满了污渍的玻璃,面对一条繁忙的硅谷商业街。墙壁是黑色的镶板,地板是凹凸不平的木头。咖啡厅的最深处,吧台前只有几张无椅背的高脚凳,酒吧区现在没人。考虑到现在是上午十一点半,这倒也不奇怪。现在咖啡厅里的顾客看起来都不太喝酒。他们散发着极客的气息——大多穿着长筒袜、宽松的汗衫和洞洞鞋。大部分顾客是白人,其次是东亚人和南亚人。有两个黑人顾客，他们是一对夫妇。这家店客人的年龄中位数大约是二十五岁。

咖啡厅的墙上挂着一些黑白或彩色照片，是电脑和早期科技产品——真空管、将近两米高的金属线架和方形灰色元件、示波器以及笨重的键盘。图像下方的解说卡展示了这些设备的历史。其中一个叫作巴贝奇分析机，是一台由蒸汽驱动的计算机，已经有一百五十年的历史了。

肖走向收银台。他点了绿色墨西哥式煎蛋和一杯加奶油的咖啡，用玉米面包代替玉米片。柜台后面那个瘦骨嶙峋的年轻人递给他咖啡和一个金属丝架子，上面有一张编号为九十七的卡片，卡在顶端圆圆的金属丝上。

肖选了一张靠近前门的桌子坐下，一边啜饮咖啡，一边扫视这个地方。

厨房不是很忙，很快就上菜了。上菜的是一个漂亮的年轻女服务员，身上有很多文身和穿洞的装饰。肖很快吃了半盘。尽管餐点挺好吃，而且他饿了，但这些鸡蛋实际上只是一个让他合理待在这里的通行证。

他把穆林纳给的苏菲的照片摊在桌上，然后用苹果手机给它们拍了一张照片，用邮件发给自己。他通过一个安全程序登录电脑，打开邮件并将图像设置为全屏查看。他调整好笔记本电脑的位置，这样进出咖啡馆的人都能看到屏幕上那个年轻女子的照片合集。

手里拿着咖啡，他漫步到"名人墙"那边，像一个好奇的游客一样，开始看墙上挂着的照片。肖在赏金猎人生涯中确实广泛使用电脑和互联网，如果是其他时候，他也许会发现高科技的发展历史很有趣。但是现在，他正专注地看着他的电脑在相框玻璃上的倒影。

由于肖没有任何实际的官方权限，他能出现在这儿全靠店家的恩典。如果环境允许或情况紧急，他会询问店里的顾客。有时他能得到一两条有用的信息，但更常见的情况是，他会被这些人忽视，甚至偶尔被要求离开。

所以他经常做现在正在做的事：钓鱼。

那台高亮度展示着苏菲照片的电脑是饵。当有人瞥了一眼照片，肖就会看向他。有人特别注意过屏幕吗？认出她了吗？关注吗？好奇吗？恐慌吗？有没有四处寻找电脑的主人？

他注意到有好几个人好奇地瞟了一眼笔记本电脑屏幕，但他们的好奇还不足以引起怀疑。

肖只有五分钟时间欣赏这面展示墙，再久就显得奇怪了，所以他拿出手机，假装跟人打电话。这能争取到大约四分钟。之后他没戏可演了，所以回到座位上。这期间大概有十五个人看过电脑上的照片，反应都很冷淡。

他坐在桌旁，一边喝着咖啡，一边用手机处理短信和电子邮件。那台电脑仍然开着，饵还在，但什么都没钓上来。他回到点餐台，现在站在那里的是一名三十多岁的女服务员，和上一个女服务员的年纪大概差了十岁，但她们的面部骨骼结构很像。大概是姐妹，他猜。

她大声发号施令，肖觉得她应该是经理或者老板。

"有什么能帮到您的？您点的那份鸡蛋如何？"她的声音是悦耳的女低音。

"挺好吃的。我有个问题，关于布告栏上的那个女人。"

"哦，您说她啊。她爸爸来过了，看起来很伤心。"

"是的。我在帮他找她。"

这话倒是真的，但他往往不主动提及报酬的事，除非有人问起来。

"您人真好。"

"有顾客提到她吗？"

"反正没人跟我说过。我可以问问员工，如果有人知道什么，我会给您打电话。您有名片吗？"

他给了她一张名片。"谢谢。她爸爸很着急想要找到她。"

女人说："苏菲。我一直很喜欢这个名字。寻人启事上面说她是'学生'。"

肖说道："她在康考迪亚大学学商科，在吉尼赛斯公司兼职编程。据她父亲说，她很擅长这个。反正关于程序，我是一头雾水，什么都不懂。"

科尔特·肖生性沉默，但在工作时会故意东拉西扯，因为他发现这能让人们放松下来。

女人又说："我喜欢您这样称呼她。"

"怎么称呼？"

"女人，而不是女孩。她看起来很年轻，大多数人会叫她女孩。"她瞥了一眼那个苗条的女服务员，她穿着宽松的棕色牛仔裤和奶油色衬衫。她点头示意服务员过来。

"这是我的女儿，玛吉。"经理说。

哦。不是妹妹。

"我叫蒂凡妮。"这个妈妈看了一眼肖的名片，"科尔特。"她伸出有力的手，和肖握了握手。

"这也能是个名字？"玛吉问道。

"名片上是这么写的。"蒂凡妮弹了弹那张名片，"他在帮忙找那个失踪的女人。"

玛吉说："哦，就是海报上的女孩？"

蒂凡妮苦笑着瞥了一眼肖。

女孩……

玛吉说："我在你的电脑上看到了她的照片。我想知道你是警察吗？"

"不是，我只是在帮她爸爸。我们认为这是她失踪前到过的最后一个地方。"

玛吉的脸绷紧了。"我的天，你觉得发生了什么事？"

"我们还不知道。"

"我去里面问问。"蒂凡妮说。这位母亲的名字有那个年代的痕迹，令人费解。他看着她从软木板上取下寻人启事，消失在厨房里，想必是拿去给厨房里的厨师和服务员看了。

她回来了，再次把启事钉好。"没什么收获。不过轮班的人还没来。我一定要让他们都看一遍。"听起来她确实会这么做，肖想。肖很幸运地找到了一位母亲，一位与她的孩子亲近的母亲，她会更同情失踪孩子的父母。

肖向她道谢。"你介意我问一下店里的顾客是否见过她吗？"

这个女人看上去有些烦恼，肖以为她不想用不愉快的消息打扰顾客。

但是那不是她皱眉的原因。蒂凡妮说："您不想先看看监控录像吗？"

8

这倒是个有意思的信息。肖一走进这家咖啡厅就在找监控摄像头，但是没有找到。"你们这儿有？"

蒂凡妮把她明亮的蓝眼睛从肖的脸上移开，指向吧台后面酒瓶里一个很小的球状物。

在商业场所安装隐蔽的监控摄像头毫无意义，因为它的主要目的仅仅是威慑。也许他们有些……

蒂凡妮说："我们准备安装一个新系统，所以我暂时把家里的带过来用。这店里总得有一个吧。"她转向女儿，让她把苏菲的照片拿给顾客看。"好的，妈妈。"这名女服务员接过传单，开始挨桌询问。

蒂凡妮带肖走进杂乱的办公室。她说："我本想告诉她父亲监控录像的事，但他把寻人启事带来的时候我不在，我也没再琢磨过这件事，直到你出现。请坐。"蒂凡妮一只手搭在肖的肩上，把他带到纤维板桌子前面那把摇摇晃晃的椅子上，桌上放着一沓纸和一台旧台式电脑。她弯下腰，碰到了他的胳膊，然后她开始操作电脑。"从什么时候开始看？"

"星期三，下午五点。从这个时间点开始看。"

蒂凡妮留着很长的指甲，上面涂着黑色亮面指甲油，她正熟练地敲着字。几秒钟后，一段视频出现了。这家咖啡店的摄像头比大多数监控摄像头更清晰，主要因为它不是更常见的广角镜头。广角镜头可以覆盖更广阔的视野，但会扭曲图像。肖现在可以看到点餐台、收银台、一部分座位区和稍远处的街道。

蒂凡妮按照肖的要求拖动进度条。屏幕上，顾客们在柜台前来来往往，就像排着队的苍蝇。

肖说："等一下，往后倒，三分钟。"

蒂凡妮照做，然后点击播放键。

肖说："在那儿。"

监控录像中，苏菲的自行车从咖啡厅左侧出现。骑自行车的人肯定是苏菲，自行车的颜色、头盔、衣服和背包样式都和穆林纳描述的一模一样。苏菲做了一件肖从未见过的事。她蹬了两下车，把左腿甩过车架，右脚还踏在踏板上。自行车向前滑行，她以右脚站立，身体保持着完美平衡。就在车停下来之前，她跳了下去。这是一套精心设计的下车动作。

苏菲用一把令人印象深刻的锁和一根又粗又黑的金属把自行车固定在灯柱上。她摘下红色的杏仁壳形状的头盔，走进快字节咖啡厅，环顾四周。肖希望她能向某位工作人员或者客人挥手，但是她没有。她往左边走，消失在监控录像里。过了一会儿，她重新出现并点了餐。

老式监控系统通常不会浪费存储空间或传输带宽去存储声音，因此这段录像是无声的。苏菲拿了一杯咖啡和一个镀了铬的号码牌。肖能看到她脸上没有笑容，表情严峻。

"请在这里暂停。"

蒂凡妮照做。

"你接待过她吗？"

"没有，应该是亚伦接待的她。"

"他现在在店里吗？"

"不，他今天休息。"

肖让蒂凡妮用手机拍下苏菲的照片，发给亚伦，看看他能否记起任何关于苏菲的事情，包括她说了什么、跟谁说过话。

她把照片发给了那名员工，手机发出"嗖"的一声。

肖正要让蒂凡妮给亚伦打电话，她的手机就响了。她看了看屏幕。"不，他不记得她了。"

监控录像中，苏菲又消失了。

这时，肖注意到有人出现在画面里。他（或她）中等身材，穿着宽松的深色汗衫、跑鞋和风衣，戴着一顶灰色针织帽，帽檐拉得很低。这个人还戴着墨镜。总有该死的墨镜。

这个人在街边左顾右盼，走近苏菲的自行车，迅速蹲下身，也许只是要系鞋带。

也许不是。

这一行为让肖认为其很可能是绑匪。由于暂时无法判断性别，所以肖给他起了一个中性的绰号——嫌疑人 X。

"他在做什么？"蒂凡妮低声问道。

搞破坏？或者在自行车上安装追踪装置？

肖想：快点儿进店，点些东西。

但他知道那是不可能的。

X 直起身体，朝他来的方向转身，飞快走开了。

"需要快进吗？"蒂凡妮问道。

"不用。继续播放吧，正常速度就行。"

顾客来来往往，服务员穿梭着送餐上菜。

看着行人和司机川流不息地经过，蒂凡妮问道："你住这里吗？"

"我有时候住在佛罗里达。"

"迪士尼？"

"没那么近。我不常去那儿。"

肖的意思是，他偶尔去佛罗里达，至于迪士尼，他根本没去过。

蒂凡妮可能还说了别的，但肖的注意力始终在这段监控录像上。星期三下午六点十六分三十三秒，苏菲离开了快字节。她走向自行车，然后一动不动地站着，望向街对面一个平凡无奇的地方——一家店铺的橱窗里挂着一块被太阳照得褪色的租赁招牌。肖注意到苏菲的一只手出现在画面里，握紧拳头，放松，然后又握紧。她的头盔从另一只手滑落，在地上弹了几下。她飞快地弯下腰捡起头盔，然后把它套在头上。她似乎很生气。

苏菲打开自行车锁。和优雅的下车动作不同，她跳上座位，用力蹬车，从右侧消失在视野中。

肖盯着屏幕，看着过往车辆，眼睛从左向右扫，想看看苏菲消失的方向有没有发生什么异常。然而，从监控视频里几乎看不见车辆内部。如果戴着帽子和墨镜的 X 坐在驾驶座上，肖根本不可能看到。

肖让蒂凡妮把这段有 X 的监控视频发到他的邮箱里，她照做了。

他们一起从办公室走进餐厅，回到桌边。那个叫玛吉的女儿告诉他，她问的人都说没见过那个女孩。她又补充道："我问的时候，没有人看起来可疑。"

"谢谢你。"

肖的手机低声响了起来，他瞥了一眼屏幕。麦克对苏菲的前男友凯尔·巴特勒的调查显示,他曾两次因吸毒而被判轻罪,没有暴力史,没有受到警告。他确认了这个信息,收起手机。

肖喝完了咖啡。

"续杯吗?要不要点些别的?我们请客。"

"不用了。"

"实在抱歉,我们没帮上什么忙。"

肖向她道谢,没有补充说明这趟"快字节之旅"让他明确了接下来的调查方向。

9

三十米高的陡峭悬崖下一条干涸的河床边,十五岁的科尔特·肖正在大院的西北角搭建帐篷。

这个帐篷是芬兰风格。斯堪的纳维亚人很喜欢这种临时建筑,它们通常会出现在人们狩猎和捕鱼的地方。科尔特之所以知道这些,只因为他父亲是这么告诉他的。这个男孩只去过加利福尼亚州、俄勒冈州和华盛顿州。

他已经把松枝铺在倾斜的帐篷顶,现在正收集苔藓来隔热。营火必须留在外面。

一声枪响吓了他一跳。是来复枪的声音,比手枪的噼啪声响亮很多。

那把枪瞄准的正是肖的帐篷,因为这附近没有其他东西值得开火。阿什顿和玛丽·德芙·肖拥有这里近四平方千米的土地,然而从这里到土地的边界至少还要走一点六千米。

科尔特从背包里拿出一件橙色的狩猎背心穿上,朝着开枪的方向走去。

大约走了一百米,他被一只雄鹿吓了一跳。这只鹿很小,飞快地向北跑去,后腿上有血。科尔特的目光紧跟着它。他朝这只鹿来时的方向走去,很快就找到了猎人。这个猎人孤身一人，继续徒步深入肖家所有的这片土地。显然，猎人没有察觉到科尔特的靠近，于是科尔特细细观察他。

这位身材魁梧、面色苍白的男子身穿迷彩服，头戴迷彩圆顶小帽，发型像是平头。他的衣服看起来很新，靴子也没有磨损。在茂密的森林里，像他这样不穿橙色背心是一个非常糟糕的做法，因为如果没有颜色鲜明的狩猎背心保护，猎人自己可能会被误认为猎物，或者更有可能被误认为灌木丛。背心不会让鹿注意到你的存在——这种动物对橙色不敏感，对于蓝色更敏感。

这个男人背着一个小背包，帆布腰带上挂着一个水瓶，还别着一些备用弹夹。他手里的猎枪对于狩猎来说算是一个比较奇特的选择，这种黑色的、又短又粗的武器通常被视为一种突击步枪，大部分情况下在加州是非法的。这个男人的枪是大毒蛇公司[①]生产的，可装备口径零点二二三的子弹。这种子弹的直径比通常用于猎鹿的子弹直径小，显然也无法打什么更大的猎物了。较短的枪管意味着它射击远处目标时会失准。这种枪是半自动的，每次扣动扳机就会开火，这对于打猎来说是完全合法的，但是科尔特的母亲——家里的神枪手——教孩子们只能用栓式来复枪打猎。玛丽·德芙认为，如果你不能一枪就令目标毫无痛苦地死去，那么你要么没有足够努力地接近目标，要么根本没有打猎的本事。

还有一点奇怪的是，这个男人的枪上没有装备瞄准镜。这要怎么打猎？他要么是业余中的业余，要么就是神枪手。科尔

---

①大毒蛇（Bushmaster）武器公司，美国枪支制造商和分销商，创立于一九七八年，位于缅因州，以加工枪械零部件和生产民用步枪为主，主要生产 M4/AR-15 系列，也独立生产 AR-15 步枪。

特想起来，那头鹿只是腿上中枪。这就说得通了。

"先生，不好意思。"科尔特的声音——即使在那个时候，他也以一种流畅的男中音说出了这句话——吓了那个男人一跳。

男人转过身，那张刮得干干净净的脸因怀疑而细微地抽动了几下。他上下打量眼前的少年。科尔特当时跟现在差不多高，但要更瘦一些。上大学之后，科尔特参加了学校的摔跤队，练出一身强健的肌肉。牛仔裤、运动衫、普普通通的靴子和手套——九月的天气很凉爽——表明这个男孩只是个徒步旅行者。尽管他穿着猎人的橙色背心，但他肯定不是猎人，因为他没有携带任何武器。

科尔特经常被妹妹取笑，因为他不爱笑，但他的表情通常和蔼可亲，就像现在这样。

尽管如此，男人仍然紧握着枪。他的手指伸出，与枪管平行，并没有扣在扳机上。通过这个动作可以看出，枪膛里至少还有一颗子弹。这个猎人即使不熟悉狩猎的艺术，但显然熟悉这些武器，或许他曾经当过兵。

"你好吗？"科尔特直视那个人的眼睛，问道。

"还行。"他嗓音尖细。

"这块地是我们家的，先生。这里不能打猎，那边有告示。"科尔特一如既往，非常有礼貌。阿什顿非常全面地教授孩子们生存技能，从如何分辨浆果有毒或安全、如何驯服熊，到如何化解潜在的冲突。

永远不要与野兽或人类对峙⋯⋯

"我可没看见什么告示。"男人的黑眼睛里没有一点儿神采，他神色冷峻。

科尔特说："我知道。这片地挺大的，但这儿是我们家的，不能打猎。"

"你爸爸在附近吗?"

"不在。"

"你叫什么名字?"

阿什顿告诉孩子们,不能奢求别人的尊重,要自己争取。科尔特什么都没说。

男人歪着头,很生气地问道:"那我到哪里去打猎呢?"

"你已经进入这里一点六千米了。你应该把车停在维克汉姆路向东八千米的地方,那边都是公共森林。"

"这片地都是你们家的?"

"是的。"

"你家可真有点儿《生死狂澜》①的意思啊。你也弹班卓琴吗?"

科尔特当时没懂,他之后会明白的。

"那我走了。"

"等等。"

那人停下来,转过身。

科尔特很困惑:"你要去追那头鹿吗?"

那人惊讶地看了科尔特一眼。"你说什么?"

"那头鹿。它受伤了。"即使这个人没有经验,但这是常识。

猎人说:"哦,我打到东西了?灌木丛那边发出了一点儿声响,我还以为是狼。"

科尔特更困惑了,他不知道如何回应这句话。

---

① 《生死狂澜》(*Deliverance*),一九七二年上映的电影,由约翰·布尔曼执导。讲述了四个爱好冒险的好友结伴前往卡胡瓦西河漂流,遇到两个持枪的陌生人,一场冒险之旅成为夺命之旅的故事。

"狼只在天色变暗之后出来捕猎。"科尔特说。

"是吗？我不知道。"

他在没有确定目标的情况下直接开枪？

"不管怎样，先生，这儿有一头受伤的鹿，你必须找到它并且解决它。"

男人笑了。"你说什么呢？我的意思是，你算老几？也来教训我？"

科尔特猜测，这个无知的人穿着几乎全新的衣服，所以肯定是被朋友邀请来打猎的，但没有狩猎经验，所以想提前演习一下，到时候才不会在朋友面前丢脸。

"我可以帮你，"科尔特提议，"但我们不能让那头鹿跑了。"

"为什么？"

"动物被打伤，你就得跟过去，不能让它们白白受苦。"

"受苦就受苦呗。"那人低声说，"就是一只鹿而已，谁在乎呢？"

永远不要猎杀动物，除非出于以下三个原因：为了食物或躲避，为了防御，或者出于仁慈之心。

科尔特的父亲给孩子们制定了一长串规则，其中大部分是以否定句开始的。科尔特和哥哥罗素称父亲为"永不国国王"。有一次他们问父亲为什么不用"总要"表达他的人生哲学。阿什顿回答说："因为这样更能吸引你们的注意力。"

"来吧。"科尔特说，"我会帮你的，我能干这件事。"

"孩子，你别逼我。"

与此同时，男人将枪口慢慢指向科尔特。

这个年轻人终于有了一丝紧张的情绪。科尔特和兄弟姐妹经常练习如何自卫——格斗摔跤，舞刀弄枪，但他从来没有真正打过架。他是在家上学的,这有效避免了校园霸凌的可能性。

他想,这就是一个愚蠢的人在做一件愚蠢的事。

然而科尔特知道,有时愚蠢比聪明更加危险。

"那么,你父亲到底是个什么样的人,会任由儿子到处乱说话呢?"

男人的枪口又摇晃着向科尔特靠近了一些。这个男人当然不想杀人,但他的自尊心像个受到了沉重打击的甜瓜一样碎了一地,这意味着他可能会朝肖的方向开一枪,让肖吓得四处乱窜。但是,子弹总会飞往意想不到的地方。

在不到一秒钟内,科尔特从背后腰带上的枪套里抽出那把老式柯尔特蟒蛇左轮手枪[①],枪口朝下,指向旁边。

永远不要瞄准你的目标,直到你准备扣动扳机或释放箭矢。

男人睁大了眼睛。他呆住了。

此时此刻,科尔特·肖突然意识到这个行为确实令人意外。但这更像打开了一盏灯,让光投射到原本黑暗的地方。他看着眼前的人,就像看着一只将会成为晚餐的麋鹿,或者看着一匹想把科尔特当成主菜的狼群首领。

与此同时,肖正在评估受到的威胁和获胜的可能性,并且已经想好,如果那可能性大约百分之十的意外不幸发生,他应该怎么杀了对手。他眼中的沉着冷静丝毫不逊于那个假猎人。

那男人一动不动。他也知道这个年轻人的胜算比他大——从拿手枪的样子就看得出来——年轻人肯定会率先开枪,他不可能抢占先机。

"先生,可以请你丢掉弹夹,取出枪里的子弹吗?"肖的视

[①]科尔特与柯尔特英文拼写相同。

线一直没有离开这名入侵者,因为眼神就是下一步行动的信号。

"你在威胁我吗?我要报警了。"

"先生,白硫黄泉分局的罗伊·布兰奇警官肯定很乐意和你谈谈。我想我们两个都愿意跟你好好谈谈。"

那个男人微微转身,侧过身体,摆出射手的姿势。百分之十的失败可能性上升到了百分之二十,于是科尔特也微微抬起枪。尽管枪口仍然朝下,但已经更方便开枪,也就是说,当科尔特瞄准射击时,扣动扳机需要的力量更少,射击也会更准确。那人在九米开外,在这个距离,科尔特能打中一个点心罐的正中心。

时间静止了一瞬,那男人拨弄了一个按钮,弹夹掉了下去。这意味着这把枪在加州绝对是一种非法武器,因为加州法律要求来复枪更换弹夹时要使用特定工具。男人打开枪膛,一颗又长又亮的子弹掉了出来。他捡起弹夹,但留下了那颗子弹。

"我会替你照顾好那只鹿的。"科尔特说完,感觉心猛地一跳,"现在,我希望您可以离开我们的私人领地,先生。"

"当然,我这就走,浑蛋。你看我之后还会不会回来。"

"好的,先生,我们走着瞧吧。"

男人转身走开了。

科尔特悄无声息地跟着他,走了二点四千米,直到他走到一个河边的停车场。那条河是漂流胜地。男人把武器扔进一辆大型黑色 SUV 后座,加速离开停车场。

不速之客走了,科尔特·肖开始工作。

你是我们家最优秀的追踪者,科尔特。你甚至可以找到麻雀在草叶上呼吸过的地方。

他开始寻找那只受伤的动物。

出于仁慈之心……

这片林子里没有太多血迹，而且大部分地面都被松针覆盖着，没有岩石，因此几乎看不见动物蹄印。经典的记号标记技术在这里没什么用处，但显然肖并不需要，他一个人也可以开动脑筋思考猎物可能的去处。

受伤的动物通常会寻求以下两种东西之一：等死的地方，或者疗愈的地方。

后者指的是水源。

科尔特悄无声息地向下一个小池塘走去，多蕾昂五岁时给这个池塘起名叫鸡蛋湖，因为它是椭圆形的。这里是附近唯一的水域。鹿的鼻子里外都有嗅觉传感器，比人类的灵敏一万倍。那头鹿可以准确地知道池塘的具体位置，通过池塘水里的矿物质、两栖动物和鱼类的排泄物、藻类、泥浆、腐烂的树叶和树枝，以及猫头鹰和老鹰在岸边留下的青蛙残骸的气味。

在三百米远的地方，他看到了那头鹿。它腿上有血迹，头朝下，正在喝水。

科尔特拔出手枪，默默地向前走去。

苏菲·穆林纳呢？

就跟那头小鹿一样，受伤之后，她一定也想得到一些安慰——父亲搬家的决定和那些激烈的言辞让她怒火中烧。他想起之前看过的那段视频：那个年轻女子站在那里，肩膀耸起，双手时而握紧，时而放松，对掉落的头盔感到愤怒。

那她的鸡蛋湖会是哪里呢？

骑行。

她的父亲在肖询问的时候说了同样的话。肖又想到苏菲把车停在快字节咖啡厅前面时优雅下车的姿态，以及她离开咖啡馆时两脚愤怒地踩在踏板上，坚定有力地向前猛冲的情景。

　　在平衡、动力和速度中获得舒适。

　　肖估计她正在进行有生以来最艰难的一段自行车之旅。

　　肖坐在雪佛兰迈锐宝的前座，打开笔记本电脑包，拿出一张兰德·麦克纳利[①]的旧金山湾区折叠地图。他在他的房车里放了一百多张这样的地图，覆盖了美国、加拿大和墨西哥的大部分地区。对科尔特·肖来说，地图有种魔力。他很喜欢收集地图，不管是当代地图、老旧地图还是古代地图，他在佛罗里达州的房子里的大部分装饰物都是装裱了的地图。相比电子制品，他更喜欢纸制品，所以更喜欢纸书而不是电子书。他相信纸制品承载了更丰富的经验。

　　每次工作时，肖都会自己绘制地图，标注调查期间去过的重要地点。他会反复研究地图，寻找那些一开始可能不太明显但慢慢浮现在眼前的线索。他收集了不少这样的地图。

　　他很快就在山景城中心的快字节咖啡厅外面找到了方向。

　　苏菲最后是向北出发的。他伸出一根手指，在地图上沿着那个方向可能的路线指下去，经过一〇一号高速公路，朝向海湾。当然，她随时可能在任何一个路口转弯。肖发现，如果她继续朝那个方向走，就会看到一个长方形绿地——圣米格尔公园，距离咖啡厅三点二千米。他推断苏菲会选择这样的地方，因为她可以在小路上狂奔，而且不用担心交通状况。

　　然而，公园里能骑自行车吗？纸制品已经完成任务，是时

[①] 兰德·麦克纳利（Rand McNally），一家美国出版公司，专门发行地图、地图集、教科书以及地球仪。

候进入二十一世纪了。肖想起谷歌地球（这很合理，因为公园离这家公司总部只有几千米远）。他从图片上看到，圣米格尔公园里到处是棕色泥土和沙地小径，非常适合骑自行车。

肖发动引擎，朝那个地方开去，想知道会发现什么。

也许什么都没有，他会扑个空。

也许她骑自行车的朋友会说："哦，苏菲。对，她星期三来过，然后走了，向西往阿尔瓦拉多去了。我也不知道她要去哪里，抱歉。"

或者他们会说："哦，苏菲吗？对，她星期三来过，好像因为什么事生她爸爸的气了。她要去某个朋友家住上几天。她觉得他实在过分，就把他臭骂了一顿。她说星期天会回家。"

毕竟，大团圆结局确实会发生。

就像鸡蛋湖的那头鹿一样。

事实证明，那颗子弹虽然速度快，但体积不大。它从鹿的臀部穿过，没有伤到骨头，基本上只造成了烧灼伤。

科尔特站在离这头健忘的、正在饮水的动物三米远的地方，把手枪放回皮套，从背包里拿出他和兄弟姐妹都会随身携带的一品脱[①]必妥碘消毒剂。他屏住呼吸，悄无声息地走到离鹿只有一米远的地方，停了下来。这个生物被陌生气味惊醒，猛地抬起脑袋。男孩小心翼翼地用喷嘴瞄准，将一股红褐色消毒剂喷到这头鹿的伤口上。这只动物直接跳了起来，弹到半米高的空中，然后像卡通人物一样消失了。科尔特只能苦笑一下。

那你呢，苏菲？肖在去公园的路上不禁想。这是你的治愈之所，还是葬身之地？

---

①约合五百六十八点三毫升。

10

圣米格尔公园被平均地分成树林和平地，干涸的涵洞和河床纵横交错，还有肖在谷歌地球上看到的小路。他仔细观察，发现铺路的是泥土，而不是沙子。这种路既适合苏菲热爱的自行车骑行，也适合肖喜欢的驱车驾驶。

由于干旱，这个地方并没有兰德·麦克纳利的地图说的那种翠绿，相反，大部分地方都是棕色和米黄色的，带着灰蒙蒙的色调。

正门在公园的另一边，但是苏菲的路线会把她带到这里——塔曼路宽阔路肩外的自行车道。他虽然不熟悉这个地区，但知道这条林荫道的名字。数百年前，奥隆族的土著部落塔曼居住在如今的硅谷。他们在一场熟悉但极其可耻又可怕的大屠杀中失去了领地，犯下罪恶的并非征服者，而是加州成为美国一个州后的当地官员。

肖的母亲玛丽·德芙·肖认为，她的某位祖先是奥隆族的长者。

他关掉汽车引擎。这里的灌木丛和树丛有两处缺口，把路肩和公园隔开。这些小径延伸到陡峭的山坡，上面有许多脚印和轮胎的痕迹。

下车之后，肖环视这个广阔的公园。他听到一个熟悉的声音。摩托车发出的呜呜声有一种特殊的音调，确实会让一些人难以忍受，但对另一些人来说——比如肖——这个声音如同海妖之歌一般诱惑。旁边的一块告示牌上写着严厉的警告：此处禁止骑摩托车。要不是正在工作，肖肯定会在六十秒内把他的雅马哈摩托车从架子上卸下来，在九十秒内骑上跑道。

那么，第一，假设这起案子是绑架。第二，假设有一个X，戴着灰色针织帽和墨镜。第三，假设X在苏菲的自行车上装了追踪器，一路跟踪她。

之后发生了什么呢？

在苏菲进入公园内部之前，X大概会在这里抓住她。当然，他肯定会担心存在目击者，尽管塔曼路附近的人并不算太多。肖的确路过了几家公司、小型制造商和快递站，但从这些公司根本看不到路上发生了什么，而且道路上几乎没有车流。

当时是怎样的情形呢？X发现了苏菲。然后呢？他会怎么接近她呢？假装问路吗？

不，作为一个十九岁的优等生，还是科技公司的员工，她不会上当，尤其这个时代的GPS如此方便。向她搭讪？这好像也不太可能。X肯定能看出来苏菲并不是个弱不禁风的女孩子。她喜欢运动，身体强壮，很可能会警惕任何陌生人的接近。苏菲可以以每小时三十千米的速度飞快骑车进入公园，远远甩开他。肖觉得，X在苏菲面前耍不了什么花招，也不会有什么小动作。X会在苏菲意识到自己已经成为目标之前迅速出击。

他沿着离公园最近的路向前走。在两个步道入口之间的草地上，他发现了一个红色的东西。那是一块三角形的塑料，大概是自行车尾灯碎片。他用纸巾包起这个三角形碎片，放进口袋。肖的手机里有他从咖啡厅监控视频里截取的苏菲自行车的图像，她的自行车尾灯正是一个红色的圆盘形反射器。

这就对了。X跟踪苏菲来到这儿。趁路上没有车的时候，他从后面撞上她的自行车。她摔倒在地，X立刻扑了上去，用胶带封住她的嘴，缠住她的四肢，把她、自行车和背包都装进后备厢。

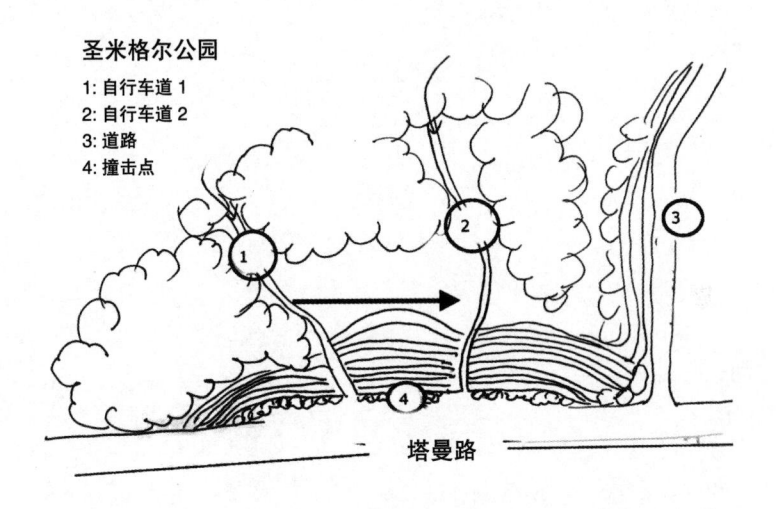

圣米格尔公园
1：自行车道1
2：自行车道2
3：道路
4：撞击点

塔曼路

塑料碎片附近的灌木丛明显被人踩坏了。他从路肩走下来，望向坡下，目之所及都是些乱草，从他站的地方一直延伸到一个小峡谷的底部。也许这个计划并没有X希望的那么顺利。也许他撞得太狠了，把苏菲从路肩上撞了下去，她摔下了这个四十五度的斜坡。

肖沿着一条小路大步流星地走向苏菲可能滚落的地方。他蹲下，身旁都是杂乱无章、折断或弯曲的草，泥土上留有也许是一场混战留下的痕迹。之后，他发现了一块柚子大小的石头，上面有一抹污渍：已变成棕色的、干涸的血渍。

肖拿出手机，拨打了一个几小时前就已经输入通话栏的号码。他按下拨号键，大约山上三米高的位置传来一阵轻微的声音，每隔几秒钟重复一遍。那是三星手机的来电铃声。

他拨打的正是苏菲的手机号码。

11

现在，轮到专家登场了。

肖打电话给弗兰克·穆林纳，告诉他最新发现。听到这个消息，对方倒吸了一口气。

"那些狗娘养的！"

肖最开始没听明白，随后才意识到穆林纳指的是警察。

"他们要是能该干活儿的时候干活儿……我现在就给他们打电话！"

肖已经可以预见这肯定是场灾难。发了疯的父母，他以前也不是没见过。"让我来处理。"

"但是——"

"让我来处理。"

穆林纳沉默了一会儿。肖能想象到那人苍白颤抖的手指正握着手机。"好吧。"苏菲的父亲说，"我现在就回家。"

肖已经知道穆林纳第一次报案时联系的警探的名字：威利和斯坦迪什，他们是在圣克拉拉附近的联合重案组特遣队的成员。

挂断穆林纳的电话后，肖打给联合重案组特遣队，说要找这两名警探，随便哪个都行。声音严肃的办公室主任（如果这是她的职位的话)说,这两个人都出去了。肖表示情况紧急。

"你应该打九一一报警。"

"事关斯坦迪什和威利警探参与的某个案件的案情发展。"

"哪个案件?"

显然,并没有什么案件。

"能告诉我你们的地址吗?"肖问道。

十分钟后,他动身前往联合重案组特遣队总部。

加州一向不缺执法人员。肖从小在州东部的荒野中长大,一家人都与公园护林员打过交道——他家的大院毗邻数万平方千米的州森林和联邦森林。这家人对其他机构也不陌生:州警察局、加州调查局,偶尔还会遇到联邦调查局,更别提罗伊·布兰奇警长了。

但是与联合重案组特遣队打交道,对科尔特·肖来说的确是全新体验。他上网搜了一下,发现这个联合重案组特遣队负责调查谋杀、绑架、性侵和盗窃等重大刑事案件,还有一个缉毒小组。

肖就快到联合重案组特遣队的总部所在地了。那是一幢二十世纪五十年代风格的低矮大楼,坐落在西黑丁街,离圣克拉拉县警长办公室不远。他把车停在停车场,沿着长满多肉植物和红花的弯弯曲曲的人行道走着,耳边都是尼米兹高速公路上汽车飞驰而过的声音。一位穿着制服的金发警官坐在前台的窗口后面,肖走了过去。

"您有什么事?"

他认出了这个声音,正是这个年轻女人之前接到了他的电话。她的声音平静而沉闷,但是表情非常不屑。

肖再次要求见威利警探或斯坦迪什警探。

"斯坦迪什警探还没回来。我去看看威利警探有没有时间。"

肖坐在一张橙色的用塑料和铝制成的椅子上。特遣队总部的等候室就像医生办公室，但是没有杂志看……玻璃都是防弹玻璃，用以保护前台接待员。

肖打开电脑包，拿出装订好的笔记本，开始写些什么。写完，他走到前台。那个女人抬起头。

"能麻烦您帮我复印一份吗？这和威利警探负责的案子有关系。"

或者说，威利马上就会负责这个案子。

空气再一次安静下来。女人拿走笔记本，按照他的要求做了，然后把笔记本和复印件递给他。

"多谢。"

肖刚坐下，门"咔嗒"响了一声，一个四十多岁的大块头男人开门走进等候室。

这个男人并没有穿警察制服，身材是标准的倒三角，有着宽厚的肩膀和坚实的胸膛，仿佛在测试灰色衬衫纽扣的强度。他的胸部往下到腰逐渐变细，直到臀部。他上学时肯定打过橄榄球。他的头发已经灰白，但仍然非常浓密，梳着背头。要是他出现在一部惊悚电影里，可能也会是个警探，不然简直委屈了那匀称的身材、灰白的背头、鹰钩鼻和结实的下巴。这种形象通常不会是主角，而是个可靠的角色——往往是被牺牲掉的那个。他的武器是一把格洛克手枪，装在腰间的枪套里。

他那双浑浊的棕色眼睛上下打量着肖。"你找我？"

"你就是威利警探？"

"正是。"

"科尔特·肖。"肖站起来，伸出手臂，迫使对方和他握手，

"你之前接到过一个电话,是弗兰克·穆林纳打过来的,他女儿苏菲星期三失踪了。我在帮他找女儿,并且已经发现了一些情况,很明显她被绑架了。"

短暂的沉默。"'帮他找女儿'?你是他们家的朋友?"

"穆林纳发了悬赏,因此我来了。"

"悬赏?"

威利很可能是个麻烦。

"你是私家侦探?"警探问。

"不是。"

"保释执行人①?"

"也不是。"保释执行人受到严格监管,这就是肖不选择那个职业的原因。另外,肖不想在小猪商店的停车场追捕那些"失败者",还要把他们铐起来,拖着他们汗流浃背的身体,把他们扔到地方行政部门的接待区。

肖继续说:"情况紧急,警探先生。"

威利再次从头到脚打量了一遍肖。过了一会儿,他说:"你带武器了吗?"

"没有。"

"跟我回办公室吧。我们得先看一眼包里的东西。"

肖打开包。威利戳了戳包里面,然后转过身,穿过安检口。肖跟着他走过走廊,途经不同功能的办公区隔间,大概有十五个男女职员,男性略多于女性。大部分职员都穿着灰色制服,也有穿西装的,还有一些密探穿着日常休闲服,有点儿邋遢。

威利把他领进一间简朴的大办公室,室内几乎没有任何装

---

① 保释执行机构(Bond Enforcement Agents 或 Bail Enforcement Agent,BEA),指为抓获逃犯而提供服务或采取行动的个人或团体。

潢。打开的门上有两个牌子：警探 D. 威利和警探 L. 斯坦迪什。两张桌子面对面摆放在房间两边的角落里。

威利在他的工位坐下，看着电话留言条，体重把椅子压得吱呀作响。肖坐在他对面的一把灰色金属椅子上。这椅子简直不是给人设计的，坐上去非常不舒服。他甚至觉得，威利直接把嫌疑人按在这把椅子上，就可以开始审讯了。

警探继续熟练地无视肖，专心研究留言条上的信息。他转过身去，在电脑上打着字。

肖厌倦了这种无聊的试探。他从口袋里掏出用纸巾包着的苏菲的手机，放在威利的桌子上。不出所料，它发出了一声闷响。肖展开纸巾，露出里面的手机，就像医生剥开表皮露出内部结构。

威利那双本就不大的眼睛眯得更小了。

"这是苏菲的手机，我在圣米格尔公园找到的。她失踪前一直在那里骑自行车。"

威利瞟了一眼那部手机，目光再次回到肖身上。肖解释了在快字节咖啡厅看到的录像、绑匪跟踪她的可能性，以及公园里可能发生的事，比如某辆汽车撞上了苏菲的自行车。

"跟踪？"这是威利唯一的回应。

"可能吧。我拷贝了一份视频，快字节那里有原版。"

"在接下悬赏之前，你认识穆林纳或者他女儿吗？"

"不认识。"

警探向后靠了靠，身下椅子的木头和金属再次发出响声。"我只是好奇，你跟这一切到底有什么关系？你姓肖，没错吧？"他开始在电脑上打字。

"警探先生，我们可以找机会详细聊聊我的生平，但现在再不找苏菲可能就晚了。"

威利的眼睛紧盯着电脑屏幕。他可能找到了一些文章，上面写着肖帮助警方找到逃犯或失踪人员。他也可能去查了他的案底记录，但找不到搜查令或判决书。当然，如果加州大学高层知道他是昨天从他们神圣的学术殿堂里偷走了四百页资料的幕后黑手，他就有可能变成通缉犯。

显然并没有，没人来抓他。威利又坐直了："也许她故意丢了手机，因为她不想回家，反正她爸爸大概率会付钱，而且已经付了八百美元。她也许是去找朋友一起住了。"

"我发现了扭打的迹象。一块石头上面有疑似血迹的污渍。"

"DNA 鉴定至少需要二十四小时。"

"问题不是需要确定这血迹是不是苏菲的，而是这显然表明她遭到了袭击和绑架。"

"你之前办过案子，当过警察？"

"没有，但是这十年我一直在协助处理失踪人口的案件。"

"为了钱？"

"救人是我的营生。"

和你一样。

"奖金是多少？"

"一万美元。"

"嚯，这可不是一笔小数目。"

肖取出第二包纸巾，里面有一小块三角形的红色反射器碎片，他觉得那是苏菲自行车上的。

"这个碎片和那个手机，我都是用纸巾包着捡起来的。虽然罪犯的指纹留在上面的概率很低，但是我想她从山上摔下来后，第一时间应该会想打电话求救。绑匪追上来，她才把电话扔出去。"

"为什么？"威利的目光转向一个文件夹。他取出一支自动铅笔，做了记录。

"估计她想，要是朋友或父亲打来电话，手机会响，就有人能发现，然后拼凑出她被绑架的真相。"肖继续说，"我在找到它的地方做了记号，可以帮到你的犯罪现场小组。你知道圣米格尔公园吗？塔曼路那边？"

"我不知道。"

"在海湾附近。那条路上可能没几个目击证人，但我在去公园的路上发现了一些店铺，也许哪家会有监控。从快字节到圣米格尔的路上有六七个交通摄像头。这些视频应该足够你追踪了。"

威利又匆匆写下一张纸条。他到底在写什么？和案件相关的，还是他的购物清单？

警探又问："你什么时候能拿到赏金？"

肖起身，拿起苏菲的手机和那一小块塑料，把它们放回包里。威利脸上露出惊讶的神色。"欸——"

肖平静地说："绑架也是一种违反联邦法律的犯罪。联邦调查局在帕洛阿尔托有个办事处，我得和他们商量一下。"说完，肖朝门口走去。

"等一下，等一下，老大，别着急。你得明白一件事，这件案子要是按绑架算的话，后面的事情可太多了。上面的人也得处理，下面还有一大堆媒体等着。你先坐一会儿。"

肖停顿了一下，然后转身坐了下来。他打开电脑包，取出等威利时草草写下的笔记的影印件。他把那张纸递给了警探。

"FM 是弗兰克·穆林纳的首字母。SM 是苏菲。CS 是我。"

虽然这是显而易见的事情，但与威利合作时，肖不愿意冒任何风险，所以还是解释了一下。

  失踪人员：苏菲·穆林纳，十九岁。
  绑架地点：圣米格尔公园，山景城，塔曼路路肩。
  可能的犯罪场景：
  离家出走：百分之三（不太可能，因为她的手机、反射器碎片和挣扎痕迹；她的好朋友——FM问过的八个——没有一个表示她可能会离家出走）。
  肇事逃逸：百分之五（司机可能不会把她的尸体一起带走）。
  自杀：百分之一（无精神病史，无自杀企图，无表达自杀意愿史，不符合圣米格尔公园的场景）。
  绑架和谋杀：百分之八十。
  被前男友凯尔·巴特勒绑架：百分之十（情绪有些不稳定，可能有虐待、吸毒史，不同意分手；没有回复CS的电话）。
  在黑帮冲突中被杀害：百分之五（该地区有MT-44和几个拉丁美洲的帮派，但帮派成员通常会在公共场所留下尸体作为杀戮的证据）。
  被FM的前妻，也就是苏菲的母亲绑架：小于百分之一（苏菲不是未成年人，父母离婚发生在七年前，犯罪记录和母亲的其他背景调查都表明她不太可能做这种事）。
  营利性绑架：百分之十（通常在绑架后二十四小时内索要赎金，但是没人联系；她父亲并不富裕）。

被绑架，迫使FM透露两份工作中任何一份的敏感信息：百分之五（其一，汽车零部件销售的中层管理；其二，仓库经理，无法接触到敏感或有价值的信息或产品）。如果是这种情况，现在应该有人联系他。

被绑架，迫使苏菲透露她兼职工作的软件开发公司吉尼赛斯的信息：百分之五（兼职工作不涉及机密信息或商业机密）。如果是这种情况，现在也应该有人联系了。

因目睹男友凯尔·巴特勒与神秘毒贩之间的毒品交易而被杀：百分之二十（注意，巴特勒也失踪了；可能是相关的受害者？）。

被反社会人格罪犯、连环绑架犯或杀手绑架或杀害；SM被强奸、谋杀或囚禁起来折磨和性侵，最终被谋杀：百分之七十。

未知动机：百分之七。

相关信息：

SM的信用卡已经两天没有使用了。FM的卡是主卡，可以访问相关信息。

快字节咖啡厅有嫌疑人跟踪她的视频。咖啡厅店主保存了原视频并已上传至云端。店主是蒂凡妮·梦露。CS有视频副本。

根据隐私保护法，FM没有访问她电话记录的权限。

嫌疑人可能在她的自行车上安装了追踪器，以跟踪她。

穆林纳的房子已经挂在市场上了，还没有买家。如果有买家的话，买家住处是潜在的绑架地点。

这位警探的脸干干净净,一看他就精心刮过胡子。他的眉头皱了起来:"老大,这是怎么回事?"

这个称呼让肖很恼火,但他没空理会,案子刚有了一点儿眉目。"信息有问题?"肖耸耸肩,"这些细节都是她爸爸提供的,我就是个跑腿的。"

威利嘀咕道:"这些百分比是怎么回事?"

"我会把事情按优先级排列。我会从可能性最大的开始,没戏的话就换下一个。"

威利又读了一遍。

"这些百分比加起来不是一百。"

"总有一些未知因素,总有一些我没法回答的问题。警探先生,你能派一队人去公园吗?"

"没问题。包在我们身上,老大。"他抚平肖的分析笔记,摇了摇头,像是被逗笑了,"我可以留着这个吗?"

"拿走吧。"

肖把手机和反射器的碎片放在威利面前。

肖的手机突然收到一条短信。他瞥了一眼屏幕,注意到"重要!"这个词之后,把手机收了起来。"有进展的话你会随时通知我,对吗,警探先生?"

"啊,那还用说?老大,那是肯定的。"

12

快字节咖啡厅里,蒂凡妮不安地朝肖点头示意。

刚刚的短信就是她发的,问他能不能来一趟。

重要!……

"科尔特,快过来看看。"他们从柜台走到布告栏前面,弗兰克·穆林纳之前把苏菲的照片钉在那里。

那张寻人启事不见了,取而代之的是一张八点五英寸乘十一英寸的白色打印纸。打印纸上有一幅模板印刷的奇怪的黑白照片,照片上有一张非常诡异的脸:两只眼睛的右上角都有一个白色光点,嘴唇张开。照片上的那个人穿着有领衣服,打着领带,戴着一顶二十世纪五十年代的商人常戴的帽子。

"我一看到这个就给你发了短信,但是没人知道换传单的人是谁、什么时候来的。在这儿的每个人我都问了一遍,无论员工还是顾客,但毫无收获。"

贴传单的布告栏就在侧门旁边,监控拍不到,帮不上忙。

蒂凡妮露出了一丝无力的微笑。"玛吉?我女儿?她生我气了。我让她回家,在找到那个坏人之前,我不希望她在这儿。你懂我的意思,她每星期要骑车上班三四次呢,而且那人来过这里!"

"那倒也不一定。"肖说,"有时候会有人把这些寻人启事当成纪念品收藏起来。或者有些人也想要赏金,所以把寻人启事扔掉以减少竞争者。"

"真的吗?真有人这么做?"

情况可能更糟糕。要是赏金达到六位数或更多,这些赏金猎人会无所不用其极地减少竞争。肖大腿上的伤疤就是证据。

但是这个诡异的照片是怎么回事?

是绑匪故意替换的吗?

如果真是这样的话,为什么?

是故意的玩笑,还是声明?

抑或是一个警告?

那张纸上面一个字都没有。肖在手上垫了一张纸巾,把它拿下来,塞进了电脑包。

肖看了看顾客,几乎每个人都在盯着大大小小的屏幕。

咖啡厅前门打开,顾客涌了进来。其中有一个商人,穿着深色西装和白色衬衫,没有打领带,看上去很疲惫;还有一个身材魁梧的女人,穿着蓝色工作服,一头漂亮的红发,二十五六岁,朝他这边看了看,找了个空位坐下。她的包里装着一台笔记本电脑——还有什么别的吗?

肖对蒂凡妮说:"我看到你的办公室里有一台打印机。"

"你要用吗?"

他点了点头。"你的电子邮箱是什么?"

她如实告诉肖,肖把苏菲的照片发了过去。"你能多印几份吗?"

蒂凡妮照肖说的,很快带着一沓苏菲的照片回来了。肖把赏金信息写在了启事底部,然后把它钉上布告栏。

"你能把监视器镜头朝布告栏这个方向转一转吗?"

"当然。"

"小心一点儿。"

那个女人点了点头,显然还在为被牵扯进这种事件感到不安。

他说:"我想问问有没有人见过她,可以吗?"

"当然可以。"蒂凡妮回到柜台。肖觉察到这个女人发生了一些微妙的变化。一想到那个女孩在她的地盘遭到了侵犯,她的心情就变得阴郁起来,脸上也露出多疑的神色。

肖拿起一张启事,开始四处询问。当问了一半的顾客,还是没有任何收获时,肖突然听到身后有个女人的声音。"不是吧?这也太可怕了。"

肖转过身,看到几分钟前走进咖啡厅的那个红发女人正盯着他手里的那张纸。

"那是你的侄女吗?还是妹妹?"

"我只是在帮她爸爸找她。"

"你是他的亲戚?"

"不是。他爸爸提出了悬赏。"肖朝着启事点了点头。

她想了一会儿,并没有做出什么特殊的反应。"估计他急疯了。天哪,她的妈妈呢?"

"我也觉得他快疯了。苏菲和爸爸一起住在这附近。"

这个女人的刘海遮住一块额头,脸型看上去像心形。她的手时不时拉一下头发,肖猜这是她紧张时的习惯。她有着户外运动者那样小麦色的皮肤,身材健美,黑色紧身裤勾勒出了优秀的大腿肌肉线条。肖猜测,她的日常训练项目包括滑雪、跑步和骑自行车。她的肩膀很宽,很显然这是她特意锻炼的成果。

肖的运动大部分也在室外进行。跑步机、楼梯机或者其他类似的东西能把他这种不安分的人逼疯。

"你觉得……嗯……她遇到不好的事了？"她的碧绿色大眼睛有几分湿润，闪着关切的神情，盯着那张启事。她的声音很悦耳。

"我还不知道。你见过她吗？"

她眯着眼睛看了一下启事："没有。"

她低头看着他的无名指，干干净净，什么也没戴，肖已经注意到她也一样。他又做了一个大胆的观察和推断：这个女人小他十岁。

她从一个有盖的杯子里抿了一口咖啡。"祝你好运。我真心希望她没事。"

肖看着她走到放着电脑的桌子前，插上头戴式耳机而不是入耳式的，开始打字。他继续向咖啡厅的客人询问是否看到过苏菲。

没有一个人见过。

在场所有人的答案都是否定的。肖决定回到圣米格尔公园，帮助丹·威利警探派来的警察一起调查犯罪现场。他谢过蒂凡妮，她轻轻点了点头。肖觉得，这个女人即将开始她的监视活动。

肖朝门口走去，注意到有人从左边走过来。

"嘿。"是那个红头发的女人。她的耳机挂在脖子上，耳机线晃来晃去。她走近了一些："我叫麦迪。你的手机开着吗？"

"我的什么？"

"你的手机。锁屏了吗？需要输入密码吗？"

不是所有人的手机都要输密码吗？

"是的。"

"所以说,解开锁屏,把手机给我,我来输入,这样我才能确定你存了我的手机号。不然你很可能会装个样子,实际上打给查号台。"

肖看着她美丽的脸和闪烁的大眼睛。她眼中的那抹绿色,正是兰德·麦克纳利的地图上假装圣米格尔公园树叶的颜色。

"就算现在存了,过一会儿我还是可以删掉。"

"这太多此一举了,我觉得你不会做这么麻烦的事。你叫什么?"

"科尔特。"

"听起来是真名。在酒吧里,当男人向女人搭讪,要给假名,一般会用鲍勃或者弗雷德这种名字。"她笑了,"不过,我其实是个挺强势的人,好多男人都被吓跑了,你看着倒不像那种会被吓到的类型。所以说,手机给我,我把电话存进去。"

肖说:"告诉我你的号码就行,我现在就回电话。"

她的脸上出现夸张的皱眉表情。"嚯,这样的话我就有你的电话号码了,而且会一直存在通讯录里。你愿意冒这个风险吗?"

他拿起手机。她说出电话号码,他拨了过去。她的手机铃声是一段循环的摇滚吉他,肖听不出具体是什么曲子。她皱起眉头,把手机举到耳边。"喂?喂?"她挂断了电话,"估计是个推销的。"她的笑声和她的眼睛一样,闪闪发光。

她又喝了一口咖啡,拨了一下头发。"下次见,科尔特。祝你顺利,无论你现在要干什么。哦,对了,还记得我叫什么吗?"

"麦迪。你还没告诉我你姓什么。"

"一次只能说这么多。"她戴上耳机,回到笔记本电脑前,屏保图案非常迷幻,似乎在向二十世纪六十年代致敬。

13

肖感到难以置信。

离开咖啡厅十分钟后,他把车停在塔曼路路边,俯瞰整个圣米格尔公园。竟然一个警察都没有。

"好的好的,老大,我们肯定会调查的……"

看来不会有人调查了。

肖拿着苏菲的照片,走近一对穿着淡蓝色慢跑服的老夫妇,他们是附近仅有的行人。正如他所料,这对夫妻从来没有见过她。

不过,就算警察没有行动,他也得继续搜查。这个小姑娘当时很有可能把手机扔出去了,希望如果有人打来电话,电话铃声能够吸引过路的人。

也许在 X 抓到她之前,她还在地上留下了什么记号,没准儿是个名字或者车牌号的一部分。也许她跟 X 扭打在了一起,她随手抓过一张餐巾纸、一支笔或一块布,上面留有嫌疑人的 DNA 或指纹,然后她把这团东西扔进了草丛。

肖走下峡谷。他特意走在草地上,以免破坏绑匪在沙地或泥土上留下的痕迹。

肖以那块有些棕色污渍的石头为中心调查,一圈圈扩大范围，他的眼睛一直盯着地面。没有脚印，没有什么纸巾或破布，没有从口袋里掉出来的垃圾，什么都没有。

突然，一道光吸引了他的目光。

那道光是从他头顶方向的辅路上射过来的，很快又闪了一下。他想，也许是谁在开关车门吧。但如果是开关门的话，这也太安静了。

他蹲下来，向光的方向靠近了一些。穿过微风吹拂的树林，肖勉强能辨认出汽车的样子，但那束光太强了，他只能眯起眼睛。光线晃动，可能是因为树枝在风中飘摇，或者下车的人正走到路边往下看。

那是个锻炼的人在做跑步前的伸展运动，还是个司机在长途驾驶回家的路上停下来方便一下？

又或者，那是 X 在暗中监视这个对苏菲·穆林纳的失踪表现出异常兴趣的人？

肖穿过灌木丛，低下身体，沿着峡谷前行，那辆车就停在峡谷上方——如果那确实是一辆汽车的话。峡谷两旁很陡。这对肖来说倒不算什么，因为他经常攀爬垂直的岩壁，但此处由于地形的原因，爬上去会发出很大声音。

有些棘手。在不被发现的情况下，他必须爬到顶部，扒开周围的植物，用手机拍下慢跑者、正在方便的人或者绑匪的车牌号码。

肖又往前走了大概六米，由于角度的原因，他已经看不见路上的情形了。与此同时，他听到身后传来树枝折断的声音，才意识到犯了大错。他太专注于寻找前方能安静行走的道路，以至于忽略了来自侧翼和后方的威胁。

永远不要忘记，危险可能来自任何方向……

就在他转身的瞬间,他看到一支枪对准他的胸口。他听到那个穿连帽衫的年轻人发出一声低沉的咆哮:"他妈的别动,不然你死定了。"

14

科尔特·肖恼怒地瞥了一眼袭击者，低声说："闭嘴。"
他的目光又回到上方的道路。
"我要开枪了，"年轻人喊道，"我说到做到！"
肖快步上前，一把抢过枪，扔在旁边的草地上。
"妈的！"
肖严厉地低声说道："我跟你说过，让你闭嘴！我没开玩笑。"他穿过一丛多节的连翘，想看清楚山上的路。路上突然传来"砰"的一声，车门关上了，随后是引擎发动和沙砾四散的声音。
肖以最快的速度爬上斜坡。到了山顶，他气喘吁吁地扫视路面，除了一片灰尘之外什么都没有。肖又爬回峡谷，那个年轻人正跪在草地上，寻找被丢掉的武器。
"别管它了，凯尔。"肖咕哝道。
年轻人一下子愣住了："你认识我？"
这个年轻人就是凯尔·巴特勒，苏菲的前男友。肖之前看过他的脸书主页，所以能认出他。
肖注意到，这支武器是一种廉价的霰弹枪，只能单发，子弹甚至无法打破皮肤。他捡起这个"玩具"，大步走到排水沟边，把它扔了进去。

"嘿！"

"凯尔，要是有人看见你拿着那把枪，你会被子弹打穿的。你是从哪个门进入公园的？"

年轻人站了起来，表情很困惑。他的双手还举在半空。

"哪个入口？"肖发现，一个人的声音听上去越平静，就越令人生畏。年轻人现在很安静。

"那边。"年轻人朝摩托车声音的方向点了点头，又咽了咽口水。

"不用一直举着胳膊。"

他缓慢放下双手。

"你看见停在山上的那辆车了吗？"

"哪儿？"

肖指着山坡上的那条路。

"没有，兄弟，我真的没看见。"

肖打量着他，想起这男孩喜欢冲浪。他有着一头蓬松的金发，黑色连帽衫下是一件深蓝色T恤衫，下半身穿着黑色尼龙运动裤。不得不说，他确实长得挺帅的，尽管他的眼睛里透露着茫然。

"弗兰克·穆林纳告诉你我在这里吗？"

空气再次安静下来。这个男孩在仔细思考到底什么该说什么不该说。他最后还是坦白了："是的。我收到你的信息之后就给他打了电话，他说你告诉他你在公园里发现了她的手机。"

最后一句中动词的过量使用让肖明白，这个患了相思病的男孩一定觉得正是肖绑架了他的前女友，为了得到赏金。他记得巴特勒的工作是给车装喇叭，而爱好是乘着一块打过蜡的木头在水上漂。肖因此断定，凯尔·巴特勒是绑匪的可能性已降为零。

但是还有一个问题。"你吸大麻、可卡因，或者做其他任何危险的事情的时候，苏菲跟你在一起吗？"

"你在说什么？"

肖决定先说最重要的事。

"凯尔，我绑架了人，然后希望从她父亲那里拿到赏金，这合理吗？我为什么不直接索要赎金呢？"

年轻人的眼睛瞟向别处。"也许……唉，好吧。"

摩托车的声音起起伏伏，嗡嗡作响。

巴特勒继续说："我只是……我满脑子想的都是：她在哪儿？她怎么了？我还能再见到她吗？"他的声音哽咽了。

"所以说，你之前吸毒的时候，她跟你在一起吗？"

"我不知道，可能在吧。为什么这么问？"

肖解释道，因为有些毒贩可能担心苏菲是目击者，会指认他们，所以出手伤人。

"我的天哪，不至于吧！就我买毒品的那个毒贩子？他们根本不算什么，大概就是学生或者小团体头头。你知道的，不过就是冲浪的那些人罢了，又不是什么东帕洛或者奥克兰来的暴徒。"

好像有点儿道理。

肖又问："你知道是谁把她带走的吗？她爸爸认为没有人跟踪她。"

"我不知道……"年轻人的声音渐渐消失了。他低下头，慢慢地摇着。肖看到了他眼中闪烁的泪光。"妈的，都是我的错。"

"你的错？"

"是的，兄弟。基本上每星期三我们都在一起，那对我们来说就跟周末一样，因为我周末两天都要上班。我要出去，你也知道，在半月湾或者马弗里克冲浪。然后我会去接她，和朋友们一起玩，或者一起吃饭、看电影。如果我没有……如果不是我搞砸了，上星期三我们肯定还会这样度过，根本不会发生这种糟糕的事。一切都是因为大麻。我变得很暴躁易怒，我就是个大浑蛋。我真不想这样，但就是出事了。我估计她受够了，她肯定不想和一个失败者在一起。"他生气地擦了擦脸，"我已经戒掉了，已经三十四天了。而且我要换专业，我要去学工程、计算机。"

所以凯尔·巴特勒是那个拿着空气枪来到圣米格尔公园的骑士，想对抗恶龙并救出那个少女。他肯定会赢回她的。

肖望了望塔曼路路肩，仍然没有警察的身影。他给警察打了电话，但是威利和斯坦迪什都外出了。

"给我找个袋子来。"肖对巴特勒说。

"袋子？"

"纸、塑料，任何材质都可以。看看路肩那边。我得检查一下这里。"

巴特勒爬到塔曼路上，肖沿着小路走，希望能找到一个垃圾桶，但是什么都没找到。然后他听到："找到了！"巴特勒小跑着下来。"就在路边。"他举起白色的袋子，"超市的袋子，行不行？"

科尔特·肖是一个很少笑的人，但是这时他淡淡地笑了："完美。"

他又一次走上草地，走到血迹斑斑的岩石前，用袋子把它捡了起来。

"你打算怎么处理它?"

"找个私人实验室做 DNA 测试,我敢肯定这是苏菲的血。"

"我的天哪。"

"不用担心,应该只是擦伤留下的痕迹,没什么大不了的。"

"你为什么要做这些事,因为警察不行吗?"

"确实不行。"

巴特勒瞪大了眼睛。"兄弟,我们一起去找她吧!要是警察真的什么都不做的话。"

"确实可以,但我首先需要你的帮助。"

"没问题的,兄弟,让我做任何事情都行。"

"她爸爸下班回家了。"

"是的,她爸爸周末在东湾的工作结束了。"巴特勒的脸上露出怜悯的表情,"通勤单程两个小时。他周中还有别的工作,可他还是养不起他们的房子,你都知道吗?"

"他回来之后,我需要你去看看,找点儿东西。"

"当然。"

"我真的很抱歉,凯尔。这事可能会让你有点儿难受,但我得弄清楚她到底有没有和别人约会。你得去她的房间翻翻,再跟朋友们聊聊。"

"你觉得她还会跟谁约会?"

"我不知道,但是我们必须考虑所有可能性。"

巴特勒苦笑了一下。"当然,我肯定不负所托。我知道复合只是我的痴心妄想罢了,我们俩没戏了。"这个年轻人转身向山坡上走去。然后他停住了,回来和肖握了握手。"对不起了,兄弟,我不是故意要跟你作对的。你明白吧?"

"小事。"

他看着巴特勒向远处的公园出入口走去。

年轻人背负着任务。

一个注定徒劳的任务。

从他对她父亲的了解和对她房间的调查来看，肖不相信苏菲在和任何人交往，至少肯定不是认真交往，更不用说那些可能绑架她的人了。但这个可怜的孩子最好不在场，当肖发现苏菲·穆林纳尸体的时候——这个结果已经可以预见。

15

肖开车沿着蜿蜒的塔曼路行驶,圣米格尔公园在后视镜中远去。

有可能某个连环绑架案的嫌疑人已经将受害者藏在地牢里一段时间了。他似乎很少关注这个更现实的可能性,也就是苏菲是反社会人格性暴力犯罪分子的受害者。根据肖的经验,大多数强奸犯会连环作案,总会出现好几个受害者。强奸犯倾向于杀人后离开,寻找下一个目标。

这意味着苏菲的尸体就被藏在附近的某个地方。X显然不笨——她自行车上的跟踪器,不显眼的穿着,精心挑选的作案区域。如果尸体就在他的后备厢,他肯定不会开走很远,毕竟路上可能遇到事故、交通临时检查或者检查站。他会在圣米格尔公园附近完成一切,然后溜走。旧金山湾的西南边都是潮湿的沙质土地,松软得足以快速挖出一个浅浅的坟墓。但这片区域太开阔,几百米以内没有任何遮挡物,而X肯定想要秘密行动。

肖来到一个废弃的大型自助仓库,里面有大约一百个隔间。这个自助仓库位于一片杂草丛生的沙地中间。他停下车,注意到挂着铁链的门中间的空隙很宽,能轻松让两个人溜进去。他亲自试验，成功进入，在过道里来回走动。这是一个很容易搜查的地方，因为通往各个隔间的镶板门都被拆掉了，堆在建筑物后面，锈迹斑斑，像巨型蟑螂的翅膀。也许这是出于安全考虑，就像丢弃冰箱时为了避免孩子被困在里面而将冰箱门拆除一样。不管是什么原因，总之肖能很容易看出苏菲的尸体不在这里。

他继续开车巡逻。

他看见一只野狗在大约九米远的地方拽着什么东西——一些红色和白色的东西。

是血和骨头吗？

肖迅速刹车，跳下车。这只狗并不大，有大概二十千克重，骨瘦如柴。肖慢慢地走近，步伐平稳。

永远不要惊吓动物……

那家伙眯着黑眼睛朝他走过来。它缺了一颗牙，看起来很不祥。肖避开了目光接触，毫不犹豫地继续向前走。

直到他能看清这只狗在拽什么。

一个肯德基炸鸡桶。

他把那骨瘦如柴的东西留在它虚幻的晚餐里，回到车上。

肖沿着塔曼路绕行了很大一圈，经过更多沼泽和田野，旧金山湾在他左侧，他继续向南走。

开裂且泛白的柏油路把他带到一排树木和灌木丛前，树丛后面是一处大型工业设施，似乎已经关闭了几十年。

一个两米多高的铁丝网环绕着杂草丛生的工厂。有三扇门，相距大约二十七米。肖把车停在一个似乎是大门的地方。他数了数，一共五，不，六幢残破的建筑，米色油漆和铁锈剥落，还有突出的管道和电线。有些墙壁上画着毫无创意的涂鸦。外围建筑都只有一层,中间是一个看着就让人有一种不祥之感的高耸塔楼,占地面积大约三十米乘六十米,五层楼高。它的上方耸立着一个金属烟囱,底部直径有六米,往上逐渐变细。

这片废弃工厂毗邻海湾,一座宽阔码头的骨架伸入轻轻晃动的海水中,伸出五十米远。也许有些海事设备就是在这里制造的。

肖把车慢慢驶出车道。附近没什么遮蔽物,汽车无处可藏,所以他把车停在了树丛的另一边,从路上很难看到。为什么要冒着违反这个老旧的禁止进入标牌而有可能与警方发生冲突的风险呢?肖满脑子都在想二十分钟前注意到的那个人,那个也许是从圣米格尔公园上方的山脊监视他的人。假设那人就是X。肖把电脑包和那块血淋淋的石头放进了后备厢。他扫视了一下道路、路另一边的树丛,还有这里的场地,一个人也没看见。他相信在不久前的某个时候,曾有一辆汽车从大门开进来。地面的草长得很高,弯曲的形状表明曾有车辆驶过。

肖走向大门,门上拴着一条铁链和一把锁。他并不想翻越铁丝网,因为顶部的末端向上翘着,虽然没有刀片网那么危险,但也锋利得足以让人流血。

肖想知道这扇门是否像自助仓库的那样脆弱。他拽了一下,两块门板只分开了几厘米。他抓住那把大挂锁以便发力,使劲一拉,门开了。

这把锁没有钥匙孔,是底部有数字刻度盘的类型。锁头被塞了进去。无论最后的操作者是谁,他都没有转动数字来重新锁定机械装置。有两件事引起了肖的兴趣。第一,锁是新的。第二,密码不是通常默认的0000或1234。但是,他观察刻度盘,可以看到密码是7499。这意味着有人想用它来保证安全,而最近一次忘记了锁门。

为什么？保安偷懒了？

或者因为来客是最近来的，并且知道自己很快就会走。

所以他可能还在这里。

要给威利打电话吗？

还不行。

他总得拿出一些具体证据给警探。

他打开门，走了进去，将锁恢复原样。他快步走过杂草丛生的车道，走了二十米，来到第一座建筑——一间小小的警卫室。他瞥了一眼，里面空无一人。他看向附近的另外两座建筑，三号仓库和四号仓库。

肖低着头，小心地走到最近的隐蔽处，扫视全景，注意着有利于狙击手瞄准的位置。虽然他没有特殊的直觉，也没有感觉到谁在瞄准他，但那把本该锁住的锁触动了他内心的警惕开关。

熊会从灌木丛里冲出来，你肯定能听到。美洲狮会咆哮，你也能听到。狼群颜色鲜明，你肯定能看到。你也知道蛇会在哪里。但是一个想杀你的人呢？你永远听不到、看不到，永远无法预判他藏在哪块石头后面。

肖挨个查看仓库，里面都是发霉的刺鼻气味，空空如也。然后，他沿着这些建筑和大型工厂之间的宽阔道路前行。在这里，他可以看到漆在砖上但已经褪色的字，有三米高，十二米长，最后几个字风化得几乎消失。

AGW 工业股份有限公司——从我们的手到亻

肖穿过车道，走进那幢大楼的阴影里。

你是我们家最优秀的追踪者……

这不是他的父亲说的话，而是他的母亲说的。

他继续寻找线索。在野外，人们会注意到动物的爪印抓痕、被破坏的地表、折断的树枝、荆棘上的动物皮毛。现在，在这个郊区的废弃厂房，科尔特·肖正在寻找轮胎印或脚印。他只看到了可能是一个月前或三十分钟前被汽车弄乱的草。

肖继续往主楼走。那后面有装卸码头，车辆可能就停在那里。他悄悄爬上一米多高的楼梯，走到大门前。他试图打开门，门把手转动了一下，但门还是关得紧紧的。

有人把锋利的黑色石膏螺钉打进了门框。他检查了码头另一端的门，也是一样。码头的后面有一扇夹网玻璃的窗户，也是密封的。螺钉看起来是新的，跟那把锁一样。

肖的脑海中浮现出这样的场景：X奸杀了苏菲，把尸体留在屋里，用螺钉把门窗钉死，不让外人发现她。

是时候报警了。

他正要拿手机，被一个男人的声音吓了一跳："肖先生！"

他爬下装卸码头，沿着建筑物背面走向声音的来源。

凯尔·巴特勒走过来。"肖先生，原来你在这儿！"

他为什么在这里？

肖想起，大门既然是开着的，那么绑匪很可能还在这里。他把手指放在唇上，做个手势让男孩蹲下来。

凯尔顿了顿，看上去很困惑。他说："这里还有别人。我看到他的车就停在那边的停车场。"

他指着另一边的一排树，那边有一幢独立的建筑物。

"凯尔！趴下！"

"你认为苏菲——"他话还没说完,枪声骤响。巴特勒的头猛地向后一仰,一团红色血雾腾空而起。他直挺挺地倒在地上,变成一团被黑布裹着的软塌塌的皮肉。

两颗子弹紧跟过来——为了确保目标死透——击中了巴特勒的腿和胸部,他的衣服碎片四散。

快!想想办法!枪手会听到巴特勒刚才的说话声,知道肖在哪里。既然能一枪爆头,他肯定离得很近。

但是开枪的人——很可能是X——也会很谨慎。他可能在圣米格尔公园看到了肖,怀疑肖不是警方的人,但他不能肯定。而且他会假设肖携带武器。

肖瞥了一眼凯尔·巴特勒。

他已经死了,眼神呆滞,太阳穴炸开,流了很多血。

紧接着,在下一刻,肖强迫自己完全忘记他。

肖向后退去,蹲着朝车道移动,他就是在那里发现的有人来过的痕迹。与此同时,肖拨打了报警电话,报告说在塔曼路附近的AGW旧工厂有一名"活跃的枪手"。

他低声对调度员说:"你知道这儿的地址吗?"

"是的,我们会派人响应。请别挂断,把你的——"

肖挂断了电话。

肖现在要做的就是寻找掩体,避免被射杀。他猜,X会认为他无论是平民还是警察都会寻求帮助,绑匪肯定会趁机逃跑。

不过,很显然,X根本没有这么做。

肖的头顶方向传来一阵玻璃破碎的声音,他蹲在地上,用胳膊护着头,玻璃碎片掉落在他周围。

X显然还没有结束行动。他进入工厂,爬到楼上,以便更清楚地瞄准肖。他正准备把脑袋和胳膊伸出刚刚被打破的窗户,然后开枪射杀肖。

这里没有掩体,至少周围十五米内都没有。

肖转过身,向最近的仓库飞奔,等待着子弹随着砰的一声重击他的后背。

但是这并没有发生。

现实是,他听到了女人的尖叫声。他停下来,回头看。

站在破碎的窗户前的是苏菲·穆林纳,她正看向凯尔·巴特勒血肉模糊的尸体。

然后她转而看向肖,脸上露出愤怒的表情。"你做了什么?!你做了什么啊?!"

她消失在仓库里。

16

科尔特·肖站在一个铁丝网拼成的通道上,在这昏暗如洞穴的工厂里,他蹲下来仔细听着。

声音。回声来自四面八方。是脚步声?滴水的声音?还是老旧建筑腐化的声音?然后他听到头顶传来喷气发动机的轰鸣声。这座工厂位于距离旧金山机场最近的道路旁。飞机嘶哑的巨响使他暂时听不到任何别的声音。

比如有人从背后靠近的声音。

肖发现了一扇没有用石膏螺钉固定的门。他打开门,迅速走了进去,随手关上了门。他爬上三楼的狭小通道,可以俯瞰下面的空间。

他没有看到苏菲和 X 的踪迹。绑匪还在吗?他一定猜到了肖会想办法求救,但他也会赶在救援到来前的几分钟,找到肖并且杀了他。毕竟肖有可能掌握一些关于他的信息,比如车牌号码。当然,苏菲·穆林纳也会死。

他爬下金属楼梯,来到一楼。他在楼上观察过迷宫般的内部结构,办公室、工作站、混凝土板和机器组成复杂的网络。大概因为技术的飞速发展,这里的设备早已过时,甚至连部件都无法回收再利用了。

AGW 工业地面层

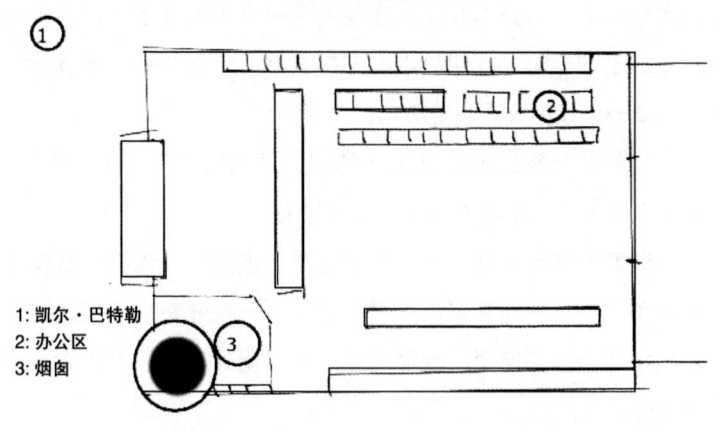

1: 凯尔·巴特勒
2: 办公区
3: 烟囱

在黑暗中，一切仿佛都是超现实的。肖感到一阵头晕，他猜这是因为空气中充满了柴油、油脂和大量霉菌的刺鼻气味。

他发现了苏菲打破的那扇窗户，在四楼的另一条狭小通道旁，但那里没有藏身之处，所以她大概会躲到主楼的某个地方。现在，肖到了四层，在石板、垃圾桶、机器和工作站之间穿梭。他走过一排排房间——旋翼设计二室、工程监理室、陆军部联络室。肖在每个办公室外都会停下，仔细听是否有呼吸声、走路时沙砾摩擦的声音或者任何表明有人在房间里的声音。

不，这些办公室里一个人都没有。

但很快，他发现一间办公室与众不同。它的门是关着的，和大门一样用石膏螺钉固定。肖停了下来。旁边的墙上挂着一幅粗糙的画，类似快字节咖啡厅布告栏那张打着领带、戴着帽子的怪异人像。这清楚地表明了那张照片是谁贴上去的。

他转身回到那间关着门的办公室。墙上被凿出一个粗陋的洞,大约有半米宽,贯穿墙体,石膏板的碎片和灰尘散落在外面的地板上。肖蹲下身,在那些白色粉末上发现了相对较小的脚印。是苏菲吗?她明显没有穿鞋或袜子,但也并非赤脚,从脚印来看,她的脚上裹着破布。

他将耳朵靠近那个锯齿状的洞,试图听到房间内的声音。那个洞足够大,刚好能容一个人钻进去。

绑匪很有可能把苏菲藏在了这里,但是不知怎么,她设法挣脱了胶带——他肯定用胶带绑住了她——并在房间里找到了什么东西,凿穿墙壁。她很可能试图逃出这栋楼,但没有找到一扇能打开的门。

他正在考虑下一步该怎么办,突然听到右边传来一声轻微的咔嗒,接着是一声低沉的喃喃,似乎有人因为他暴露了行踪而生气。声音来自附近一条走廊的尽头,两边的墙是金属的,墙上排列着管道。一个牌子上写着:不要违反规定:不戴安全帽会被罚款。后果自负!

走廊的尽头是一堆架子,上面放着五十五加仑的油桶和成堆的木材。

又是一阵嘟嘟囔囔的声音。

是苏菲还是 X ?

他的眼睛逐渐适应了昏暗的环境,他看到在走廊尽头的地板上出现了一个影子。影子缓缓移动,正好落在走廊 T 形路口的左边,但是肖看不到人的位置。

肖不能错过这个机会。他慢慢走到拐角,然后快速绕过去。如果影子是 X 的,他会抓住 X 的枪,把他放倒。他知道很多制服人的办法,保证对方短时间内不会站起来对他造成威胁。

肖不断靠近。六米。三米。一米。

影子微微前后摇晃。

他又往前走了一步。

科尔特·肖径直走进了陷阱。

一张绊网。他飞快地倒了下去,但及时用手撑住,手部的痛苦使他的下巴免于骨折。他爬起来,保持蹲姿,看向挂在钩子上的一件运动衫,那上面系着一根钓鱼线。

这就意味着⋯⋯

还没等他完全站起来,一个从架子上掉下来的油桶猛地砸在了他的肩膀上。虽然里面是空的,但油桶本身的重量还是把他砸倒在地。他听到一个声音,是苏菲在尖叫:"你这个狗娘养的!是你杀了他!"

那个年轻女人向他走来,头发散乱,双目圆睁,T恤衫上有污渍。她手里拿着一把自制的玻璃刀,刀柄上缠着布。

肖费力脱身,油桶在水泥地上弹起,发出响亮的声音。这阵骚动会暴露他们的位置。

"苏菲!"肖爬了起来,低声说,"冷静,先别说话。"

她突然泄了气,转身逃走了。

"等等。"他低声说道。

她消失在另一个房间,一扇铁门随之紧闭。肖跟在后面十米开外,沿着她走过的路前进,以确保没有陷阱。他推开门,发现那是一个锅炉房或冶炼室,墙上排列着装煤的桶,有些还剩了一半。到处都是灰尘和煤烟。

灯光在一长排火炉的尽头。

肖跟随着她的脚步,朝亮光的地方走去。他停在烟囱的底部,光线从他头顶三十米处射下来。工厂仍在运转的时候,由于缺乏保护环境的意识,这些熔炉会将废气排至整个南湾区的空气中。在烟囱底部中央有一个四米多宽的坑，里面满是灰褐色的淤泥，可能是陈年灰烬、煤尘与雨水混合而成。

肖在寻找苏菲的脚印。

它停在这里。

他很快想通了。烟囱内壁有长方形的阶梯，就像巨大的订书钉，从砖墙上突出约二十厘米。这个梯子供胆大的工人爬到顶端，更换高处的警示灯。

她已经爬到九米高的位置了，从那里掉下去的话肯定会丧命，至少也是瘫痪。

"苏菲，我是你父亲的朋友。我一直在找你。"肖看到什么东西闪了一下，赶紧往后一跳。是她朝他扔过来了一个东西。

他没猜错，正是那把自制的玻璃刀。它从他身边飞过，随即在他脚边粉碎。他瞥了一眼锅炉房的入口，没有绑匪的踪迹。不过只是暂时而已。

她在哭，声音颤抖着。"你杀了他！我亲眼看见你杀了他！"

"我确实在场，但枪是绑架你的人开的。"

"你胡说！"

"我们必须安静点儿！绑架你的人可能还没走。"肖粗声粗气地说。他想起她父亲给她取的绰号。"费，听到没有？"

她安静下来。

肖说："卢卡。卢卡是你的贵宾犬，白色的。"

"你怎么知道的……"她的声音渐渐变弱。

"你小时候总叫自己费，对吧？你爸爸提出了悬赏，想找到你，我只是拿钱办事。"

"他找我？"

"我去过你家，在阿尔塔·维斯塔大道。卢卡当时坐在我旁边的沙发上,沙发套是金色的,非常丑。我们就在那张断了腿的咖啡桌前。"

"卢卡的项圈是什么颜色的?"

"蓝底,镶着白色水钻,"肖说,然后补充道,"或者是钻石。"

她的脸僵了一下,然后浮现出一丝微笑。"他提出了悬赏?"

"下来吧,费。我们得躲起来。"

她考虑了一会儿。

苏菲开始往下爬。肖看到她的腿在发抖,身处太高的地方会不由自主产生这样的生理反应。

还有很多级台阶。苏菲爬到离地面大概五米的地方,松开右手,在大腿上擦了擦手掌,想要擦干汗水。

然而,她还没来得及再次抓住砖石台阶,左手就从阶梯上滑了下来。她尖叫着,不顾一切地想要攀住墙壁,但没有成功。她向后倒去,头朝下,滚向砖地上那把玻璃小刀的锋利碎片。

17

与圣米格尔公园所属辖区不同,这里的执法人员行动迅速,各司其职。一共来了十辆公务车,仿佛一场灯火狂欢。

法医刚刚完成了对凯尔·巴特勒的检查,这是到达现场后的第一项工作。肖一直觉得这件事很奇怪,因为让尸体等一等好像也无妨——当然了,必须先确认它们确实是尸体——而其他证据可能会被风干、吹走或改变成分。但想必他们是专家。

主导调查工作的似乎是特别小组,以丹·威利为首。这个仪表堂堂的人正在和别人讨论,其中有本地人、圣克拉拉县的人,还有几个便衣,肖无意中听到他们是加利福尼亚调查局的。肖对联邦调查局的缺席感到意外。正如他提醒过威利的那样,绑架既是州犯罪,也是联邦犯罪。

肖站在装卸码头附近,威利让他在那儿等着。他把凯尔·巴特勒的话如实转告警探,并表明他觉得 X——他使用的是警方更喜欢的术语"不明嫌疑人"——已经逃到塔曼路以南。

"四十二号高速公路和塔曼路都可能有监控。我不知道那辆车的品牌和颜色。他会小心驾驶,遵守红绿灯,而且绝对不会超速。"

威利嘟囔了一声,走开了,把这个消息告诉了下属,或者可能没有跟任何人说。

他正在对一个年轻女警察咆哮,她的头发紧紧扎成一个金色的发髻。"我说了,让你去搜一搜。就是字面意思。你怎么会觉得我没有让你去搜呢?"

那女人不情愿地低垂双眼,扭头走开,接着去进行她的搜寻工作了。尽管她也不知道要搜什么,反正搜一下就对了。

肖瞥了一眼十几米以外的两辆救护车。其中一辆四四方方的车载着死去的凯尔·巴特勒,另一辆车上是苏菲·穆林纳,他还不知道后者的情况。他把她推到泥坑里,避免她掉到满是玻璃的地面。泥坑很恶心,但比砖头软。他感觉到她的某根骨头断了,她滚向那令人反感的泥坑。他立刻把她拉了出来,她痛苦地呻吟着,不断干呕。他能找到的最干净的水就是地面积攒的雨水,至少是清澈的。他捧起一把,尽可能倒进她的嘴里,像牙医一样告诉她漱漱口然后吐出来,因为泥坑里可能有一些有害的化学物质。虽然她的桡骨和尺骨骨折都很严重,但还没有刺穿皮肤。

肖没有问她绑架的过程,在烟囱里共度的时间都用来急救了。现在,看到照顾苏菲的医务人员打着电话走开,他终于抓住了机会。

肖穿过装卸码头上的人群,向救护车走去,想和那个年轻女人聊聊。

威利注意到了他。"别走得太远,老大。咱俩也得聊聊。"

肖没有理睬他,继续朝救护车走去。他可以看到,在右边远处的铁丝网门的另一边,有好几辆吵闹的新闻车,大约有三十名记者和摄影师,还有一些围观者。

他发现苏菲坐了起来,昏昏沉沉,目光呆滞。她右臂骨折,临时打着石膏,很快就会被送去医院了。肖很熟悉骨折的治疗手段,肯定需要手术。显然,医护人员使用了紧急清洗这种方式,尽可能地清除化学物质。

她朝肖的方向眨了眨眼。"他真的……"她声音沙哑,咳嗽了几声,"凯尔?"

"他人没了,是的。"

她低下头,捂着脸哭了起来。稍喘了口气后,她问道:"他们……他们找到杀凯尔的人了吗?"

"没有。"

"天哪。"她从盒子里抽出一张纸巾,擦了擦眼睛和鼻子,"为什么要杀了凯尔?"

"他看到了绑匪的车,能认出来。"

"他跟你一起来的吗?"

"不。我叫他去你家,见见你父亲,但他很担心你,想帮我找你。"

苏菲再次哭了起来。"他只是……他真的是个很好的人。天哪,他妈妈怎么办?总得有人告诉她,还有他的哥哥。"她的眼神逐渐失去焦距,"所以你怎么……你是怎么找到我的?"

"我查了圣米格尔公园附近你可能去过的地方。"

"就找到了这里吗?"她抬头看了看高耸的建筑物。

"你看到他了吗?能认出他吗?"肖问道。

"没有。他戴着面罩,像滑雪面罩,还有墨镜。"

"灰色的?"

"我觉得是的。"

那顶针织帽。

肖的手机响了。他看了看屏幕,接通电话,把手机递给那个女孩。

"是你爸爸。"

"爸爸！……不，我很好，只是摔断了胳膊……凯尔他死了。爸爸，那个人杀了凯尔。他开枪打死了他……我不知道……那个人……这位先生……"

她朝肖这边看了看。

"我叫肖。"

"是肖先生。爸爸，他找到我了，他救了我……好吧……你在哪里？……我也爱你。给妈妈报个平安吧。你能给她打个电话吗？爱你。"

她挂断电话，把手机还给肖。"他马上就过来。"

她的目光越过肖，投向被囚禁其中的那栋大楼。她低声说："他刚才把我留在那儿了。"她的声音透露出困惑，"我在一个黑暗的房间里醒来，只有我自己，这几乎比他试图强奸我更可怕。要是那样我真的会和他打起来，我他妈会杀了他。但他只是把我留在那儿，整整两天。我不得不喝雨水。真恶心。"

"你找到了那块玻璃，用它挖出一条路，跑出来了？"

"那里面有一个瓶子。我把它打碎了，做了一把刀。"

另一个声音从他背后传来："肖先生？"

他转向那个先前被警探训斥了一顿的金发警官。

"威利警探让我带你去见他。"

苏菲伸出那只没有受伤的胳膊，抓住了肖的肩膀。"谢谢你。"她低声说，泪水涌上眼眶。

警官说："肖先生，请吧。威利警探说现在就要见你。"

18

肖跟着女警官走向威利,他站在装卸码头上,审视着犯罪现场,厉声呵斥另一个年轻副手。

肖希望斯坦迪什警探能接手这个案子。不管他有多讨厌,总不会像他的伙伴这样令人难以忍受。

他们走近时,威利点了点头,对领肖来的警官说:"凯西,亲爱的,帮我个忙。我刚才派苏西过去了,你去看看她有没有什么收获。赶紧的。"

"苏西?哦,你是说哈里森警官吧。"

威利根本没注意到这个更正或者说提醒,他只是令人反感地补充道:"不要和任何一个记者交谈。听懂了吗?"

那个金发警官的脸色已经很难看了,但她还是控制住了怒气。她消失在厂房和仓库之间的宽阔车道上。

警探转向肖,拍了拍身旁的楼梯。"坐吧,老大。"

肖仍然抱臂站着。威利挑了挑眉毛,好像在说"随你便吧"。肖问:"他们找到塔曼路和四十二号公路上的监控了吗?"

"查着呢,急什么。"威利拿出一支笔和一个便笺簿,"来吧,所有经过我都要知道。从你离开我办公室开始说吧。"

"我回了一趟快字节咖啡厅。有人拿走了苏菲爸爸钉的那张寻人启事。"

"他们为什么这么做?"

"然后换成了这个。"他拍了拍口袋。

"兜里有什么?口嚼烟?还是令人厌烦的坚持?"

"你有乳胶手套吗?"

威利犹豫了一下。肖知道他肯定有。但是,正如肖预料的那样,他只递给了肖一只手套。肖戴上它,在口袋里摸了摸。他从兜里掏出在快字节拿到的那张纸,纸上的人脸依然怪异。他展开给威利看。

"然后呢?"威利问道。

"这张图?"

"我看见了。"威利皱着眉。

"在他关苏菲的那间屋子,墙上也有类似的涂鸦。"

威利戴上手套,接过那张纸,扬了扬手,示意犯罪现场技术人员过来。他把那张纸递过去,让她做个分析。"要是有什么结果,也去数据库查一查。"

"好的,警探。"

肖提醒自己,恃强凌弱和能力超群并不互斥。

"你去了咖啡厅,然后呢?"

"我回到圣米格尔公园。我本以为你会派一队人去。"

威利把便笺簿和笔放在齐胸高的货架上。有那么一瞬间,肖真的相信威利在计划把他干掉。眼前的警探从口袋里取出一个像药瓶一样的金属容器。他拧开盖子,抽出一根牙签。肖闻到薄荷的味道。

"你最好把你知道的所有事都说出来,老大。"他用牙签指了指肖,然后开始剔牙。他戴着一枚厚重的、刻有字的结婚戒指。他收起那个金属容器,再次拿起笔。

肖继续陈述时间线:凯尔找到他,还有关于山脊上的那辆车。

"那是你吗?"肖问道。

威利眨了眨眼睛。"我为什么要那么做?"

"那是你吗?"

威利没有回答。"你看到那辆车了吗?"

"我没有。"

"这附近有很多看不见的车。"威利嘟囔着,"继续说。"

肖解释了他的结论——苏菲被奸杀并弃尸。因此他寻找最合理的藏尸位置,此处就是答案之一,所以他来到这儿。"我让凯尔去苏菲家。他没听我的话。"

"那你认为绑匪为什么不追你?"

"估计他以为我带着武器吧,我觉得是这样的。警探,一层几乎所有的门都用螺钉锁上了,除了一扇。他为什么要让门开着?"

"现在的关键是,老大,他回来是为了强奸她的。"

"那他为什么不锁上那扇门,就像锁大门那样?"

"她跟病怏怏的小狗有什么区别呢,老大?别指望那样的人能像你我一样思考,对吧?"他用舌头把牙签从嘴的一边移到另一边。倒是挺厉害的。"我想你肯定能得到那个赏金吧。"

"这是我和穆林纳先生之间的事,生意罢了。"

"生意。"警探说,他的声音和他的块头一样令人印象深刻。肖闻到了一股香味,他想那可能来自固定那一头黑白相间的头发的大量发胶的味道。

"至少告诉我你是怎么知道这个悬赏的,老大。"

"我叫科尔特。"

"哎呀,那只是一种亲昵的说法。每个人都会有昵称,我想你也一样,对吧?"

肖什么也没说。

警探仍然摆弄着牙签。"这悬赏的事情,你是怎么知道的?"

"我不想再谈我的生意了。"肖说,然后补充道,"你可能也想去看看快字节过去一个月的监控录像。我猜你有办法得到那个罪犯的更清晰的图像,如果他出现在录像中的话。"

威利随手写了几句,但究竟是肖的建议还是别的什么,肖无从知晓。

威利派去"搜"不知道什么东西的那个年轻女警官回来了。

他扬起浓密的眉毛。"你找到什么了,甜心?"

她举起一个证物袋,里面是那个超市塑料袋,装着带血的石头。现在肖知道了,那就是苏菲的血迹。

"从他的车里翻出来的,警探先生。"

威利咂咂嘴。"嗯,从现场偷物证?这是妨碍司法公正。尽你的本分吧,甜心,宣读他的权利。请转过身来,先生,把你的手放在背后。"

肖恭恭敬敬地照办了,心想:至少威利放弃了"老大"。

19

在肖家大院的小木屋里,有几间宽敞的房间专门用来放书。这些藏书来自阿什顿和玛丽·德芙的学术生涯——他教授历史、人文和政治学,她则是医学院的教授兼首席研究员,负责监督企业和政府的资金在大学的使用情况。阿什顿对生存主义执着的忠诚,意味着更多的书被收入这间书房——当然是纸质书。

永远不要相信互联网。

这条守则显而易见,阿什顿懒得把它编入他的"永不"规则手册。

科尔特、多蕾昂和罗素经常读书,科尔特尤其喜欢法律书籍,畅游在书房几百本的藏书中。出于某种原因,在从伯克利搬到荒凉的弗雷斯诺东部时,阿什顿带了足够多的法学文献,甚至足够开一家律师事务所了。科尔特对案例集很感兴趣,里面收集了有关合同、宪法、侵权、刑法和家庭关系等主题的法庭判决。他喜欢每个案件背后的故事,探究是什么导致双方对簿公堂、谁能胜诉、为什么能胜诉。肖的父亲教导孩子们物理生存的规则,法律则提供了社会生存的规则。

以优异的成绩从密歇根大学毕业后,肖回到加利福尼亚州,在公设辩护律师事务所实习。这让他明白了两件事。第一,他再也不要坐班了,因此打消了继续攻读法学学位和从事法律相关职业的念头。第二,他对法律的理解是正确的,法律是攻守兼备的利器,就像一杆上了膛的猎枪、一把弓或一把弹弓。

如今,科尔特·肖坐在联合重案组特遣队禁闭室里的一间面谈室中,回忆他所知道的刑法。在职业生涯中,他曾多次被捕。尽管他从未被判有罪,但他的工作性质决定了他偶尔会与警察发生冲突,警察可能会根据心情和状况,把他带到这样的桌子前面。

他按摩着右臂。是这只胳膊冷静且有条不紊地挡住了翻滚的苏菲·穆林纳,并保护了肖自己。一切都发生在瞬息之间。

门开了,一个五十多岁、身材瘦削的秃顶男人走了进来。他的头皮亮晶晶的,像是打过蜡,肖不得不强迫自己不去看它。那人穿着浅灰色西装,腰带上别着一枚徽章。他的领带是大胆的花卉图案,领结完全对称。科尔特·肖上一次打领带是……好吧,他记不清了。玛戈特说过他打领带的时候看上去"很出彩"。

"肖先生。"

他点了点头。

这名男子自我介绍说是"联合重案组特遣队高级警长卡明斯"。这句话与其说是介绍职位,不如说是暴露了本性。"弗雷德"或者"斯坦"能更好地描绘他的形象。

卡明斯坐在肖的对面。桌子和长凳一样,都用螺栓固定着,由坚固的金属制成。卡明斯拿着一个笔记本和一支笔。肖没看到摄像头,但这里肯定有。

"拘留所的警官说你想和我谈谈。所以你改变主意了,打算在没有律师在场的情况下和我们对话?"

"我没有改变主意。不管有没有律师,我都不会和威利警探多说什么。我想跟你谈。"

桌子对面身材单薄的人消化着这句话,用圆珠笔的末端轻敲笔记本。"我现在肯定处于劣势。这件事发生得太快了,我还没有掌握所有的事实。受害者的父亲提出了悬赏?你是想要得到赏金吗?"

肖更喜欢"赚钱"这种说法。他点了点头。

"这是你的工作吗?"

"是的,但这与我们的谈话无关。"

卡明斯想了一下,继续说道:"丹·威利可能是个让人讨厌的人,但他是个好警探。"

"没有人投诉过他吗?比如他的女同事?"

卡明斯没有回答。"他告诉我,你从犯罪现场偷了证据。现在证据丢失,你又是唯一找到那个女孩的人,你应该十有八九能拿到赏金了吧?"

肖不得不承认威利的确聪明。

"威利警探也同意,现在我们要做的就是把你妨碍公务的罪名降为干预。这不是什么重罪。别想着你的赏金了,赶紧离开这儿。你住在内华达山区那边,对吗?"

"那的确是我的住所。"

"我们会出具相关的担保。你现在可以走了,检察官已经准备好了文件。"

肖累了。从燃烧弹到谋杀,这真是漫长的一天,而现在才下午六点。

"卡明斯长官,威利警探逮捕我,是因为他需要转移视线。我放弃赏金,人也离开了,就不会显得像是威利搞砸了而一个平民解决了他的案子。"

"等一下,肖先生。"

肖兀自说下去。"威利掌握了他需要的所有信息,意识到这是一起蓄意绑架,理应在圣米格尔公园周围布置至少二十五名警察来寻找苏菲·穆林纳。如果他当时这样做了,他们肯定能找到她——因为半小时后我仅靠自己就找到了她——而且凯尔·巴特勒也不至于丧命,甚至你们可能已经拘留了嫌犯。"

"肖先生,事实是你从犯罪现场拿走了证据。这毋庸置疑是违法行为,法律在这方面是非黑即白的。"

卡明斯帮了大忙,正中肖的圈套。

肖身体微微前倾。"第一,我自费对那块石头做了DNA检测,以证明苏菲是被绑架的,因为你们都不相信。第二,"肖举起一只手,示意卡明斯不要说话,"圣米格尔公园不是犯罪现场。丹·威利从没公开说过这件事。我只是在一个乡村公园捡到一块花岗岩。卡明斯长官,我们的谈话到此为止。你可以和你的人讨论一下这个问题,或者我打电话给我的律师,让她来处理。"

20

肖选择了其中一包花生酱饼干。

在联合重案组特遣队的大厅里,除了一些切达干酪爆米花半成品外,其他零食都是甜的。就算有人想吃爆米花,目之所及连个微波炉都没有,实在不知道客人要怎么处理这个爆米花。

他还买了一瓶瓶装水。他想,这里的咖啡是喝不得的。

他刚吃完手里的饼干,卡明斯的助手从质量极佳的安全门走进大厅。这个目光敏锐的年轻人告诉他,很不幸,他的车被拖到扣押处了。

肖连原因都懒得问。虽然他人被放出来了,车却没有。

"我没有被起诉。"

"我知道,先生。"

"但我拿不回我的车?"

"是的,先生。在车里发现了一些证据,我得找一个警探签字,才能把车还给你。"

"你们的卡明斯警长会签的。"

"没错,但是他回家了。我们正在联系别的有权批准释放的警长。"

"你估计需要多久?"

"还有一些文书工作，通常需要四五个小时。"

那辆车是租来的，他可以直接走掉然后买辆新车。接着他想到可能会有罚款。他总会购买碰撞损害的保险。汽车租赁合同上有许多细则，也许有那么一条规定，如果顾客故意将车遗弃在扣押处，这种保险就无效。

"我们有你的电话号码。等文件都准备好了，我们会打电话通知你的。"

"嫌疑人的身份确认了吗？"

"嫌疑人？"他的言下之意是：哪个案子的嫌疑人？

"苏菲·穆林纳绑架案。"

"我不知道。"助手被那扇末日之门吞没，门"咔嗒"一声关上，声音在大厅里回响。

肖望向特别小组总部的门口，那里停着四辆新闻台的面包车，记者和摄影师正在用尽手段获得信息。肖作为用超市塑料袋装证据这一滔天罪行的嫌疑人，已被判无罪，公开记录中不会出现他被起诉或传讯的细节。但他毕竟参与了案件，肯定有一两个眼尖的记者在犯罪现场看到过他。科尔特·肖有一份枪手般的工作，长得也像个小电影明星，肯定会成为媒体热衷的素材。

防弹玻璃后面坐着一名警察，不是之前帮他复印文件的人。肖走过去，问她："这里有侧门吗？"

她犹豫了一下，看了看外面的记者，猜想他是出了什么事才不想让妻子在十一点的晚间新闻上看到他。她指向离自动售货机不远的一扇没有窗户的门。

"谢谢。"

肖从那里离开。打开门，一缕傍晚的灿烂阳光照到了他的眼睛。他沿街而行,经过了保释金支付处和穷困潦倒的律师们的小办公室。他正要叫辆顺风车去房车公园,却发现了一家墨西哥主题的酒吧,很诱人。

几分钟后,他手里拿着一罐冰镇的特卡特啤酒,把一块青柠塞进罐口。肖从不把果汁挤进去,他认为柠檬在罐子里漂着就足够了。

看菜单时,他一口又一口地品着这罐酒。

他的手机响了,他认出来电号码。"穆林纳先生?"

"叫我弗兰克,不要客气。"

"好吧,弗兰克。"

"我不知道从哪里开始说。"他感觉像是喘不过气了。

"苏菲怎么样?"

"她在家。你想象得到,她可能是吓到了,整个人都不太好,也休息不好。石膏没有固定住她的手指,所以她还能打字,给朋友发信息。"带着笑意的声音很快停止了,他正努力控制住突然想哭的冲动,"他们在医院为她做了检查。其他一切都很好。"

"其他一切"只是一种委婉的说法,一个父亲很难直接说出"性侵"这个字眼。

"可是……你呢?你还好吗?"

"我没事。"

"警察说有人帮他们找到了她,但苏菲说只有你一个人。"

"警察装装骑士罢了。"

"她说他们把你带走了,逮捕了你!"

"不用担心,已经没事了。她妈妈会来看她吗?"

电话那头的声音停顿了一下。"她过几天就来。她要开个会，董事会，她说那很重要。"这句话告诉了肖他所需要知道的关于这位前穆林纳太太的一切。"科尔特……先生，我欠你的，这辈子我都还不起……我简直无法形容。好吧，你可能以前也听别人这么说过。"

他确实没少听过这样的话。

"可是……凯尔。"弗兰克的声音渐弱，肖觉得苏菲就在弗兰克身边，"老天啊。"

"那个年轻人太可惜了。"

"科尔特先生，我这里已经准备好了你的报酬，我想亲自交给你。"

"我明天过去。警察一定向苏菲问过话了吧？"

"是的，这儿有个警探，叫斯坦迪什。"

那个难以捉摸的合作伙伴终于露面了，说明现在案件被证明是真实的，如他所料。

"他们有什么线索吗？"

"没有。"

肖问道："弗兰克，特别小组的车在你家门前停着呢吗？"

"警车吗？是的。"

"好。"

"你认为那个人会回来吗？"

"倒也不是，但还是安全为上。"

他们安排了明天见面的时间，然后挂断电话。

肖正要点个墨西哥烤牛肉，他的手机就又响了起来，又是熟悉的号码。他接起了电话。"你好。"

"是我，就是那个主动的女孩。"

咖啡厅里的红发女郎。"麦迪？"

"你记得我！我看到新闻了。他们找到了你要找的那个女孩，警察救了她。他们说，有一位'关心此事的市民'帮了忙。那是你，没错吧？"

"是我。"

"有人被杀了。你没事吧？"

"我很好。"

"我听说他们没有抓住他。"

"是的，还没有。"

对话暂停了一下。"所以，你是不是在想，那个跟踪狂是怎么回事？"

他什么也没说。

"你喜欢科尔特还是科特？"

"都行吧。"

"顺便说一句，我姓普尔。"

关于她的信息……

"你得到赏金了吗？"

"还没有。"

"赏金是现金支付吗？我只是好奇。"麦迪的心思就像热锅上的水滴一样在跳舞，"好吧，我对你有些好感。你不喜欢回答毫无意义的问题，我记住了。你救下她以后都在干什么？"

蹲了会儿局子，还有青柠特卡特啤酒。

"没干什么。"

"所以你现在无所事事？这一刻？现在？"

"是的。"

"我想给你看一样东西。你玩游戏吗？"

肖想象着她天使般的脸庞、细密的头发和健美的身材。

"没问题,但是我现在没法开车。"

"没事,我去接你吧。"

他向酒保要了一张酒吧的介绍卡片,并把地址告诉了麦迪。

"我们去哪儿?"他问道。

"我只是要给你一些提示,"她轻松地说,"你能弄明白的。"电话挂断了。

21

科尔特·肖一生中从未见过这样的场景。

他站在一个一眼望不到边的会议厅的入口处,目测面积至少有八百米见方,被无数电子产品产生的声音袭击着。从射线枪到自动武器的声音,从爆炸声到鼓点声,再到恶魔和超级英雄表演的声音,更不用说偶尔传来的恐龙咆哮声了。这里还有纷乱的视觉效果:剧场聚光灯、LED 灯、背光横幅、可能诱发癫痫的闪光灯、激光和有校车那么大的高清显示屏。

你玩游戏吗?

麦迪·普尔的提示,不是"你是游戏玩家吗?"而是"你真的玩游戏吗?"

聪明。

显然,在圣何塞会展中心举行的国际 C3 展是电子游戏世界的起点,成千上万的参会者就像一条条在拥挤的水族馆里缓慢游动的鱼。这里的灯光暗得出奇,大概是为了突出屏幕上的图像。

在他旁边,麦迪像是一个在糖果店的孩子,高兴地四处张望。她戴着一顶黑色针织帽,穿着一件胸前印有加州大学洛杉矶分校字样的紫色连帽衫、一条牛仔裤和一双靴子。她的脖子上有一个小文身,是三个某亚洲语言的文字,他之前没有注意到它们。她使劲拽了拽从帽子里露出来的浓密头发,就像在咖啡厅里那样。她未经保养的指甲很短,指尖的肉又皱又红,他不知道是什么职业或业余爱好造成的。她没有化妆,脸颊和鼻梁上布满雀斑。有些女人会掩盖雀斑,肖很高兴她没有。

麦迪在开车来的路上向他说明了大致情况。来自世界各地的电子游戏公司来到这里,在精心设计的展台上展示他们的商品,参会者可以试用最新产品。各个游戏战队之间会展开百万美元奖金的争夺比赛,粉丝会装扮成喜欢的角色参加角色扮演比赛,摄制组会在通道里走来走去,进行现场直播。另一大亮点是新闻发布会,公司高管将在会上宣布新产品,并回答记者和游戏迷们关于新游戏细节的现场提问。

他们小心翼翼地走过挤满玩家的展位。他看到一些展位上挂着标志:"限时十分钟,还有其他乱七八糟的东西要看"和"成年人,十七岁以上,ESRB[①]"——大概是游戏的评级委员会。

"我们来这儿干什么?"他喊道。已经可以预见,晚上结束的时候他的喉咙会彻底哑掉。

"马上你就知道了。"她卖了个关子。

肖不太喜欢惊喜,但他还是决定配合她。

他在一个巨大的显示器下停住脚步,屏幕上闪烁着白色和蓝色的字:

欢迎来到 C3。

今时与未来在此交汇……

[①] ESRB,娱乐软件分级委员会(Entertainment Software Rating Board)。

下面是滚动的统计数据:

你知道吗……

去年,电子游戏行业的收入为一千四百二十亿美元,同比增长百分之十五。

这个行业比好莱坞产业还大。

一点八亿美国人有玩电子游戏的习惯。

一点三五亿十八岁以上的美国人有玩电子游戏的习惯。

四千万五十岁以上的美国人有玩电子游戏的习惯。

在美国,五分之四的家庭拥有玩电子游戏的设备。

最受欢迎的游戏类别是:

动作、冒险类:百分之三十;

射击类:百分之二十二;

体育类:百分之十四;

社交类:百分之十。

最受欢迎的游戏平台是:

平板电脑和智能手机:百分之四十五;

游戏主机:百分之二十六;

电脑:百分之二十五。

智能手机游戏是增长最快的市场。

肖对这个行业的规模和受欢迎程度一无所知。

他们穿过聚集在《堡垒之夜》展位前的人群,这儿似乎是大厅里最引人注目的地方。在封闭展区内,一些人正坐在电脑前玩游戏。在这个游戏中,游戏人物在周围的风景和肖认为是"堡垒"的自制建筑中跑来跑去。这些角色会攻击生物,偶尔还会跳起奇怪的舞蹈。

"这边走。"麦迪说,"来吧。"她显然目标明确。她问道:"你小时候最喜欢的游戏是什么?"

这回轮到他展示幽默感了。他说:"野味。"

麦迪愣了一下,然后明白过来,笑了起来,声音又轻又高。她看着他,说:"真的假的?你也打猎吗?"

也?这就是那种找到同好的时刻吗?他点了点头。

"我和父亲每年秋天都会打猎野鸭和野鸡,"她说,"算是我家的传统。"他们避开了两个穿着蛇皮紧身衣的亚洲女人,她们的短假发分别是亮绿色的和黄色的。

麦迪问:"所以你不玩游戏吗?"

"我家没有电脑。"

"那游戏机呢?"

"什么都没有。"他说。

"嗯,"她评价道,"我从没见过你这样的火星人。"

在位于崎岖的内华达山脉的大院里生活的肖一家人,只有两部普通手机,当然是预付费的,只在紧急情况下使用。他们有一个短波收音机,孩子们可以收听节目,但就像手机一样,它只有在特殊情况下才被用于通信。阿什顿警告说,"猎狐者"——那些拥有定位无线电信号来源的设备的人——可能正在附近四处寻找他。当一家人去最近的城镇,也就是四十千米外的白硫黄泉镇时,阿什顿和玛丽·德芙会让孩子们登录图书馆的老旧电脑。夏天一家人去波特兰和西雅图拜访叔叔阿姨，参观"城市文明"的时候，孩子们也可以使用电子产品。但是，当你的日常生活是爬下悬崖或者面对响尾蛇和驼鹿时，怎么消灭虚构的外星人就显得有点儿无关紧要了。

"哦，哦，哦！快来。"麦迪朝一个大屏幕冲过去。一个头戴针织帽、身穿运动衫的年轻人正朝一群大块头怪物开枪，怪物纷纷被炸飞。

"他玩得很好。这个游戏叫《毁灭战士》，"她有些感慨地摇着头说，"是一款经典游戏，就像《失乐园》《哈姆雷特》一样经典……你看起来很惊讶，科尔特。我可有英语文学学士学位和信息科学硕士学位呢。"

她拿起一个手柄，递给他。"试试手感？"

"算了。"

"那你介意我来一把吗？"

"请便。"

麦迪坐下，开始了游戏。她的眼神专注，嘴唇微张，身体前探并摇晃着，仿佛游戏世界才是唯一的现实。

她的动作如芭蕾舞般富有美感。

肖身后的音响发出火箭发射的轰鸣声，他转过身，看着拥挤的过道。然后他抬头望向屏幕，上面播放着该公司游戏的介绍。在《银河VII》中，玩家指引一名宇航员驾驶飞船飞到遥远的星球。飞船着陆后，玩家控制角色离开飞船，进入洞穴。在那里，他可以探索隧道，收集地图、武器和"能量晶片"等物品。科尔特觉得，这听起来就像马拉松运动员的食物补给。

这款游戏比《毁灭战士》的枪战更平静、更精细。

麦迪出现在他身边。"我拯救了世界，我们安全了。"她抓住他的胳膊,靠得更近了,在一片嘈杂声中喊道,"简言之,这就是游戏世界。"她又指了指《毁灭战士》,"像这种游戏,一切都从你的视角出发,你要在坏人干掉你之前干掉他们。这种叫第一人称射击游戏。"然后她转向他一直在看的游戏,"另一种是动作冒险游戏,一般是第三人称角色扮演,你需要控制你的角色图标。你知道什么是图标吗?"他点了点头。"你要控制你的图标探索周围世界,克服挑战,收集可能对你有帮助的东西,并且试着活下去。不用担心,你仍然可以用脉冲激光炸兽人的屁股。"

"《魔戒》。"

"嘿,"她笑着捏了捏他的胳膊,"你还是有希望的。"

没有电视的时候,你会被书吸引。

"最后一节课,"她指着播放《银河Ⅶ》游戏视频的屏幕说,"看到其他人物的图标在走来走去吗?那是世界上其他地方的玩家。它不仅是一款角色扮演游戏,还是一款多人在线角色扮演游戏。其他玩家可能是你的伙伴,也可能是你的敌人。在像《魔兽世界》这样的流行游戏中,随时都有二十五万人在线。"

"你经常玩游戏吗?"

她眨了眨眼睛。"哦,我一直没告诉你,打游戏是我的工作。"她从口袋里掏出一张名片,递给他,"现在来好好自我介绍一下,我的真名是 GrindrGirl88。"她客气地跟他握了握手。

22

麦迪·普尔不是游戏设计师,不是美工,也不是宣发运营。她是个专业游戏玩家。

一个人在 Twitch 等流媒体网站上一小时又一小时地玩游戏,就像她的网络昵称一样,只是"刷任务(grind)"而已[①]。"我不会再问你是否知道这些了,好吗?随它去吧。总之人们会登录这个网站,看喜欢的玩家玩游戏。"

她解释说,这是一笔大生意。就像体育明星和演员一样,游戏玩家也有经纪人。

"所以你有经纪人?"

"我正在考虑。有了经纪人以后,打游戏就变成一份工作,我就再也不能随心所欲地玩游戏了。你明白我的意思吗?"

科尔特·肖没有回答。他问:"登录网站的人也和你一起玩吗?"

"不,他们只看。当我玩游戏时,他们会看到我的屏幕,就像越过我肩膀的视角。还有个摄像头对着我,这样他们就能看到我可爱的脸了。我有耳机和麦克风,所以能解释我的玩法、

[①] Grind,作为游戏俚语,指重复做任务以获取报酬或磨炼技能。

我在做什么、为什么要这样做,也能讲笑话和聊天。很多男生——和一些女生——很喜欢我。确实也有几个疯狂粉丝,但没什么是我应付不了的。我们这些女玩家必须强悍一点儿。玩电子游戏的女性几乎和男性一样多,刷任务和参加比赛的却都是男人,他们还对我们废话连篇。"

她的脸因厌恶而皱了起来。"我认识的一个游戏玩家,她还是个孩子,才十八岁,打败了两个住在贝克斯菲尔德地下室里的窝囊废。这两个浑蛋不知道从哪儿搞到了她的真实姓名和地址,然后报了假警。你知道报假警是什么意思吗?"

肖不明白。

"就是骚扰她,报警说她家有人携带武器。警察必须按规矩行事,闯进她家,把她带走了。发生的事情比你想象的还要复杂。当然,他们马上就放了她。她追查到了幕后黑手及其同伙,把他们一起送进了监狱。"

"你的文身是什么意思?"他瞥了一眼她的脖子。

"我也许以后会告诉你吧。所以,这就是你要的答案了,科特。"

"什么问题的答案?"

"我们来这里的原因。哇呀!"

他们站在会议中心角落的展位前。这里和其他展位一样大,但是低调得多,没有激光,也没有吵闹的音乐,只有一个不起眼的电子广告牌。

HSE 公司出品
《浸》
电子游戏的新风潮

这个展位没有试玩处，所有活动都是在一个巨大的黑紫色帐篷里进行的，参会者正排着队等着进去。

麦迪走到登记柜台前，柜台后面坐着两位三十多岁的亚洲女性，比其他柜台的大多数员工都要年长，穿着一模一样的款式保守的深蓝色西装。麦迪出示了身份证和驾照。登记结束后，工作人员给了她一副白色眼镜和一个无线手柄。她在屏幕上签署了一份文件，朝肖点了点头。

"我？"

"对。你是我的客人。"

登记完身份，肖也收到了一套同样的设备。他签署的文件是一份免责声明。

他们走向帐篷入口，那里早就排起了长队，其中大部分是年轻人，拿着手柄和眼镜。

麦迪解释道："我也是一名专业游戏评论家。很多工作室会雇用我，为他们提供新游戏测试版本的反馈。《浸》算是我期待已久的游戏之一了。我们先在这里简单试试，然后我再把它拿回家认真玩。"

他仔细端详着那副复杂的眼镜，眼镜两边各有一排按钮和耳机。

队伍移动缓慢。肖注意到，有两名身材魁梧、不苟言笑的男员工，穿着与前台女员工的庄重制服成套的西装，站在入口处，只有当有人从附近的出口离开并交还眼镜后，他们才允许同样数量的人进入。肖注意到那些离开的人的表情。有些人似乎目瞪口呆地摇着头，还有一两个人看起来很困惑。

麦迪解释道："HSE，也就是红星企业，是一家中国公司。

电子游戏一直是国际化产业，美国、英国、法国和西班牙都很早就开始开发游戏，但亚洲才是游戏产业真正腾飞的地方，尤其是日本。你知道任天堂①吗？"

"水管工马里奥。"离开家去上大学和工作之后，肖对现代文明的认知就飞速发展起来。

"它其实是一家创立于十九世纪的纸牌公司，最终开创了游戏机游戏，类似于家用街机游戏。这个公司的名字很有趣。大多数人认为它的意思是'把好运留给天堂'，算是直译。但我会和一些日本玩家一起玩游戏，他们认为它有更深层的含义。'nin'的意思是'侠义之道'；'ten'指的是'Tengu'②，一种向家破人亡之人传授武功的神话生物；'do'则是'圣地'。所以，对我来说，'任天堂'就像是一个供奉保护弱者的侠义之士的圣地。我更喜欢后面这种解读。

"现在，说回电子游戏的历史。日本在电子游戏领域的地位飙升，中国则后来居上。时至今日，美国有两亿电子游戏玩家，中国则有七亿人。

"当电子游戏在中国流行起来，新的问题出现了——游戏玩家整天坐着不动，日渐肥胖，身材走形，三十多岁就患上了心脏病。HSE对此采取了一些措施。"麦迪对着《浸》的标志挥了挥手，"玩这个游戏的时候，你必须四处走动，而不能仅仅站在电视前面假装挥舞网球拍。你得到处走，又跑又跳。家里的地下室、客厅、后院、海滩或者田野，在哪里都能玩。他们甚至有一个可以在蹦床上玩的版本，而且正在研制在游泳池里的玩法。"

---

① 任天堂公司，即 Nintendo。
② Tengu，即天狗。

她举起手里的眼镜,指了指:"你看,前面和侧面不是都有摄像头吗?你戴上它们,连接蜂窝网络或无线网络,然后走进后院,会发现那里已经不是你熟悉的后院了。游戏算法会改变你看到的一切。三轮车、烧烤架、猫,一切都变了样,现在那里是僵尸、怪物、岩石和火山。

"我很喜欢运动,所以这款游戏完全是我喜欢的类型。《浸》将是下一个大爆款。这家游戏公司已经向学校、医院和军队捐赠了数千套设备,帮助康复治疗。他们有模拟战场环境的软件,所以士兵可以随时进行训练,在军营,在家里,在任何地方都行。"

马上就轮到他们了。"来吧,就要开始了,科尔特。戴上你的眼镜。"他照做了,就像戴着浅灰色墨镜一样。

"手柄就是你的武器。"她笑了,"嗯,你拿反了。那样开枪的话,你会射中自己的腹股沟。"

他把手柄换了个方向。这个手柄就像一个遥控器,拿在手里很舒服。

"只要按下那个按钮就可以开枪了。"

麦迪拉起肖的左手,把它举到眼镜旁边。"这是开关。我们进去后,你需要按住它一秒钟左右。这儿还有个按钮,你能摸到吗?"

他摸到了一个按钮。

"如果死了,你就按一下这个按钮。它会让你复活。"

"你为什么认为我会死?"

她只是微微一笑。

23

他们走进帐篷，一名工作人员带着他们穿过走廊，来到三号房间。

这个十米见方的空间看上去就像一个剧院的后台，有走道、楼梯、平台、家具、一棵假橡胶树、一大张防水布、一张放着几袋薯片和几罐食物的桌子，还有一个落地钟。房间里只有他和麦迪。

当然，这只是一场游戏，但肖觉得自己进入了某种警戒状态。就像从悬崖上垂降或者乘坐雅马哈直升机快速爬升之前一样，你必须做好充足准备。

永远不要身体或心理毫无准备……

一个声音从高处传来："准备战斗。数到一的时候戴上眼镜。三……二……一！"

肖按下了麦迪说的开关按钮。

整个世界都变了。

令人震惊。

大落地钟是个长着胡子的巫师，平台是冰冷的岩架，橡胶树像篝火一样燃烧着绿色的火焰。防水布现在变成了岩石海岸，俯瞰着浪涛汹涌的海洋，黑暗的漩涡将船只卷入其中。天上有两个太阳,一个是黄色的,一个是蓝色的,在眼前投下一层淡淡的绿雾。墙壁不再是黑色的窗帘,而是雪山和一座正在喷发的高耸火山的远景。所有这些都是令人惊叹的3D立体效果。

他向右边瞥了一眼,看见了穿着黑色盔甲的麦迪。他又看了看自己的腿,发现他也穿着同样的衣服。他的双手戴着黑色的金属手套,右手的手柄变成了一支射线枪。

就当是消费体验吧。

《浸》这个名字倒是异常贴切。

"科尔特。"麦迪叫道。那沙哑的嗓音不是她的声音。

"我在这儿。"他回应道。他的声音也从随和的男中音变成粗犷的男低音。

他注意到她正爬上一块岩石。戴上眼镜之前,那只是个简单的脚手架。她蹲得很低,头前后晃动着。"它们来了。做好准备。"

"谁——"

他倒吸了一口冷气。一只生物突然跳到她旁边的岩石上。这个闪闪发光的蓝色生物长着一张人脸,但多了几颗剑齿和一只发着红光的眼睛。那个怪物亮出一把剑,向麦迪挥舞,她则回击。但它没有立即死亡,而是一直追着她,双方武器碰撞出大量火花。它又拿出第二把发光的剑。她不得不躲闪,从岩石跳到了草地上。她的动作非常优雅。

富有美感……

就在这时,一只飞翔的翼手龙从天而降,把肖的心脏从胸腔里扯了出来。

"你死了!"眼镜屏幕上出现了一个标志。

他记得该按哪个按钮。

"重置"……

他又活过来了，并且已经恢复了求生的能力。

永远不要忽视你周围的环境……

他转过身，正好躲开了一个拿着熔岩锤攻击过来的矮胖生物。他一边向后跳跃躲闪一边攻击，射了五发激光才杀死它。

眼镜上显示的信息是"你刚刚获得了一把熔岩锤"，屏幕右下角弹出一张小图片，这个窗口叫"武器库"。

一个影子出现在他面前的草地上。

肖的心怦怦直跳，他迅速抬起头，及时杀死了一个该死的飞行生物。它也有一张酷似人类的脸。

他意识到自己汗流浃背，紧张不安。他有一种冲动，想要乱射一通，扫射杂草和树木，即使没有清晰的视野。

他想起了多年前的猎人在灌木丛中射杀雄鹿的情景。

我打到东西了？灌木丛那边发出了一点儿声响，我还以为是狼……

肖冷静下来，调整战术。他击败了一大群奔跑、飞翔、滑行过来的生物，直到一个外星人不讲道德地从山顶扔下一块大石头，把他砸了个粉碎。

"重置"。

他看见麦迪·普尔正在对付三个怪物，被迫躲到一棵倒在地上的树干后面，树干上挂满了一袋袋玉米和农家面包——那是之前看到的放着薯片和浓汤罐头的桌子。肖展现射击技术，一枪把怪物打死了，但她并没有对肖的救援表示感谢。她就像一个真正的士兵，不会被分散注意力。

一个带有亚洲口音的声音从扬声器里传出："您的《浸》游戏体验将在五分钟后结束。"

杀死另外两名袭击者后，麦迪按下眼镜上的按钮，然后走到肖面前，也按下了他的按钮。虽然眼前依然是幻想世界的模样，但是那些怪物已经消失了。周围突然安静下来，只有大海和风的声音，他们手中也没有激光枪了。

"真吓人。"他跟她说。

她点了点头。"是啊。你注意到了吧，所有怪物都是人类的面孔，而且会有表情变化。"

他的确看到了。

"HSE 的首席执行官洪伟命令研发团队把重点放在这些怪物上。比起杀死动物，玩家更愿意杀死与人类相似的生物。我们才是饲料，小鹿斑比是安全的。"

肖环顾四周。"出口在哪里？"

她低声说："我们还有几分钟，再打一场吧。"

这是忙碌的一天，他已经非常疲惫了，但他很享受和她在一起的时光。"开始吧。"

她笑了笑，然后握住他的手，放在眼镜的另一个按钮上。

"我数到三，按这个。"

"明白了。"

"一……二……三！"

他按下按钮，手柄变成一把炽热发光的剑刃，她手里也同样有一把剑。这一次没有其他怪物，只有他们两个。

麦迪·普尔一秒钟也没有浪费，径直向他扑去，挥舞在头顶的剑迅速劈砍下来。肖虽然很熟悉刀，但从来没有拿过剑。尽管如此，拿着武器战斗是一种本能。他成功避开了她的攻击，同时对她隐瞒这部分游戏内容感到恼火，于是向前冲过去。她成功闪躲了他的每一次冲撞和砍杀，而他一旦出现失误，她就抓住机会反击。他的优势是腿长、力气大,而她的优势是速度快、目标小。

他感到呼吸困难……只有一小部分原因是他正在努力攀登岩石。

他们收到了来自上方喇叭的提醒,还有最后两分钟。时间限制似乎激励了麦迪,她不断发起攻势。她在他腿上割了一刀,而他在她上臂上割了一刀。伤口处出现血迹,眼镜上的刻度显示他还有百分之九十的生命值。

他做了个假动作,麦迪中计了。她躲闪得太迟了,大腿上出现一道浅浅的伤口,他能听到她低沉浑浊的声音:"可恶。"

肖向前逼近,麦迪步步后退。她试图跳上一个大约五十厘米高的低台,但判断失误,重重地摔了下来。地板上铺着泡棉,她的身体却撞到了台子。她跪倒在地,紧紧按住肋骨处。他听见她痛苦地哼着。

他直起身子,放下剑,走上前扶她起来。"你没事吧?"

在他离她大约一米远的时候,她跳了起来,用刀刺进他的肚子。

"你死了!"

这一切都是一场骗局。她是故意摔倒的,以一种特殊的方式落地——双脚压在身下,这样她就可以利用爆发力向前冲。

扬声器传出声音,宣布他们的游戏体验时间结束了。幻象世界又回到了剧院后台的样子。他和麦迪摘下眼镜。他朝她点了点头,说:"你这是卑鄙的偷袭。"这是个不错的玩笑,但他没有开玩笑的心情了。她用袖子背面擦去额头和太阳穴的汗珠,环顾四周,表情和杀死他的那些生物没有什么不同。那不是欣喜,不是胜利的喜悦,什么都不是,只是冷冰冰的表情。

他回想起他们走进这个帐篷之前她说过的话。

我们先在这里简单试试……

他们走向出口时,她好像突然意识到自己不是一个人来的。"嘿,你没生气吧?"她说。

"游戏是公平的。"

尴尬的气氛逐渐缓和,但并没有完全消失,真正消失的是他邀请她共进晚餐的念头。他以后可能会,但是今晚肯定不行了。

他们把眼镜交给 HSE 的工作人员,后者将它们放入箱子里消毒。在柜台前,麦迪拿到了一个帆布包,他猜里面大概装着这款新游戏,让她带回家好好测评。

他的电话响了。

是本地区号。

难道是伯克利警察要以盗窃罪名逮捕他?还是丹·威利和卡明斯警长改变了对重案证物的看法,决定重新逮捕他?

然而电话是联合重案组特遣队打来的,前台工作人员告诉他可以取走车了。

他本就筋疲力尽,又在短短十分钟内死了三次还是四次,所以决定试探着问一句:"能不能找个人把车给我送过来?"

电话那头沉默了。他想,那个工作人员的脸上应该还带着困惑的神色。沉默持续了足足三秒钟。"恐怕不行,先生。恐怕你得自己去取车。"

她告诉他地址,他默默记下。

他瞥了一眼麦迪。"我的车能取回来了。"

"我可以开车送你过去。"

很明显,她愿意留在他身边,这对他来说是件好事。

"不，我叫出租车吧。"

他拥抱了她，她吻了他的脸颊。

"挺好玩的——"他刚开口就被打断。

"晚安！"麦迪说完就走远了，扯着头发，大步走向另一个帐篷。外星人、剑和肖大概已经从她的思绪中消失了，就像清除硬盘随机存取存储器中的缓存数据一样。

24

在这个世界上,没有取回一辆本来就不该被扣下的车还要支付一百五十美元的道理。

但是事情就是这样。

更糟糕的是,如果使用信用卡支付,还要多收百分之五的手续费。科尔特点了点手里的现金,一共一百八十七美元。最后他还是递上运通卡,付了钱,走到前门等候。

临时扣押处位于一〇一号公路东侧的山谷中,破旧杂乱,占地面积很大。从积灰判断,有些车已经停在这里好几个月了。肖数着头顶飞过的飞机,它们即将抵达旧金山机场。他回想起在旧工厂寻找苏菲时,飞机的轰鸣声是那样令人不安,掩盖了攻击者的声响。数到第十六架飞机,他放弃了。五分钟后,他再次见到了他的车。肖检查了一圈,没有剐痕或凹痕。他的电脑包还在后备厢,可能已经被调查过了,但没有任何东西被损坏或拿走。

GPS导航的悦耳声音指引他回到硅谷,这个地方在深夜尤为安静。他正在前往洛斯阿尔托斯山的房车公园。科尔特·肖选择了一条比较绕远的路线,忽略了电子音的指示和不厌其烦的重新规划路线。

因为他发现有人在跟踪他。

离开临时扣押处的时候,他注意到有辆车亮起了车灯,并且掉头朝他的方向驶来。也许只是巧合?前方红绿灯转黄,肖本可以直接开过去,不必吃罚单,但他突然停下车,而后面的那辆不知道是轿车还是卡车迅速转向路边。他看不清那辆车的品牌、型号和颜色。

是无差别犯罪的劫车犯或者抢劫犯?大概有百分之二的可能性吧。但肖开的是一辆雪佛兰,他们根本不值得为了这么一辆车坐牢。

是丹·威利警探打算把他揍得屁滚尿流?有百分之四的可能性。这将是他那令人骄傲的职业生涯的终结。那个男人确实是个自恋狂,但不是傻子。

是丹·威利警探想抓到他吸食大麻或可卡因的证据?百分之十五的可能性。他看着就像个会记仇的浑蛋。

是肖帮着关进去的那些重刑犯或者他们雇用的打手?百分之十的可能性。这种人要多少有多少,但要跟踪他到警察局或者临时扣押处还是挺困难的,虽然也不是不可能。肖给出两位数的可能性,因为他倾向于在结果可能比较严重甚至致命的时候,把数字算得大一些。

但是,最有可能的依然是,那个X对苏菲·穆林纳的计划被肖破坏了,他现在要来复仇。有百分之六十的可能性。

他把GPS导航调成静音,关掉自动制动系统,驶入一条安静的街道。他使劲踩油门,做出试图逃跑的样子,轮胎飞速转动。追在后面的车也加快了速度。速度达到每小时八十千米时,他一脚踩下刹车。沥青路面潮湿,车尾向左打滑,差点儿失去控制。他及时控制住了这套华丽的操作,驾车干净利落地开进一个黑暗的停车场。在距离出口六米的地方,他一百八十度大转弯,车轮与混凝土摩擦,发出刺耳的噪声。他猛踩油门,飞快回到入口附近。

肖拿起手机,开始录像,车的远光灯开着。他已经准备好随时拍下跟踪他的车。

但是猎物并没有出现。一分钟后,他发动引擎,右转离开了,以为那辆车会再次出现。

街道上空无一人。他继续向房车公园开去,这次完全听从GPS的女声导航。他在房车公园的入口处停了下来,环顾四周。车辆川流不息,但只是匆匆驶过,司机对他毫无兴趣。他开进公园,转向谷歌路,停好了车。

他下车并锁好车,快步走到他的温尼巴格房车门口。他没有开灯,从调料柜里取出格洛克手枪,隔着百叶窗观察了五分钟外面的情况。没有车辆经过。

肖走进狭小的浴室,先洗了个热水澡,然后冲冷水。从浴室出来,他穿上牛仔裤和运动衫,用柜子里的香草(龙蒿和鼠尾草)做了炒蛋,煎了黄油吐司和一片咸火腿,还热了一杯牛奶。他经常晚上十一点享用晚餐。

他坐在长椅上吃饭,查看每晚必看的本地新闻节目。有一名妇女在戴利城遭到了袭击,罪犯在肖救下苏菲之前就被逮捕了。还有一些不相关的新闻:某知名劳工组织者否认腐败指控,某恐怖主义阴谋在奥克兰码头被击溃,选民登记人数因加州准备进行一些特殊公投而激增。

至于苏菲·穆林纳绑架案,主持人和评论员没有提供任何肖未知的消息,同时仍在做他们最擅长的事情——加剧人们的恐慌。"没错,坎迪,根据我的经验,像这样的绑匪,我们称之为'刺激犯',通常会袭击多名受害者。"

肖也上了新闻。

丹·威利警探说,一位名叫科尔特·肖的热心市民为了得到穆林纳先生提供的赏金,提供了对营救行动有帮助的信息。这种说法让他听起来像个唯利是图的雇佣兵。

他登出账号,关闭了电脑和路由器。

提供了有帮助的信息……

时间已经接近午夜了。

肖准备就寝,但还没有睡意。他回到厨房的橱柜前,再次取出从加州档案馆偷来的文件,信封正面优雅的字迹写着"五月二十五日考试成绩",里面是他之前浏览过的文件。他打开一个空白的笔记本,拔下钢笔笔盖。

他喝了一口啤酒,开始认真研究,想着是否真的能找到问题的答案:十五年前的十月五日清晨,在荒凉而坚硬的回声岭上究竟发生了什么?

第三关：沉船

六月九日，星期日

那块岩石对正在下沉的"海浪之日号"的挡风玻璃没有任何影响。

肖把它扔回阴森汹涌的太平洋,从口袋里掏出那把锁刃刀,试图用它取下固定在机舱前部窗框的螺钉。

在海浪与岩石和沙子碰撞的轰鸣声中,他听见伊丽莎白·夏贝尔喊着什么。

可能是"你他妈赶紧把我从这里弄出去!"

或者类似的话吧。

他用左手抓住一根脏兮兮的栏杆,开始拧螺钉。一共四个,都是一字螺钉,不是十字的。他把刀斜插进去,然后逆时针旋转,但一时没什么用。然后他用尽全力,扭动身体,终于拧动了。几分钟后,第一个螺钉松了。紧接着是第二个、第三个。

第四个螺钉刚拧到一半,一个大浪突然拍在船舷上,把肖甩到船身和电塔之间的栏杆上。

他本能地想要抓住栏杆,所以松开了手,那把刀优雅地转着圈消失在海底。他挣扎了一下,脚尖碰到水面,然后又一次用力地爬上前甲板。

回到窗前,窗户虽然松了,但并没有完全打开。

好吧,足够了。肖用双手抓住窗框,双脚踩在船舱外壁,手臂、腰背、双腿都在用力。

窗框断了。

肖和窗户都翻了过去。

真该死啊,他想。在下一次冲击之前,他挣扎着喘了口气。

再次浮出水面,寒战没那么强烈了,他感到一阵狂喜,体温过低会告诉你死亡也可以很有趣。

他爬回前甲板,钻进船舱前部,滑到隔开船头和船尾的舱壁那里。船尾已经沉入水面,船头四十五度角翘起。在低处,精疲力竭的伊丽莎白·夏贝尔离开了上下铺,船舱尾部的一半已经被水淹没。她紧紧抓住门上的小窗框。他看到了她手上的伤口,明显她曾试图打碎玻璃,伸手去找门把手。

但是门把手已经被拆除。

她抽泣着:"为什么?这是谁干的?"

"你会没事的,伊丽莎白。"

肖摸了一圈门的内侧,感觉到了尖锐的地方。门的另一面是用石膏板螺钉封住的,就像藏苏菲的那个工厂的门一样。

"你有工具吗?"

"没有!我、我试着找过……那个……该死的工具。"她因寒冷而有些结巴。

由于体温过低导致的休克持续中,甚至死亡已经在倒计时,估计还有十分钟。

又一个浪头打在小船上。夏贝尔颤抖得厉害,咕哝了一句什么,肖听不懂。她重复了一遍:"谁……谁?……"

"他给你留了东西。五个东西。"

"真是……他、他妈的冷、冷死了。"

"他给你留下了什么?"

"风筝……有、有个风筝,还有个能量棒,我已经吃了。一、一个手电筒和火柴,都湿了。还有个……盆。花、花、花盆。该、该死的……花、花盆。"

"把它给我。"

"给？……"

"那个盆。"

她弯下身，在水下摸索了一会儿，把那个棕色陶罐递给了他。他把它砸到墙上，挑出最锋利的碎片，开始挖铰链周围的木头。

"你回到床那边吧，"肖告诉她，"别被水淹了。"

"我不能……"

"尽你所能吧。"

她转过身，爬上床顶，设法使她的大部分身体——尤其是腹部以上——能够露出水面。

肖说："跟我说说乔治吧。"

"你、你认识我、我男朋友吗？"

"我看到了一张你们俩的合照，你在跳交际舞。"

传来一阵微弱的笑声。"他、他确实跳得……不、不行。但是他、他一直在努力，狐、狐步舞跳得还行。你、你跳舞……"

肖也笑了。"我不跳舞。"

木材是柚木的，像石头一样坚硬，但他还在坚持挖。他说："你经常去迈阿密见家人吗？"

"我、我……"

"我在佛罗里达有个住所，比较靠北。你去过格莱兹县吗？"

"这是那种有、有螺旋桨的船。我要死了，对吗？"

"别瞎想。"

船下沉了一些。

"我的牙、牙齿被贝壳砸坏了。"她开始抽泣，"我、我不知道你是谁，但是谢谢你！别、别救我了，太、太迟了。"

肖往阴暗的船舱里看了看,她正紧紧抓着床铺的柱子。
"求、求你了,"她说,"你得活着。"
船又下沉了一些。

第二关：黑暗森林

六月八日，星期六，一天前

25

上午九点,科尔特·肖已经身处硅谷星罗棋布的众多购物中心之一。这里有一家美甲沙龙、一家理发店、一家联邦快递服务点和一家萨尔瓦多餐馆,他现在就坐在餐厅里。这是一个令人愉快的地方,装饰着喜庆的红白相间的纸花、玫瑰花和山脉的照片,想必是萨尔瓦多乡村的样子。这家餐厅的咖啡是他喝过的最好的拉美咖啡,来自波特雷罗·格兰德的"微型地区"的圣玛丽亚咖啡。他想买一点儿,但是它不零售。

他抿了一口香浓的咖啡,朝街对面瞥了一眼。在开车来购物中心的路上,他经过了附近雄伟的大厦,但这里只有小平房。其中一个正在被法院拍卖,让他想到了弗兰克·穆林纳的邻居;另一个则正由业主出售。房前的停车道上竖着两个牌子,一个写着"赞成四五七号提案。不要提高房产税!!!",还有一个也是类似的标语,画着骷髅头和交叉的骨头,多了一句"硅谷房地产——你要杀了我们!!"

肖的目光回到前几天从大学拿走的那堆文件上。准确地说确实是偷来的,不过仔细一想,他认为那次盗窃是正当的。

毕竟,它们是由他的父亲阿什顿·肖撰写或汇编的。

这时,他想起了两条规则:

永远不要在没有确定百分比分配的情况下，选用策略或方法来完成任务。

永远不要确定某个百分比，直到你掌握了尽可能多的事实……

当然，后一条是最关键的。

科尔特·肖无法对十五年前的十月五日发生的事情做出任何评估，直到他收集到了足够的事实……这些资料里写了什么？一共有三百七十四页。肖在想，这个数字本身是否就是一个信息，毕竟他的父亲熟知各种加密方法和暗号。

阿什顿是政治学、法学、国家体制和美国历史方面的专家，还将物理学作为古怪的业余爱好。资料里杂乱的片段包含了以上所有主题。有些文章写到一半，还没有完成；有些文章已经结尾，但肖不知道它们有什么意义。奇怪的理论，他从未听说过的名人名言，中西部地区、华盛顿特区、芝加哥、弗吉尼亚州和宾夕法尼亚州小城镇的地图，十九世纪的人口图表，剪报，老建筑的照片。

还有一些医疗记录，是他母亲为东海岸制药公司做的精神病研究。

太多信息和太少信息一样没用。

其中四页被折了角，这表明他的父亲或者其他人想要再仔细地看一遍。肖记下那几页，仔细研究。第三十七页是亚拉巴马州一个小镇的地图，第六十三页是一篇关于粒子加速器的文章，第一百一十八页是《纽约时报》上一篇关于纽约证券交易所新计算机系统的文章的复印件，第二百五十五页是一篇由国家基础设施相关文件的编纂者写的冗长而语义含糊的文章。

肖提醒自己，这些文件可能毫无关联。是的，它们是在十月五日前不久编辑好的,但也要看看是谁编的。那个时候,阿什顿与现实的关系已经变得若即若离。

肖从一张新英格兰旧法院的照片上抬起头来,伸了个懒腰,碰巧看到一辆车沿着街道缓慢行驶,停在他的雪佛兰车前。那是一辆日产天籁北美款,灰色的,看起来有些年头,车上有伤痕。反光太刺眼,他看不见司机,但注意到司机坐得不高。正当肖站起身来,准备拍下车牌时,那辆车加快速度,消失在拐角。他没能看到车牌号。

是昨晚那个人吗?还是那个在圣米格尔公园路上监视他的人?这引出了最重要的问题:是 X 吗?

他又坐了下来。需要给特遣队打电话吗?

他能跟威利那样的人说什么呢?

肖的电话响了。他看了眼屏幕,是弗兰克·穆林纳打来的。他们原计划一个小时后见面。

"弗兰克。"

"科尔特。"电话那头的声音很严肃,肖不知道是不是那个年轻女人的健康出了问题,也许她的摔伤比看起来的严重。"有件事我得和你谈谈。我……我不应该这么做,但这对我来说很重要。"

肖端起那杯极品咖啡。"你说。"

沉默了一会儿,那人说:"我得当面跟你说。你现在能过来吗?"

26

一辆白绿相间的特遣队巡逻车像灯塔一样停在穆林纳家门前。驾驶警车的那位警官身穿制服,还很年轻,戴着飞行员墨镜。和肖在总部看到的许多警察一样,他也是寸头。

显然,已经有人告诉这个警官肖很快就到,还会带来一份情况说明。他往肖这边扫了一眼,然后注意力又回到了收音机或电脑前。由于昨天被灌输了电子游戏世界的知识,肖觉得他也许是在玩《糖果传奇》,麦迪·普尔说那是一款"休闲"游戏,也就是那种为了消磨时间而在手机上玩的游戏。

穆林纳让肖进屋,他们走进厨房,那里正煮着咖啡,但肖没准备喝。

现在房间里只有他们两个,苏菲还在睡觉。肖感觉到脚边有动静,低头便看到费的贵宾犬卢卡已经溜达进来,喝了点儿水,然后"扑通"一声趴在地板上。两个人坐下,穆林纳端起杯子说:"又发生了一起绑架案。我不应该告诉任何人。"

"有什么具体消息吗?"

第二名受害者名叫亨利·汤普森。他和伴侣住在山景城以南的森尼韦尔,离这里不远。五十二岁的汤普森昨晚在斯坦福大学的一场小组座谈演讲后失踪。一块石头或砖头砸在了他车的挡风玻璃上,他在停车的一瞬间被绑架。

"斯坦迪什警探说没有目击者。"

"不是威利?"

"不是,只有斯坦迪什警探。"

"索要赎金了吗?"

"我猜没有,这就是他们认为和绑架费的是同一个人的原因之一。"他顿了一下,然后继续说,"现在,亨利·汤普森的伴侣知道了我的名字和电话号码,给我打来电话。他听起来就像我在费失踪的时候一样,已经快疯了……好吧,你应该还记得我当时的样子。他听说你帮了我,让我跟你联系一下。他说他想雇你去找亨利。"

"我不接受雇用,但会跟他谈谈。"

穆林纳在便笺上写下姓名和电话号码,那个人叫布莱恩·伯德。

肖弯下腰,挠了挠贵宾犬的头。那只小狗当然不会明白是肖救了它的女主人,但看到那明亮的眼睛和会心的笑容,你很可能会觉得这小狗什么都明白。

"亨利·汤普森。"肖正在用手机打开谷歌,搜索这个名字,"是哪个人?"在森尼韦尔有好几个同名同姓的。

"他是一名博主,也是一名性少数群体活动家。"

肖找到了这个人。汤普森身材圆润,有着一张喜气洋洋的脸,谷歌搜索结果显示的几乎每张照片中他都带着笑容。他同时更新着两个博客,一个是关于计算机行业的,另一个是关于性少数群体权益的。肖把那个人的主页发给了麦克,询问详细情况。

麦克的回答很有个人风格:"好。"

肖对穆林纳说:"我能见见费吗?"

穆林纳暂时离席,一会儿又带着女儿出现。她穿着一件厚厚的酒红色睡袍和一双毛茸茸的粉色拖鞋。她的右臂严严实实地打着淡蓝色的石膏,另一只手上缠着绷带。

她双目凹陷,眼眶红红的。

苏菲靠在父亲的怀里,父亲则温柔地拥抱了她。

"肖先生。"

"感觉怎么样?骨折好点儿了吗?"

她面无表情地看着自己的手臂。"还行吧。石膏下面有点儿痒,这是最糟糕的。"她走到冰箱前,倒了一些橙汁,然后坐回凳子上。"他们把你关进警车的时候,我告诉他们是你救了我。"

"不用担心,现在没事了。"

"你听说了吗,他还绑架了别人?"

"听说了。我又要去帮警察了。"

尽管警方还不知道这件事。

肖告诉她:"我知道这可能不容易,但你能告诉我具体发生了什么事吗?"

她轻抿了一口橙汁,然后一口气喝了半杯。肖猜她在吃止疼药,那会让她口干舌燥。"可以,没问题。"

肖拿出笔记本翻开,苏菲又看了看钢笔,面无表情。

"星期三,你回家之后。"

苏菲吞吞吐吐地解释说,她当时很生气。"当时聊到了关于家里的事。"

弗兰克·穆林纳抿紧了嘴,但什么也没说。

她骑自行车去快字节咖啡厅喝了杯拿铁,吃了点儿东西。她当时不知所措,所以给一些朋友打了电话,询问长曲棍球训练之类的。然后她就去了圣米格尔公园。"每当生气或难过的时候,我就会去那里骑自行车,去发泄、去愤怒。你知道我说的'愤怒'是什么意思吗?"

肖知道。

她的声音变了。"凯尔以前经常在半月湾或马弗里克那边冲浪。"她咬紧牙关,擦了擦眼泪,"我把车停在塔曼路上,想系紧头盔,然后有辆车撞上了我。"

警察会问,他也会问:"你看到那辆车了吗?"肖想到了灰色的日产,尽管他没有证人。

"没有。就'砰'的一声,那个浑蛋撞了我。"

她昏昏沉沉地倒在小山坡下面,听到有人走近。"我知道这不是意外。"她说,"那条路真的很宽,他不可能撞到我,除非他是故意的。那辆车撞过来之前,我听到轮胎转向的声音,就像他在瞄准一样。我拿起手机想报警,但已经太晚了。所以我把手机扔开,这样他们也许就能追踪过来并找到我。我想站起来,然而他把我扑倒了。他一直在踢我,打我的背。他打到了我的后腰,所以我……就像……瘫痪了。我站不起来,也不能翻身。"

"你很聪明,知道扔掉手机。我正是因此才发现你出事了。"

她点了点头。"然后我的脖子被一根皮下注射针刺了一下,我就晕了。"

"医生或警察说过是什么药吗?"

"我问了。他们只说这是一种能溶于水的处方止痛药。"

"还记得什么关于那人外表的细节吗?"

"我告诉过你吗?我跟别人说过。灰色的滑雪面罩和墨镜。"

他给她看了快字节咖啡厅的监控录像。

"斯坦迪什警探给我看过了。没有,我从来没见过这样的人。"她站起身来,从抽屉里找到一根筷子,在石膏下挠痒痒。

"你感觉那个人是男的还是女的?"

"估计是个男的,个子不高。也可能是一个女人。但如果是女人的话,她真的很强壮,能把我直接搬到车上。还有……我的意思是,我都倒下了,他还踹我的后背,你觉得一个女人会对另一个女人这么做吗?"她耸耸肩,"也许我们确实可以像男人一样糟糕。"

"他们是怎么说的?"

"没什么。我恢复意识的时候,就在那个房间里了。"

"说说吧。"

"屋子里有一点儿亮光,但我看不太清。"她的眼睛闪过一丝光,"太他妈奇怪了。据我所知,在电影里,有人被绑架了,屋里会有床、毯子、尿桶或者别的什么。那屋里确实有一瓶水,但什么吃的都没有,只有一个大空玻璃瓶、一团布、一卷钓鱼线和火柴。那个房间真的很旧,都发霉了。不过那个瓶子还有毯子——那些东西倒都是新的。"

肖又一次夸奖她。她确实非常聪明,把瓶子打碎做成一个简易玻璃刀,从房间里逃了出去。

"我开始寻找出去的路。唯一没有用木板封住的窗户在顶楼,我无法简单打破窗户爬出去,所以我开始找门。但那些门不是被锁上,就是被钉死了。"

肖回忆着,实际上是用螺钉固定的,而且是最近的事。他告诉那些警察他仔细查看过了,发现只有一个门是开着的,那就是前门。

"还没走多远,"她哽咽了,"我就听到了枪声……凯尔……"

她轻声啜泣着。她的父亲走过来，搂住她，她靠在父亲胸前哭了一会儿。

肖解释说，苏菲用钓鱼线做了一个陷阱，再用另一根钓鱼线把它绑在她夹克上，让它前后移动，这样地板上就会有一个影子。她先引诱绑匪靠近，然后用油桶砸他。

穆林纳瞪大了眼睛："真的吗？"

她用温柔的声音说："我本来要杀了你……他。我想捅他，但是我害怕，所以跑了。如果你因此受伤，我真的很抱歉。"

"我早就应该想明白的。"肖说，"我就知道你肯定是个不服输的战士。"

听到这话，她笑了。

肖问道："他碰过你吗？"

她的父亲动了动，但这是一个必须要问的问题。

"我觉得没有。他只脱了我的鞋和袜子，我的风衣还拉着拉链。你的字真小。你为什么不直接在电脑或平板电脑上记呢？那样会更快。"

肖答道："用手拿笔写东西时，你会慢慢掌握那些文字。打字的话，你会难以记住。光读的话，就更难了。如果只是听听，你甚至无法完全理解。"

这个想法似乎引起了她的兴趣。

"最近在快字节咖啡厅有没有人试图带你走？"

"你懂的，男人总是会来调情，问些无关痛痒的问题，比如'你在读什么书？'或者'墨西哥玉米粉蒸肉怎么样？'男人总是会这样做，没有人觉得奇怪。"

"你还记得旧工厂里的这个吗，苏菲？这是我在快字节咖啡厅里看到的。"肖在手机上展示了那张模板印刷的诡异的脸的照片,那个位置本来是苏菲的寻人启事。"你被关的那间屋子的外墙上也有一张类似的传单。"

"我不记得了。那地方太阴暗了,让人害怕。"

"这对你们父女俩有什么意义吗?"

他们都说没有。穆林纳问道:"它应该是什么?"

"我不知道。"他搜索过戴着帽子、系着领带的男人的照片,但是没有任何类似的结果。"斯坦迪什警探没有问过你吗?"

"没有。"苏菲说,"问了的话我肯定会记得的。"

一阵铃声从她的睡袍口袋里传出来,是系统默认的手机铃声。她的新手机还没来得及换铃声,而旧手机留在证物室,很可能会在那里无声无息地被遗忘。她看了一眼手机屏幕,然后说道:"妈妈?"

她瞥了一眼肖。肖说:"我没有问题了,费。"

苏菲再次拥抱他,并低声说:"谢谢你,谢谢你……"这名年轻女子微微颤抖了一下,深吸了一口气,拿起电话走开了。"妈妈。"她用另一只手拿起那杯橙汁,走回自己的房间,卢卡跟在后面,"我很好,真的……他挺好的……"

穆林纳的嘴角抽搐了一下。他瞥了一眼肖裸露的无名指。"你结婚了吗?"

"没有,从来没有。"就像提及这个话题时偶尔会发生的那样,玛戈特·凯勒那希腊女神般的面孔出现在肖的脑海中,她稍微有些长的脸旁是柔软的金色卷发。在这特殊的画面中,她正从一张考古挖掘的地图上抬起头来。那是一张肖画的地图。

接着,穆林纳给了他一个信封。"给你。"

肖没有拿。"有时候我能接受分期,不用一次付清。"

"嗯……"穆林纳低头看着信封,脸涨得通红。

肖说:"分十个月,一个月一千。你能行吗?"

"没问题,不管怎样我都会搞定的。"

肖频繁做出这样的安排,让他的业务经理维尔玛·布鲁因心烦意乱。她就这个问题发表过很多不同的看法:"活儿都干了,科尔特,让你拿钱你就得拿。"

虽然维尔玛是对的,但灵活一点儿也没有错,在这份工作中尤其如此。他从硅谷的那些财务压力中吸取了教训。

在这片应许之地上,许多人仍在挣扎。

27

去往亨利·汤普森住址的路上，科尔特·肖注意到尾随他的那辆车又出现了，但他不确定。

他曾两次看到后面有辆车跟着他转弯。那是一辆灰色的轿车，就像萨尔瓦多咖啡天堂外面的那辆。隔着六七辆车的距离，肖看不清车标。是那辆日产吗？可能是，也可能不是。

令他吃惊的是，他发现那个司机可能是个女人。

当司机闯了红灯，朝他的方向拐弯时，肖一直注意着那辆车。他从驾驶座一侧的车窗瞥见一个人影，还是那个身材矮小、头发卷曲并扎成马尾辫的人。当然，这种外表并不一定是女性，但女性的可能性更大。

你觉得一个女人会对另一个女人这么做吗？也许我们确实可以像男人一样糟糕……

肖转了两个弯，绕了段路，那辆灰色的车跟在后面。

肖盯着前面街道的沥青路面，测量角度、距离和转弯半径。

就是现在……

他猛踩刹车，车辆掉头，面对跟踪者的方向。这样做的结果是，他赢得了一两个中指，还至少有六辆车的喇叭同时为他响起。

一种新的声音加入了喇叭方阵。

是警笛的声音。肖没有注意到,他正是在一辆便衣警察的克莱斯勒①前面突然掉头的。

他长叹一口气,把车停到路边,准备好了驾照和租车合同。

一个穿着绿色制服的矮胖的拉丁美洲人向他走来。

"先生。"

"警官。"他把文件递过去。

"你这样做很不安全。"

"我知道。我很抱歉。"

这个名叫P.阿尔瓦雷斯的警察溜达着回到车里,坐到前座上查看信息。肖盯着那辆灰车刚刚所在的位置,现在它已经消失无踪。不过至少他已经确认了这辆车和萨尔瓦多餐厅的那辆是同一辆车,同样的日产天籁北美款,同样有些年头,同样有着剐蹭痕迹。

那人回到肖驾驶座的车窗旁,把文件还给肖。

"你为什么这样做,先生?"

"我以为有人在跟踪我。我担心遇到了劫车犯。我听说他们专找租来的汽车。"

阿尔瓦雷斯慢吞吞地说:"这就是为什么租来的车上没有任何标志能够表明它是租来的。"

"可能是吧。"

"如果遇到麻烦,你就打九一一,警察正是为此存在的。你是从外地来的吧,来这儿有事吗?"

肖点点头。"是的。"

---

① 克莱斯勒集团生产的汽车曾被广泛用于警车、出租车等行业。

阿尔瓦雷斯似乎在思考。"行吧，你挺幸运的，我现在要赶着去开庭，没时间写这个破材料。但请你不要再做傻事了。"

"我不会了，警官。"

"你走吧。"

肖把那些文件放好，发动引擎，开到他最后一次看到那辆日产的十字路口。他向左转，朝着她理应逃跑的方向开去。当然，他没有任何收获。

他又回到GPS导航的路线上，十五分钟后到了亨利·汤普森和他的伴侣布莱恩·伯德合住的公寓。一辆便衣警察的车停在大楼前。与苏菲失踪案不同的是，特遣队或者负责这起案件的人肯定知道亨利·汤普森被绑架了，因为他们找到了被破坏的汽车。警官——也许就是难以捉摸的斯坦迪什警探——会和伯德在一起，等着绑匪打电话来索要赎金。但肖知道，根本不会有什么电话。

肖收到了一条短信。他把车停好，打开手机。麦克在汤普森和伯德的生活痕迹中没有发现任何犯罪记录，没有武器登记，也没有可能造成犯罪动机的特殊许可或敏感的雇用记录。汤普森就是维基百科向肖保证的那个博客作者和性少数群体权益活动家。伯德曾在一家小型风险投资公司担任财务主管。他们没有暴力问题。汤普森和一个女人结过婚，婚姻只持续了一年，而且是十年前的事了。这对伴侣之间似乎没有嫌隙。和苏菲一样，他似乎也是被随机挑选的。

在非常错误的时间，身处非常错误的地点。

离开穆林纳家后，肖给伯德发了条短信确认他是否在家，问能否见面。他立即回答可以。

肖拨通了那个号码。

"喂？"

"伯德先生？"

"我是。"

"我是科尔特·肖。"

肖听到伯德先对房间里的另一个人说："我朋友，没什么事。"然后对电话这头的肖说："我们能谈谈吗？楼下可以吗？大厅外面有个花园。"

他们都不想让警察知道肖牵涉其中。

"我就在附近。"肖挂断电话，下了车，穿过修剪整齐的草地，来到前门附近的一张长凳上。附近喷泉喷出的水雾冲向空中，映出的彩虹像旗帜一样飘扬。

他扫视着亮丽风景后面的道路，寻找那辆灰色的日产。

过了一会儿，伯德出现了。他五十多岁，穿着白色衬衫和深色休闲裤，腰带上方露出了大约五厘米的肚皮。他稀疏的白发凌乱不堪，而且他没有刮胡子。两人握了握手，伯德坐到长凳上，身体前倾，手指交叉在一起。他不断活动手指，就像弗兰克·穆林纳摆弄橙色高尔夫球一样。

"他们在等要赎金的电话。"他的声音有些微弱，"赎金？亨利是博客作家，我是首席财务官，但以硅谷的标准来看，这家公司一无是处，我们甚至不是做科技创业的。"他的嗓音沙哑，"我没有钱。要是他们想要钱，我真不知道该怎么办。"

"我认为这事跟钱没关系。绑匪的动机不是要钱，他可能只是疯了。"肖没有提及对绑匪性别的猜想，毕竟现在还没有必要掺杂性别问题。

伯德红着眼睛看向肖。"既然你能找到那个女孩，我想雇你去找亨利。斯坦迪什警探虽然看着挺聪明的……但是，我需要你。你要多少钱都可以，虽然我可能不得不借钱，但我还是有能力偿还的。"

肖说："我不是为了钱来的。"

"她爸爸说……他给钱了。"

"钱确实是赏金的一种形式。"

"那我就提出寻人悬赏。你想要多少钱？"

"我不要钱，我现在对这个案子很感兴趣。我需要先问你几个问题，然后看看我能做些什么。"

"天哪……谢谢你，肖先生。"

"叫我科尔特就行。"他拿出随身的笔记本，拔掉笔盖，"在苏菲的案件中，绑匪提前盯上她，并一路跟踪。合乎逻辑的想法是，他对亨利也会这样做。"

"你是说，那个人监视了亨利？"

"有可能。绑匪做事很有条理。我要查一查亨利被绑架前三十六小时去过的所有地方。"

伯德再次交叉手指，关节都发白了。"他就在这儿，当然是晚上，我们在胡里奥那儿吃了晚饭。"伯德朝街那边点了点头，"那是两天前的事了。昨晚他在斯坦福大学有个演讲。除此之外，我不知道他都去哪儿了。他喜欢开车到处跑，去硅谷、旧金山，还有奥克兰。为了研究，他必须做足功课，每天开车到处调查。这就是他的博客如此受欢迎的原因。"

"你知道这几天他有什么会议吗？"

"我只知道他被绑架那天的那一场，很抱歉。"

"他最近在写什么文章？或许我们可以试着拼凑出他这两天的行程。"

伯德低头看着地面。"他最感兴趣的是一篇揭露硅谷高房价的报道，你知道吗？"

肖点了点头。

"还有一篇关于游戏公司盗取玩家个人信息并出售的文章。第三篇是关于软件行业的收入流。

"为了写房地产的那篇博客文章，他开车到处跑，与税务机关、分区委员会经纪人、业主、租客、房东和建筑商聊了很多……为了盗取数据和收入流的报道，他去了谷歌、苹果、脸书和其他一些公司，我不记得具体是哪些了。"他拍了拍膝盖，"哦，还有沃尔玛。"

"沃尔玛？"

"在国王大道那边。他说他要去那儿。我说刚买了东西。他说不是去买东西的，是为了工作。"

"昨晚在斯坦福的小组座谈会是在哪儿举行的？"

"盖茨计算机科学大楼。"

"他最近参加了性少数群体权益的相关会议吗？"

"没有，他最近没参加。"

肖让他翻看汤普森所有笔记和所有能找到的预约日程表，看看汤普森还可能去了哪里。伯德答应了。

"亨利最近会去山景城的快字节咖啡厅吗？"

"我们去过那里，但最近几个月没去。"伯德坐不住了。他站起身来，看着一棵蓝花楹树，那棵开满紫色花朵的树木生机勃勃。"那姑娘都经历了什么？我是说苏菲。警察什么都不肯告诉我。"

肖解释说，她被锁在一个房间里，然后就没人管她了。"他留下了一些东西。她利用那些东西逃跑了，还设计了一个圈套来对付他。"

"她能行？"

肖点了点头。

"亨利无法忍受这种情况。他绝对无法忍受，他有幽闭恐惧症。"伯德哭了起来。他努力控制住情绪。"公寓里太安静了。我意思是，平时亨利外出而我自己在家的时候，家里也很安静。但是现在，我不知道怎么描述，这是一种完全不同的安静。你明白我的意思吗？"

肖完全理解眼前这个人的意思，但他没有什么安慰他的好办法。

28

肖正在调查亨利·汤普森被绑架之前去过的地方。

苹果和谷歌都是庞大而令人生畏的公司，由于不知道汤普森联系的是哪位员工，肖根本没机会进去调查。至于快字节咖啡厅，就算去了，蒂凡妮也不会陪他扮演间谍，让他得到监控视频并重现场景。

斯坦福大学似乎是一个更合理的选择。绑匪很可能在汤普森演讲结束后尾随他，然后在一条荒凉的道路上超车，在他前面一百米左右的地方停下。当汤普森追上，他就把砖头或石头扔向挡风玻璃。

但是演讲的场所盖茨计算机科学大楼位于斯坦福大学校园内最拥挤的区域之一，附近没有停车场，汤普森把车停在附近任何地方都有可能。肖给几位员工、保安和小铺店主看了汤普森的照片，没有人认出他。

肖知道汤普森是在哪条路被带走的。他开车去了那里。那辆车虽然被拖走了，但路肩的一部分被黄色胶带围了起来。那是一片草地，可能是X为了避免留下轮胎印而特地选的。就像在工厂那样，附近没有房屋或其他建筑。

还有，伯德说汤普森去过一家沃尔玛。为什么一个博主能研究到一家超市去？

他在导航里输入超市的地址，向那里开去。在阳光照耀下灰蒙蒙的宽阔街道上，他经过修剪完美的树篱、高高的草丛、白得像打印纸的人行道、光彩照人的草坪、藤蔓和蓬乱的棕榈树。他注意到，建筑师把那些时髦而巧妙的设计放在了他们作品最显眼的地方，但是那些镜面窗户就像食肉鱼的眼睛，对人没什么兴趣……虽然只是暂时。

然而，就像从房车公园开车去萨尔瓦多餐厅时那样，肖突然远离了豪宅和炫目的公司大楼，进入一个完全不同的硅谷。那些小屋简朴而破旧，让人想起弗兰克·穆林纳的房子。能看出来，屋主在食物和新油漆之间做出了明确的选择。

他把车开进沃尔玛的停车场。这是一家他非常熟悉的连锁超市，是衣服、食物、医疗用品、打猎装备、钓鱼设备和其他生存物资的可靠来源。同样重要的是，这个地方可以让他在紧要关头挑选一些礼物，送给他一年只见几次的妹妹的孩子们。

亨利·汤普森为什么要来这里？

他很快就懂了。停车场一个偏僻的角落里停着许多小轿车、越野车和小货车，坐在车前座和周围草坪旁长椅上的，都是穿着皱巴巴但干净的衣服的男人。他们穿着牛仔裤或斜纹棉布裤，身着翻领衬衫，有几个人还罩着运动外套。似乎每个人都拿着一台笔记本电脑。在九十年前的大萧条时期，这种人会聚集在篝火旁；现在，他们坐在电脑屏幕冰冷的白光前。

新时代的流浪汉。

肖停好车，下来四处走动，在手机上点开汤普森的照片，并简单解释说这个人失踪了而他正在帮助寻找。

令肖吃惊的是，这些人——这里只有男人——实际上没有一个是无家可归或失业的。他们在硅谷有工作,有些甚至就职于著名的互联网公司。他们也都有房子,只是在很远很远的地方,无法每天通勤,而且没钱住附近的酒店或汽车旅馆。所以他们会每星期在这里待上二到四天,再开车回家。肖询问后得知,营地到了晚上会变得更加拥挤,因为还有一些人上晚班。

这可能就是亨利·汤普森来这里的原因。他为了博客的文章采访了这些人,听他们讲述在硅谷置产或租房的艰辛。

一个瘦骨嶙峋的拉丁美洲人住在他的别克跨界车里,他告诉肖:"对我来说,情况好转了。我过去常常通宵坐公共汽车去马林,然后回来,整整六个小时。司机们不在乎,你买了票,可以睡上一整晚,但我被抢劫了两次。还是这里更好。"

这里有些人是清洁工,还有些是维修工,其他人则是程序员和中层管理人员。肖看到一个留着精致的时髦小胡子、戴着金银丝耳环的年轻人正在一个很大的画板上画画,似乎在为一件五金制品绘制商业广告。这是一个才华横溢的人。

只有一个人记得亨利·汤普森。"那是几天前的事情了。是的,先生,他问了我一些关于住所和通勤情况的问题,还问我有没有试着找个更近的地方住。他感兴趣的是我是否被逼出家门,是否有人试图贿赂或威胁我,尤其是政府工作人员或开发商。"他摇了摇头,"亨利人很好。他很关心我们。"

"有人和他在一起吗?或者你有没有注意到有人在监视他?"

"监视?"

"我们认为他可能被绑架了。"

"绑架?真的吗?很可惜,我帮不了你。"他环顾四周,"这里的人来来往往。我没什么能帮到你的。"

肖环顾四周。沃尔玛大楼上有监控摄像头,但距离太远,根本拍不到这里的画面。这里也没有蒂凡妮那样的人。

他回到车上。就在这时,他的手机响了,他接通了电话。

"喂?"

"哦,科尔特,我是布莱恩·伯德。"

"有什么新消息吗?"

"没有。我只是想跟你说,我找遍所有地方都没找着其他便笺之类的东西。你也知道,那个人跟踪亨利的时候亨利刚结束演讲,他那时肯定带着所有笔记和便笺什么的。你那边呢?找到什么了吗?"

"没有。"

"到底是谁会做这种事?"伯德低声说,"为什么?这有什么意义呢?绑匪也不要赎金。亨利从不伤害任何人,真的,我的天哪,这家伙就像是在玩一场极其恶心的游戏。"肖听到一声深深的叹息。"他为什么要这么做?你知道原因吗?"

过了一会儿,科尔特·肖说:"我可能知道,布莱恩。但也只是可能。"

29

肖快步朝温尼巴格房车走去。他留意着周围有没有警察，但此刻并不是因为在意罚单。

一进房车，他就上网开始搜索。

他惊讶于没花多长时间就得到了结果，而且比他预期的好得多。他立刻打电话给特遣队，找丹·威利。

"我很抱歉，威利警探现在没空。"

"他的搭档呢？"

"斯坦迪什警探也不在。"

肖非常熟悉特遣队前台女警官的声音，她说出来的话也和之前如出一辙。

肖挂断电话，依然准备按原计划行事。他要亲自去特遣队，坚持求见威利或斯坦迪什，如果他们中的任何一个在办公室的话。要是都不在，那卡明斯也行。他觉得还是亲自去一趟比较好，要让警察接受他对这个案件的新假设，的确需要费一些口舌。

他打印出一沓文件，这是他的研究成果，然后把它们塞进电脑包。他走到外面，锁上门，向右转，那是他停另一辆车的地方。刚走几步，他就僵住了。

那辆灰色的日产挡在他租来的车前面，驾驶座没人，车门大开。

回到房车，拿上武器。

他放下电脑包，转身大步走到门口，拿出钥匙。

门上有三个锁。现在最快的方法就是慢慢来。

无论多么紧急，都不要匆忙行事……

他没有来得及打开最后一道锁。在他面前六米的地方，一个拿着格洛克手枪的人从他的房车和旁边的奔驰间的阴影中走了出来。那正是日产的司机。没错，是一个非洲裔美国女人，头发扎成马尾辫，就是他记忆里那个剪影大概的样子。她穿着一件橄榄绿的作战夹克，是黑帮喜欢的那种，下身着一条工装裤。她的目光非常凶狠，举枪走到他面前。

肖在心里默默计算。八步之外的格洛克手枪，而且拿在一个清楚知道如何使用的人手里，无解。

赢得这场枪战的概率：百分之二。

谈判成功的概率：未知，但应该高一些。

尽管如此，有时你不得不做出一些看似愚蠢的决定。摔跤手的本能使他降低了重心，思考着在中枪昏迷之前能离这个枪手多近。毕竟，众所周知，用手枪一击毙命是很困难的。但他很快就意识到，如果这就是那个绑匪，她曾从远得多的距离把凯尔·巴特勒一枪爆头。

那个脸色阴沉的女人眯着眼睛走了过来，恼怒地厉声说："趴下！立刻！"

这声"趴下"不是在说"趴下，否则我毙了你"，而是"趴下，你挡着我了"。

肖听从了女人的指令。

她小跑着从他身边经过，一直盯着那排树，树外面是一条安静的道路，她的枪口对准了那个方向。在车道的尽头，她停了下来，透过茂密的灌木丛向外张望。

肖站起来，从口袋里掏出钥匙，悄悄朝房车走去。

女人的眼睛仍然盯着树，双手握着枪，准备射击。她用冰冷的声音说："我让你趴下。"

肖再次趴下。

她往前走了两步，喃喃自语道："该死。"她转过身，手里还拿着武器。

"现在安全了。"她说，"你起来吧。"

她向肖走过来，在口袋里摸着什么。当她拿出一枚金徽章时，肖并不惊讶，但他没有料到她接下来说的话："肖先生，我就是拉多娜·斯坦迪什警探。我想和你谈一谈。"

30

　　肖从草丛中捡起了掉落的电脑包。

　　当他和斯坦迪什走到温尼巴格房车门口时，一辆便衣警察的车在房车前鸣着笛停了下来。肖认出来了，在去亨利·汤普森公寓的路上，他的车华丽地一百八十度大转弯的时候，正是这辆车拦住了他。车里依旧坐着 P. 阿尔瓦雷斯警官。

　　肖看看斯坦迪什，又看看阿尔瓦雷斯。"你们两个都跟着我？"

　　斯坦迪什说："双队尾随，这是唯一可行的方法。本来应该是三队的，但现在谁负担得起三辆警车呢？"她继续说，"预算，预算，预算。昨晚我甚至得亲自跟踪你。彼得警官则是今天上午有空。"

　　阿尔瓦雷斯说："我本来没想拦你，但要是不拦就太奇怪了，会更可疑。那个弯转得漂亮啊，肖先生，就像我当时说的，挺傻的，但令人印象深刻。"

　　"我可不想再来一回了。"他阴沉地瞥了斯坦迪什一眼，她窃笑起来。肖朝灌木丛那边扬了扬头："所以，你发现什么了？"

　　"不知道。"她说，声音里带着几分恼怒，"我们接到报告说有人在你的房车附近，可能是非法侵入者。从各方面来看，我都觉得很可疑。"

她的对讲机一直在响。听起来另一名警官正在附近巡逻，但没有发现嫌疑人。接着又传来另一个巡警的汇报，她让他继续搜，并派阿尔瓦雷斯回去调查。阿尔瓦雷斯开车离开时，她朝温尼巴格房车的方向点了点头。肖打开车门，她率先走了进去。

"搜查令"这个词掠过脑海，但他懒得想了。他随手关上车门并上锁。

"你应该有加州秘密携带枪支许可证。"她说，"你把枪放哪儿了？你有几支枪？"她走到他的咖啡壶前，翻弄着放在柜子上的篮子里的六袋磨碎的咖啡豆。

"调料柜里。"他说，"我的枪在调料柜里。"

"调料柜。嗯。什么枪？"

"格洛克四二。"

"那就放在那儿吧。"

"床底下还有一把口径点三五七的柯尔特转轮。"

她挑起眉毛。"买得起那种枪，看来你业务做得不错啊。"

"朋友送的。"

"还有别的吗？"

加州的秘密携带枪支许可证只有本地居民可以申请，但是加州的证件在其他很多州都用不了。他拥有佛罗里达州签发的非居住许可证，这在许多司法管辖区都会很方便。然而，肖很少带着武器四处走动。一直要留心能否携带武器是一件非常痛苦的事情，例如学校和医院通常是禁止携带枪支的。各州的法律也大相径庭。

肖说道："所以你以为我是绑匪？"

"一开始我确实是这么想的,后来我确认了你跟丹·威利说的不在场证明。当然,这并不意味着你不是共犯。但如果你囚禁了那个姑娘,还想从他爸那儿拿到赏金,那么,好吧,你这两个举动都很蠢。我查过你,你不至于那样。"

他这时才明白她为什么一直跟踪他。"你把我当诱饵。"

她耸耸肩。"你毁了那个罪犯一整天的快乐,把那个小姑娘安全送回家了。你肯定惹毛了那个垃圾,所以他故技重演,亨利·汤普森就被绑走了。"

"你觉得是绑匪在跟踪我吗?"

她点了点头。"如果不是这样,那可就太巧了。如果跟苏菲的案子一样,他也会让汤普森一个人待着,这样他就有足够的空闲时间来拜访你了,想来就能来。我猜他正是这么想的。你还会有其他访客吗?毕竟你从事这个职业,应该很忙吧。"

"确实有一些人,我派人盯着他们了,但是现在还没有发现。"

肖在攀岩时认识了前联邦调查局成员汤姆·佩珀,他在芝加哥经营着一家安保公司。他和麦克一直在追踪那些穷凶极恶之徒,都是在之前的悬赏任务里威胁过肖的人。

他接着问道:"你知道这个罪犯的体貌特征吗?"

"黑衣服。其他什么都不知道,车上也什么都没有。"

"你觉得他是个男性?"

"好吧,男性女性都有可能。"

"威利警探现在在布莱恩·伯德的公寓吗?"

她停顿了一下。"威利警探已经不是联合重案组特遣队的调查人员了。"

"不是了?"

"我把他调到了联络处。"

"你把他调走了?"

斯坦迪什歪了歪脑袋。"哦,你以为他是上司,我是他的下属?为什么会这么想呢,肖先生?因为我……"她停顿了一下,"个儿矮?"

因为她更年轻。但他找了个别的理由:"因为你好像不太擅长监视别人。"

四目相交,她微微一笑。

肖接着说:"威利是因为逮捕了我才被调走的?"

"并不是,但我确实那么做了。天哪,他的整个调查方向都错了,就像你跟卡明斯说的那样。随意处置我们遗漏了而被你保护起来的证据?我的天哪,要是你跟媒体说了这件事,特遣队的形象就全毁了。而且你是会这么做的人。"

"可能吧。"

"如果是我的话,我会让你做重要证人,对你表达感谢,而不是把你关在审讯室。我们已经查过你了,你没什么问题。丹被踢出去的另一个原因是他没有跟进你的笔记。你的字写得好,肯定也有别人这么夸过你。他当时应该全力投入这个案子。你在执法部门工作过吗?"

"没有。所以你派他去的联络处是什么地方?"

"你也知道,我们是一个特别工作组,成员来自八个不同的机构,需要来回沟通。丹会把信息送到该去的地方。"

传话筒,肖想,这兄弟可真倒霉啊。

斯坦迪什说:"丹倒不是坏人,只是最近运气不太好。他当了好几年行政人员,很擅长这类工作,真的。后来他妻子去世了,走得很突然,从确诊到去世加起来才三十三天。他想尝试点儿新事物,所以离开办公桌,走出办公室。他觉得去案发现场会有帮助。他真像个警察,对吧?"

"是个合适的人选。"

"但他根本没法融入我们的队伍。他没什么安全感,又喜欢作威作福,实在是太差劲了。他还一直抱怨。"

你发现什么了,甜心?

斯坦迪什正看向车上一张地图里的一条小路。"那是……"

"我家,离塞拉国家森林公园不远。"

"你是在那儿长大的?"

"是的,我妈现在还住那儿。本来我想回家看我妈,结果半路出了苏菲的事。"

她的手指沿着地图上的一条红线移动。

他说:"我打算去那里攀岩。"

斯坦迪什发出一阵短促的笑声。"去玩吗?"

他点了点头。

"你妈妈住在那儿?那个偏僻的地方?"

肖并没有向斯坦迪什坦白太多自己的过去,只是解释说,玛丽·德芙·肖的性格和外表都有点儿像乔治娅·欧姬芙[1]。她身材瘦削,头发很长。凭借作为精神病学家、医学院教授和首席研究员的背景,她把那个大院变成医生和科学家的隐居地。妇女健康是聚会的热门主题,他们还会相约狩猎,毕竟人是需要吃东西的。

肖补充说,他每年都会回去几次。

"你做得对。"斯坦迪什说。这句话让他觉得,她也很爱

---

[1]乔治娅·欧姬芙(Georgia O'Keeffe, 1887—1986),美国艺术家,被誉为二十世纪的艺术大师之一。

父母。

肖问道："亨利那边有什么新消息吗？"

"亨利·汤普森？没有。"

他问："法医有什么发现吗？"

肖以为她不会和一介平民共享这种信息。但斯坦迪什毫不犹豫地开口："没那么容易。苏菲的衣服上没有DNA。关于汤普森的车和砸在挡风玻璃上的石头，现在下结论还为时过早，但为什么凶手会变得粗心大意呢？到处都采集不到指纹，他大概一直戴着手套吧。从他用来锁门的螺钉、水、火柴和其他留下的东西上也找不到线索。轮胎印也毫无收获，因为地上有草，我想你也知道。对了，我确实派了一队人去检查你说有人监视你的那条通道。"

那是他遇到凯尔·巴特勒的时候。肖回忆起来，点了点头。

"地面都是些碎石子，所以说还是没什么收获。我也查了从塔曼路到快字节咖啡厅一路上的监控……"她皱起眉头，盯着他的脸，"你是不是也让丹去看了？"

"是的。"

"嗯，没什么。很遗憾，塔曼路上没有拍到出现在咖啡厅附近的车。"

干得漂亮！肖想着。

"在汤普森的案子里，绑匪选择了另一个有草地的地方，所以那里还是没有轮胎的痕迹。直到现在，我们只发现嫌犯的鞋是四十三码的耐克男鞋。但这只意味着他或她穿着四十三码的耐克男鞋，并不意味着他有四十三码的脚。我们没有找到别的监控录像，除了你在快字节咖啡厅发现的。我们已经安排一个倒霉的新手去看那些录像了，他得花好几个小时来检查。苏菲是两星期之前回家的,似乎已经没人对她感兴趣了。你或许要问其他商店、酒吧和餐馆之类的地方?什么都没有。想到塔曼路和四十二号公路附近监控的是你还是丹?"

"有什么发现吗?"

肖没有正面回答问题,斯坦迪什似乎被逗乐了。"没有收获。他用的武器是格洛克九。他带走了钱。虽然离凯尔·巴特勒有一段距离,但他能一枪爆头,估计经常练习射击。我必须说,他确实非常专业,但专业人士不会做出把人锁在房间里这种奇怪的事情。他们要么一枪打死,要么答应只要受害者家里付钱,就不杀人。"

"你呢?"肖说道。

"我什么?"

"你会搏击?"肖示意她身上的作战夹克。

"不,只是为了舒服,我很怕冷。"

"你在找那顶灰色的针织帽吗?"

"快字节咖啡厅监控拍到的那顶?找着呢,但还没找到。我派了另一个新人,他在斯坦福大学的停车场里看了大约十个小时的监控。"

肖说:"采石场路的地段最好,靠近盖茨中心的空间很小,很快就会挤满人。"

"我也是这么想的。"

他补充说,他已经对校园里的商店店员和保安进行了问话调查。当他使用警察术语时,斯坦迪什笑了起来。

"有人跟你聊过吗?"

"大部分人都接受了调查,但是没有人看到过汤普森。"

"那张海报呢?"肖问道。

她疑惑地皱起了眉头。

"那张怪脸海报,我给威利了。"

她迅速翻阅着笔记本。"实验室检测了留在咖啡厅的那张纸,上面没有DNA和指纹。我们什么都找不到。"

这正是为什么他们没给苏菲看那张海报。

肖打开电脑包,取出之前打印的文件,最上面是那张模板印刷的脸。他递过去。

"这是什么?"

"'低语者'。"

"它为什么这么重要?"她问道。

"因为它可能是整个案件的关键。"

31

肖解释道:"我在调查布莱恩·伯德提供的线索,比如亨利过去一天左右去过的地方。我希望能找到一个目击者,或者是一段监控录像,但目前还没有结果。我跟布莱恩说了,他说根本想不到任何亨利被绑架的原因,绑匪只是在玩一场恶心的游戏。"

斯坦迪什"哼"了一声,但并不是抱怨的意思。她从那些打印纸上抬起头。

肖接着说:"你知道城里的 C3 展吗?"

"什么电脑和游戏玩家,对吧?就因为这个,这两天路上堵得要命。但是那个活动在圣何塞,所以我没有特别在意。这和这名嫌疑人有什么关系吗?"

"他本可以随时强奸或者杀了苏菲,但是他没有。他只是把她留在工厂的那个房间里,并留下她可以活下去的物资。一共有五件物品:钓鱼线、火柴、水、一个玻璃瓶和一块布。"

"然后呢?"

他察觉她开始猜测事情的走向,怀疑论大旗正缓缓升起。

"我昨天去了那个游戏展。"

"你去了?你也喜欢打游戏?"

"不，我是和朋友一起去的。"

你们把我的车扣了，我又没事做，只好去消磨一下时间啊……

他继续说："我看到了一个游戏，在游戏里你得收集有用的装备，比如武器、衣服、食物和魔力之类的东西。"

"魔力……"

"如果这是一场病态的游戏呢？我上网寻找类似的游戏，那种给玩家五件物品，让玩家设法生存的。然后我发现了一个。《低语者》。"

她翻看最上面的几张纸。虽然那个"低语者"的模板印刷的脸制作得很粗糙，肖还是找到并下载了一些专业绘制的图片，大部分来自游戏的宣传或广告，还有些是狂热粉丝画的。

"这不就是个鬼吗？"她问道，"还是什么东西？"

"反正不是正常东西，谁知道呢？在这个游戏里面，它会直接把你敲晕。你会像苏菲一样光着脚醒来，手边只有五件物品。你可以用它们交易，也可以把它们当成武器来杀死其他玩家并拿走他们的东西。玩家可以组队，比如你有一个锤子而其他人有钉子的时候。这是个在线游戏，所以任何时候全世界都有成千上万的人同时在玩。"

"肖先生。"她开口，展现出百分百的怀疑论者姿态。

肖继续说道："这个游戏有十个难度等级，从简单到困难。第一关叫'废弃工厂'。"

斯坦迪什仍然保持沉默。

"看看这个。"他转向电脑，打开了 YouTube 视频网站。两人凑近屏幕，他在搜索框里输入"低语者"，网页上蹦出大量相关视频。他随便点开一个。视频以第一人称视角开始，主人公正在风景宜人的郊区的人行道上漫步。背景音乐很柔和，可以听到身后的脚步声。玩家停下来，回头看了看，但是除了人行道什么都没有。当他转身要继续前进的时候，那个"低语者"挡住了路，脸上带着一丝微笑。短暂的停顿过后，那家伙扑了过来，屏幕全黑，响起一个男人的声音，声调很高，令人感到眩晕。他轻轻地说："你已经被抛弃了。你有本事就逃跑，或者有尊严地死去。"

屏幕慢慢变亮，似乎玩家逐渐清醒过来。环顾四周，你可以看到这是一个旧工厂，有五件物品出现在视野里——一把锤子、一个喷灯、一卷线、一个金色奖章和一瓶蓝色液体。

他们继续观看视频。玩家抬起头，看到一个女性角色悄悄走近，正要伸手拿他的奖章。他拿起锤子，把她打死了。

"老天爷啊。"斯坦迪什发出一声感慨。

一行字幕出现了："你获得了饮用水净化片、一条丝带和一个看起来像时钟但可能不是的东西。"

"在工厂，凶手给了苏菲足够多的逃跑工具，前提是她能想到使用方法。他把几乎所有门都用螺钉拧死了，只留一扇门。他是在给她一个获胜的机会。"

她沉默了一会儿。"所以你的结论是，嫌疑人是根据这个游戏来实施绑架的。"

"这只是个假设。"肖纠正道，"结论是被证实的假设。"

斯坦迪什瞥了他一眼，然后转向屏幕。"我不知道，肖先生。大多数犯罪都很简单，但是这个不一样。"

"类似的事情之前发生过，也是这个游戏。"他递给斯坦迪什一张纸，是代顿一家报纸上的文章，"八年前，两个高中男生迷上了这个游戏。"

"就是这个游戏吗？《低语者》？"

"对。他们在现实里实施了这个游戏，绑架了一个十七岁的女同学。他们把她捆起来藏在谷仓里。她在试图逃跑时受了重伤，他们慌了，所以决定杀了她。但她最终还是逃跑了。其中一个男孩被送进精神病院，另一个被判处二十五年监禁。"

这引起了她的注意。她问："那他们现在……"

"都被关着呢。"

她看着打印出来的文件，把它们整理好。

"这确实值得研究。多谢，肖先生，我很感激你为苏菲·穆林纳所做的一切。是你救了她的命，不是丹·威利，也不是我。虽然如此，我还是得说，根据我的经验，普通民众确实……容易搅乱调查。所以，恕我直言，请你开着漂亮的房车离开这儿吧，去看看你妈妈，或者观赏红杉，去约塞米蒂国家公园。你想去哪儿就去哪儿，总之别在这里待着了。"

32

科尔特·肖既没有回家看望母亲,也没有去看古杉,更没有计划攀登约塞米蒂国家公园高耸的酋长岩。

他哪儿都没去。

他还在硅谷的中心,确切地说,在快字节咖啡厅。他啜饮着美味的咖啡,尽管它不像波特雷罗·格兰德产的萨尔瓦多咖啡豆那样好喝。

他瞥了一眼布告栏,昨天钉上去的那张苏菲的照片还在原处。肖想,这也许是因为监控摄像头正对准那里。他的注意力回到眼前的资料,这是私家侦探麦克刚刚应他的要求发过来的。他想感谢蒂凡妮的帮助,但她和女儿都不在。

附近传来一个女人撩人的声音:"我杀了他们之后,就很少接到那些男人的电话了。我很高兴你不介意这件事,孩子。"

麦迪·普尔走过来。她那美丽动人的脸上长着迷人的雀斑,正在微笑着。她一屁股坐到他对面的椅子上,绿色的眼睛闪闪发光。

孩子……

肖想到,丹·威利称他为"老大",原来一个人对亲昵称谓的容忍度很大程度上取决于两人的亲近程度。

"喝点儿什么?"他问道。

她瞥了一眼邻桌。两个穿着松松垮垮的汗衫和夹克的年轻人正喝着红牛和咖啡,睡眼惺忪。肖想起来这里是计算机和游戏世界的中心,上午十点半对他们来说可能太早了。麦迪的眼睛也有些泛红。"你看,"麦迪说,"红牛和咖啡肯定是不能兑在一起喝的,不然会很奇怪。不要喝牛奶或任何可能影响咖啡因含量的东西。不然来点儿甜品?你吃吗?"

"都行。"

"你喜欢吃甜食吗,科尔特?"

"不大喜欢。"

"那太可惜了。"

他来到点餐台,仔细研究甜品列表,然后问道:"肉桂卷?"

"懂我。"

点甜品不需要拿号码牌。服务生拿出一个半磅重的面包,淋上糖霜,加热三十秒,然后把它和饮料放在托盘上。肖也给自己点了第二杯咖啡。

他把托盘端到桌子上。

麦迪谢过他,把整罐红牛一饮而尽,又喝了一大口咖啡。她脸上那种迷糊的感觉消失了。"就是说,昨天,那款红星出的游戏,叫《浸》?这很难解释,但我一玩游戏就会着魔,任何游戏都是。我会很难控制自己。运动也是。我之前滑过雪,也参加过山地自行车比赛,泥土和雪地。你参加过比赛吗?"

"我参加过AMA摩托车越野赛,骑那种有内燃机的车,当时都快踩不动油门了。"

"那你应该懂,在那种状态下就是想赢,没有别的选择。"

他确实知道,无须进一步解释。

"你明白就好。"她说。现在,紧张不安的情绪消失了。"你真的不吃一口吗?"

"不了。"

她用叉子撕下一大块面包卷,飞快放进嘴里。咀嚼的时候,她闭上眼睛,大口地吐着气。

"我看起来像不像在拍广告?在餐馆的广告里,那些人咬了一口牛排或者虾,脸上就是这种高潮似的表情。"

肖没看过什么广告,更别提她说的这种广告了。

"你又去看展了?"他问道。

"我到处逛,毕竟租的房子和设备都需要钱。GrindrGirl总得谋生。"她又咬了一口面包,接着喝了一大口咖啡,"血糖飙升。我从来没吸过可卡因那种东西,有糖就万事大吉了。你说是不是?"

她是在问他对毒品是否感兴趣吗?他没有兴趣,从来没有,除了需要的时候偶尔吃点儿止痛药。真想确认关系的话,确实得问问这种问题,但现在不是好时机。

"又发生了一起绑架案。"

她的叉子再次伸向盘子,但她脸上的笑容消失了。"妈的。还是那个人干的?"

"估计是吧。"

"他们找到受害者了吗?"

"没有。他仍然下落不明。"

"他?是个变态吗?"麦迪问道。

"谁知道呢。"

"又有钱拿了?"

"不是,我只是在帮警察。现在我需要你的帮助。"

"《神探南希》。"

"谁?"

"你是不是有个妹妹,科尔特?"

"比我小三岁。"

"她没读过《神探南希》?"

"这是小孩看的书?"

"系列图书。没错,书里的主角是个女侦探。"

"我觉得她应该没看过。"肖家的孩子都读了很多书,但在大院小屋的藏书室里找不到一本儿童小说。

"我是读这些书长大的……我们还是把约会的话题留到下次吧……你平时也总是板着脸,是吗?"

"不,而且我不介意那些约会话题。"

看得出来她喜欢这个回答。"有什么想问的就直说吧。"

"绑匪可能是根据一个电子游戏实施的犯罪。《低语者》,你知道吗?"

她咬了一口面包,仔细咀嚼着,若有所思:"我听说过。这游戏已经出了很久了。"

"你玩过吗?"

"没有。那是一个动作冒险类游戏,不是我的菜。"她注意到他茫然的表情,"啊,对不起,我的意思是那游戏不是我喜欢的类型,我喜欢第一人称射击游戏。我记得那个游戏的玩法是玩家被困在某个地方,需要想办法逃脱之类的。这游戏属于动作冒险类游戏下的生存游戏子类。你觉得某个神经病为了找乐子,把游戏里的事情搬到现实生活中来了?"

"这是一种可能性。绑匪真的很聪明,精于算计,提前计划好了一切。他知道警察如何取证,所以知道如何不留下证据。

我妈妈是精神科医生,我和她聊过一些工作上的事。她曾告诉我,反社会人格连环杀手是非常罕见的。但就算缜密如那些人,也没有这个人这么厉害。当然,他可能就是个反社会者,我觉得有百分之十的可能性。这种聪明人会装疯卖傻,来掩盖他真正的意图。"

"那他真正的意图是什么?"

肖喝了一口咖啡。"说实话,我现在没什么想法。但是让我猜的话,我觉得可能是想封杀《低语者》吧。"

他提到了那个俄亥俄州女学生,还有那两个在现实生活里玩这个游戏的同学的事。麦迪表示没听说过。

他继续说道:"也许那两个人给了罪犯灵感。如果再发生类似的事,就没有回旋的余地了,那个公司会完蛋的。"他拍了拍那些打印出来的东西,"你可能也知道,很多人对电子游戏的暴力影响怀有担忧。也许这个罪犯就是在利用这种焦虑情绪。"

"这问题是老生常谈了。早在二十世纪七十年代,有一款早期街机游戏叫《死亡飞车》,是位于山景城的一家公司发行的。游戏本身非常劣质、单色、2D、简笔画风格,但这款游戏当时引起了轩然大波。在游戏里,你要开车碾过画面里的人,他们死了之后会有墓碑弹出来。美国政府,不,其实是所有人,都被吓坏了。但是我们现在有《侠盗猎车手》,这有史以来最受欢迎的游戏之一。在这个游戏里,玩家杀死警察或随机对路人开枪,都能获得积分。"她将手放在他的胳膊上,看着他的眼睛,"我以杀僵尸为生。你觉得我看起来有什么问题吗?"

"现在的问题是,谁有搞垮那家公司的动机?"

"首席执行官的前妻?"

"我想过这种可能性。那家公司的首席执行官叫马蒂·埃文,结婚二十五年了,过得挺幸福的。当然,我也不知道他是不是真的幸福。目前看起来,确实没有前任的戏份。"

"心怀不满的员工。"麦迪提示道,"科技界有很多这样的人。"

"有可能,我调查看看……我还有一个想法。游戏世界的竞争是什么样的?我的意思是,公司之间的竞争,不是玩家之间的。"

麦迪冷笑了一声。"应该说是战争,而不是竞争。"她的眼中似乎充满了对过去的怀念,"以前不是这样的,不是。在你年轻的时候,科尔特,游戏世界不是这样的。"

"有意思。"

"那个时候大家都在一起工作。他们能免费给你写代码,不在乎版权,也会把电脑让给需要的人,免费赠送游戏。还记得昨天的C3吗?《毁灭战士》是我的起点,是我第一人称射击游戏的启蒙。它最开始是免费游戏,想玩就能玩。但是好景不长。一旦这些公司意识到他们可以以此赚钱……也是,人不为己,天诛地灭。"

麦迪向他解释了著名的"主机战争",也就是任天堂与世嘉、水管工马里奥与刺猬索尼克之间的战争。"任天堂赢了。"

供奉保护弱者的侠义之士的圣地……

"如今,硅谷的新闻只有关于窃取商业机密、剽窃版权、间谍、内幕交易、盗版和蓄意破坏的报道。收购公司,然后解雇所有员工,废掉他们开发的软件,因为它们可能是你正在开发的游戏的竞品。"她瞥了一眼那些文件,把它们推开了,"但这只是商业竞争,他们不会真的为此杀人吧,科尔特?"

肖作为一名赏金猎人,追捕的逃犯真的会为了比一辆二手奔驰还少的钱去杀人。他想起昨天展会大屏幕上的欢迎辞。

去年，电子游戏行业的收入为一千四百二十亿美元，同比增长百分之十五……

这么多钱呢，有的是人动歪心思。

"那制作《低语者》的是——"

"科尔特，我们这个圈子不说制作，说发行。游戏是被发行的，就像漫画之类的书，由好莱坞那样的工作室发行。实际上，现在的游戏跟电影差不多。游戏里的角色和生物都由真实的演员进行动作捕捉，要在绿幕前拍摄。当然，游戏也有导演、摄影师、音效设计师、编剧和做 CG 动画的人。"

肖继续说道："是由命运娱乐发行的。马蒂·埃文和他的公司已经被起诉过十几次了，所有诉讼都得到了解决或被驳回。有些指控称埃文窃取了源代码。我不知道那是什么，但它好像很重要。"

"就像你的心脏和神经系统一样重要。"

"也许是其中一个原告败诉了，想用自己的方式报复命运娱乐。"肖把一沓文件推给她，"这些是过去十年来针对命运娱乐的诉讼，我的私家侦探整理出来的。"

"你有私家侦探？"

"你能看看是否有原告在十年前发行过《低语者》这样的游戏吗？"

麦迪一边看一边说："那肯定是一家独立工作室。动视暴雪、艺电公司、id 软件这种大型上市公司不会干出杀人放火的事，除非脑子进水。"

肖不完全同意这种想法——感谢阿什顿对美国公司的偏执——但他决定暂时专注于私人工作室。

不到两分钟后，麦迪停了下来。"嗯，看来有人得请我的肉桂卷了。"话音落下，她轻轻敲了敲纸上的一个名字。

33

托尼·奈特是奈特时间游戏软件公司的创始人和首席执行官。

多年来,他一直在制作电子游戏和其他程序,取得了巨大成功,与政界人士、风险投资家和好莱坞都有密切联系。他曾经穷困潦倒,经历了三次破产,一度像肖问过的住在沃尔玛停车场的居民一样,住在帕洛阿尔托一个废弃的停车场里,用借来的笔记本电脑写代码。

麦迪把奈特列为可能的嫌疑人,因为他的公司发行了一款与《低语者》风格相同的生存动作冒险游戏《首要任务》。

"先看看时间顺序吧。如果是这个游戏先出的,奈特可能会认为马蒂·埃文偷了他的源代码。他起诉过,但是败诉了,因此现在要报仇。"

他们只花了几分钟就发现,正如预料的,《首要任务》比《低语者》早一年发行。

麦迪提醒肖,她对这两款游戏都不是特别熟悉。它们都是动作冒险游戏,对她来说节奏太慢了。但她耳闻,托尼·奈特在这个行业里是出了名的自负、无情且易怒,对曾轻视他的人很记仇。

"这两个游戏的差别大吗?"肖问道。

"让我看看。"她朝他的电脑点了点头,把椅子挪到他旁边。

薰衣草?是的,他闻到了薰衣草的味道。雀斑和薰衣草似乎是个很好的组合。

她登录了一个网站,首先映入眼帘的是迷宫的图像,正是奈特时间的标识,然后是"托尼·奈特的《首要任务》"几个大字。

一个窗口弹出。肖本以为会看到保险或酒店打折的广告,但这是真正的新闻广播。一男一女两位迷人的主播都梳着精致的发型,穿着时髦的衣服,正在报道当天的新闻。在欧洲召开的八国集团贸易会议上,俄勒冈州波特兰市一家公司的首席执行官因暗示政府在"二战"期间杀害日裔美国公民的行为是正当的而受到抨击;佛罗里达州一所学校发生枪击事件;一名华盛顿国会议员因联系一名同性恋青少年男妓而接受调查;一项关于某品牌软饮致癌风险的"令人担忧的"研究正在进行……

堪称最精彩的新闻……

她对着屏幕点点头。"虽然大多数电子游戏的价格都很便宜,但是不氪金就很难好好玩游戏。这些附加组件可以让你更容易地取得胜利,或者提供一些很酷的东西,比如属性增益、角色皮肤、盔甲、武器、宇宙飞船,还能解锁高级关卡。氪金的地方多得是。"

"剃刀是免费的,"他说,"但刀片……"

"没错。奈特时间一直都是免费的,所有游戏和附加服务都免费,但是这种广告就只能忍了。"新闻广播变成鼓励选民登记的公共服务公告。麦迪指着屏幕:"看到了吧。"屏幕上显示,玩家注册后可以得到五百个"奈特积分",用于购买任何奈特时间游戏的组件。

不管托尼·奈特是否以某种方式参与了绑架案，肖不得不承认他为公共服务做出的贡献。作为一名政治学教授，阿什顿·肖认为，美国没有像许多其他国家那样实行强制投票制度是一种讽刺。

最后，《首要任务》的标识出现了。

"快看。"麦迪边说边点头，字幕在屏幕上滚动着。

你是联合领土XR5战斗机的飞行员，迫降在四号行星上，联合领土部队一直在那里与外星人战斗。你的空气、食物和水都是有限的。你必须到达向西两百千米的祖鲁安全站。

其余的字幕显示，玩家必须从宇宙飞船上拿走三样物品，并在艰苦跋涉中生存下来。字幕结尾是一条警告：

你现在只能靠自己了。请做出明智的选择。活下去的希望就在你的选择上。

"这不就是太空版《低语者》吗？"肖说，"甚至结尾的几行警告都几乎一样。在《低语者》中，最后写的是'你已经被抛弃了。你有本事就逃跑，或者有尊严地死去'。我想多了解一下奈特这个人。"

他退出游戏，查看更多关于这位首席执行官和他的公司的文章。

肖了解到，奈特时间和几家大公司的创办模式一样，是由两个男人在车库里共同创立的。就像比尔·盖茨和保罗·艾伦、史蒂夫·乔布斯和史蒂夫·沃兹尼亚克或比尔·休利特和威廉·帕卡德，奈特也有搭档，是同样来自俄勒冈州波特兰市的吉米·福伊尔。奈特负责公司的商业运作，福伊尔设计游戏。

该公司的新闻报道透露了更多细节，印证了麦迪说过的奈特的性格。

这些报道指出，吉米·福伊尔是科技行业专家的典范，每星期要花八十个小时完善公司游戏引擎的代码。他被称为"游戏大师"。

这与托尼·奈特形成了鲜明的对比。这位英俊的黑发首席执行官的脾气在业内已成传奇。他多疑且心胸狭窄。警察曾两次前往位于帕洛阿尔托的公司总部调查，因为员工声称奈特对他们造成了身体伤害，将其中一名员工推倒在地，并把键盘砸向另一名员工的脸。最终法庭没有提出任何指控，并提出了异常"慷慨"的和解方案。奈特会起诉所有他认为违反了保密协议或竞业禁止协议的事情，即使没有什么证据。他还经常因生活上的事情卷入纷争，比如和别人争夺停车位，或者他怀疑环卫工人从他的车库里偷了一把铲子。

由于两人性格不同，业内人士一直觉得这对合伙人迟早会分道扬镳。一位颇有创意的专栏作家将他们形容为"黑骑士"和"白骑士"，因为福伊尔曾经是著名的"白帽黑客"——他受雇于公司和政府，试图侵入他们的IT系统以发现漏洞。

奈特针对命运娱乐的诉讼被驳回，双方都要求封存档案，声称与此案有关的法庭文件包含商业机密。肖倒是可以根据《信息自由法案》提出档案解封的申请，但那将花费数月时间。现在，他决定继续假设命运娱乐确实偷了奈特时间的源代码。

他觉得奈特的自负和报复心足以支撑他执行如此阴暗的计划。

他对麦迪说:"不过,对一个已经很富有的人来说,这个风险还是太大了。"

她回答说:"其实还有个问题。奈特时间的旗舰游戏叫《谜题》,是一个平行实境游戏①,精彩绝伦。但这游戏太烧脑了,我有点儿跟不上。它的最新作已经推迟了六个月,这是游戏界的大忌。"

肖补充道:"奈特一直等到成千上万的玩家迫不及待涌入硅谷,他还雇了一个人来玩这种神经病游戏。警察不会看穿这一切。真是个厉害的障眼法。"

然而最终,肖还是无法确定真相。他知道已经想不出其他动机了。

"你要告诉警察吗?"

"那个警探一开始就对我的想法不以为然。要是我说一个著名的首席执行官是嫌疑人,她会更怀疑我。我还需要更多的事实支撑。"

麦迪看着他的脸,说:"我有时会和我父亲去打猎,还记得吗?"

他当然记得,那是他们共同的兴趣。虽然打猎对她来说是一种消遣,而对他来说完全是另一回事。

"那时候脸上会出现奇怪的表情,仿佛丢了魂,脑子也不知道去哪儿了,世界上只剩下那头鹿、那只鹅或者别的什么猎物。这就是你现在的样子。"

肖明白她的意思。昨天她在游戏里刺死他时,他在她脸上

---

①平行实境游戏,Alternative Reality Games(ARG)。

看到了同样的表情。

"奈特时间在C3展上有展位吗?"他问道。

"有,当然有了,而且是最大的展位之一。"

肖开始收拾打印出来的资料。"我得去看看。"

"你需要个伴儿吗?和别人一起打猎总是更有趣。"

肖无法反驳。他想起和父亲或哥哥一起到森林和田野打猎的那些日子。他的母亲也会一起去,她是家里最好的射手。

然而,这次不太一样。

大多数犯罪都很简单,但是这个不一样……

"我想我还是自己去比较好。"肖喝了最后一口咖啡,走出门外,拿出手机打了个电话。

34

真相是非常奇怪的东西。

通常情况下是有益的,但有时不然。

科尔特·肖在做赏金猎人的过程中认识到,撒谎一般是得不到任何好处的。偶尔撒谎可能算一条捷径,但如果谎言被揭穿,你就再也得不到信任了。而一般情况下,谎言都会被拆穿。

但是,有时候让别人以为你在说谎,也会有点儿帮助。

肖再次走在混乱的 C3 展会通道中,周围大部分是年轻男性。

他路过了任天堂、微软、贝塞斯达、索尼和世嘉的展位。和上次看到的景象一样,游戏里还是充斥着暴力元素。但也有些不见血的游戏,比如足球、橄榄球、赛车、舞蹈、解谜,当然,还有其他奇怪的游戏。在一张海报上,绿色松鼠穿着斗牛士的服装,带着渔网追逐着一根看上去很焦虑的香蕉。

肖想,人们真的是这样打发时间的吗?

那么,痴迷开着破旧房车在全国各地兜风会更有价值吗?

但是,忽视他人的热爱,并不是件好事。

奈特时间的展位确实比较大,但比其他展位更严肃、更阴郁。墙壁和窗帘都是黑色的,音乐并不激昂但阴森可怕,也没有聚光灯或闪光灯什么的。当然,这个展位也有三米长的高清屏幕，这似乎是 C3 展会的标配。屏幕上正在播放的是推迟发行的《谜题 VI》的预告片，字幕显示"即将上市！"

肖看了一会儿大屏幕，画面中是行星、火箭、激光和爆炸。展位上，五十多个年轻人正坐在位子上试玩奈特时间的游戏。在他面前，一个戴着时髦的红色眼镜、扎着马尾辫的年轻女子正在全神贯注地玩《首要任务》。

"这真是糟透了。"一个少年和朋友说。他们正盯着广告和新闻窗口，等待奈特时间的游戏开始。屏幕上是另一对主播，两个呆呆的年轻男人，正在报道一名国会议员支持一项"对每天使用超过一定互联网流量的用户征税"的提案。

那名玩家的朋友对着屏幕竖起中指。

游戏加载完成后，他们都放松下来，可以开始射击外星人了。

肖信步走向一名员工。

"我有个问题。"肖对那个穿着黑色牛仔裤和灰色 T 恤衫的男人说。T 恤衫胸前印有"奈特时间游戏"的字样，最左边是纯黑色的，然后逐渐分解成像素，变成灰色，因此很难看清最后的几个字母。他发现，所有奈特时间的员工都穿着与红星员工类似的衣服，只不过看上去更休闲。

"怎么了，先生？"

这个人比肖小六七岁。可能跟麦迪·普尔差不多大吧，他想。

"我想给外甥女们买个游戏，作为生日和圣诞节礼物。我想看看你们的游戏。"

"可以啊。"那人说，"她们对什么感兴趣？"

"《毁灭战士》《刺客信条》《命运战士》。"这些都是麦迪·普尔跟他说的。

"经典游戏。嗯,是女孩吗?她们多大了?"

"一个五岁一个八岁。"

那男人听到后顿了一下。

"我听说《谜题》挺好玩的。"他对着屏幕点了点头,"我本来觉得这游戏对她们来说有点儿过时了,但如果她们玩《毁灭战士》……"

"八岁的那个最爱玩这个。《首要任务》呢?她们喜欢《低语者》。"

"我听说过那个游戏,但是没有玩过。抱歉。"

"《首要任务》挺好的,对吧?"

"是啊,游戏奖项的大赢家。"

"那《谜题》和《首要任务》这两个我都买了吧。"肖环顾四周,"我在哪里买游戏盘?"

雇员说:"游戏盘?我们的游戏只需要下载,是免费的。"

"免费?"

"我们所有游戏都是免费的。"

"哇,那还挺值的。"他瞥了一眼头上那台令人印象深刻的大屏幕,"我听说贵司的大老板是个天才。"

孩子的脸上满是敬畏的神情。"哦,在这个行业里没有其他人能跟他相提并论。奈特,他就是独一无二的。"

肖抬头看着屏幕。"这就是新作?《谜题 VI》?"

"没错。"

"看起来不错。它和现在的版本有什么不一样?"

"基本结构是一样的,都是 ARG。"

"ARG?"

"平行实境游戏。在《谜题 VI》中,我们将把可以探索的星系增加到五千万亿个,行星总数增加到十五千万亿。"

"千万亿吗?你是说,玩家可以访问那么多星球?"

这名男子脸上写满了极客的骄傲,他继续说道:"理论上,如果你在每颗星球花一分钟,那么你需要……让我算算……二百八十亿年才能玩完这个游戏。所以说……"

"选择星球的时候要谨慎。"

员工点了点头。

"游戏发行推迟了,对吧?会有更新吗?"

他出现了防备姿态。"只是晚了一点儿。奈特先生必须确保它是完美的。他不会提前发布任何消息。"

"我应该等《谜题 VI》发行吗?"肖又对着屏幕点了点头。

"不,要是我的话,我会先去下载《谜题 V》。给你。"他递给肖一张卡片。

《谜题》

奈特时间游戏

永远免费……

卡片背面是下载链接。肖把它塞进牛仔裤后面的口袋。

他谢过那个员工,慢慢从玩家们身边走过。他向展位上的其他几位员工也提出了类似的问题,得到的答案几乎相同,似乎没有人知道关于《低语者》的任何事情。他也想弄清楚奈特现在在哪里以及他私人生活的一些细节,但没有人回答这些具体问题,只有一条信息在回答中反复出现:托尼·奈特是一个有远见的人,是高科技奥林匹斯山上的神。

对肖来说,这有点儿邪教的味道。

他已经竭尽所能，所以准备离开，路过一堵挂着窗帘的墙。走到一半时，他被吓了一跳，因为展位上方六米的大屏幕周围安置了数百个激光发射器和聚光灯，它们向天花板射出炽热的光束。在震耳欲聋的电子音乐中，一个洪亮的声音喊道："《谜题Ⅵ》，游戏的未来……永远免费……"大屏幕上，一束死亡光束摧毁了十五千万亿颗行星中的一颗。

附近的每个人都看向那个大屏幕和那些光柱。

这就是为什么没有一个人注意到窗帘突然被掀开，两个强壮的男人把科尔特·肖猛地拉进另一边的黑暗中。

35

他站在一个昏暗的隔间里,被人熟练地搜身,一声不吭,思考着计划中的缺陷。他本以为这是一次完美的行动。

在扮演了半小时天真的游客,问了一些看似毫无意义实则探究细节的问题后,他认为奈特时间的员工会意识到,他肯定别有目的,而不是为了给孩子们买完全不合适的电子游戏。

本来他打算直接离开展会,看看奈特的手下是否会上钩,而诱饵正是肖自己。他一进停车场,就会直奔房车停放的空无一人的角落,拨通麦克的电话。他的私家侦探会知道有多少奈特的人在追他,以及他们的身份。如果真的出了什么事情,或者听起来肖遇到了危险,他的私家侦探就会打电话给特遣队和圣克拉拉县警长办公室。以防万一,肖还把他的格洛克手枪塞进了车的置物箱。

这本来是个很好的计划,建立在把奈特或其手下列为潜在嫌疑人的基础上。

但这个计划更建立在他们不敢在展会上对他下手的假设上。

肖搞错了这一点。

他被带着穿过更多隔音布,快步走了十米左右,进入奈特时间展位的黑暗中心。他听到远处传来的《谜题VI》广告的低音,一旦声音大到足以吸引注意力,音量就会下降。

肖什么也没说,反正他的秃头看守不会回答。他知道他们是专业人士。矮的那个会是X吗?苏菲说绑架她的人个子不高。

四十三码的鞋……

他们终于停在一扇门前,而不是布帘子,那些人把肖口袋里所有东西都放进一个塑料盒子,当然也包括已经输入麦克的号码但还没有拨通的手机。

盒子被交给另外一个人。那两个男人挽着肖的胳膊,护送他进门,把他安置在一张舒适的黑色椅子上,面前是一张能坐八个人的黑檀木桌子。这间房间的墙壁是用隔音板建造的,天花板是隔音砖。目之所及都被涂成黑色,或者本来就是由哑光黑色材质制成的。整个空间死一般的寂静。唯一的光亮来自一面墙底部的一个小点,就像一盏夜灯。肖只能看清几个细节:这间"会客室"——这个词浮现在肖的脑海里——面积大约有两平方米,天花板高两米多,没有电话,没有屏幕,没有笔记本电脑,只有房间和家具。这里是个完全私密的空间,与外界隔绝。

他爸爸可能会欣赏这个房间。

矮个子保安走了,另一个留在门口。肖看到了他们的一些特征。他们没有任何首饰,戴着特勤处的人或电视评论员常用的耳麦,身着深色西装和白色衬衫,条纹领带似乎是夹住而非系住的——一个老窍门,这样它就不会在战斗中被用作绞索了。他的脸在阴影里,所以肖看不到任何表情。他猜那人也不会有什么表情,他认识很多这样的人。

肖思考着下一步该如何行动。

他有百分之九十的可能性不会受到任何伤害,因为善后会很麻烦，他们得把受伤或死去的肖运出会议中心。但他认为，这种逻辑对于暴虐且喜怒无常的托尼·奈特来说没有太大意义。如果奈特是绑架案的幕后黑手，那么他会为了一个报复的念头而冒一切风险，摧毁一个伤害过他的敌人。

突然，一盏顶灯亮了起来，打下一个冷光的光点。门开了，眼前骤然明亮，肖眯起眼睛。

托尼·奈特走了进来。与肖在网上找到的照片相比，眼前这位首席执行官更瘦，看起来没那么高，但仍然算得上一个身材魁梧的人。肖突然想到，如果他真的是幕后黑手，为什么要把绑架工作外包呢？以他的脾气和报复心强的天性，他很可能倾向于亲自绑走苏菲·穆林纳和亨利·汤普森。

那人的黑眼睛盯着肖的蓝眼睛，没有丝毫动摇。灯光投下的阴影使他的目光显得更加阴暗。这位企业家穿着一看就价值不菲的黑色休闲裤和一件白色礼服衬衫，上衣解开了两颗扣子，露出浓密的胸毛，让他看起来更像动物。他的手很大，拳头不断松开又握紧。肖在考虑要往哪边躲才能最大限度降低第一拳的伤害。

奈特坐到主位。坐在正对面的肖注意到，自己坐的椅子和其他六把椅子，都比奈特的那把矮了大约五厘米。这个房间就是用来进行剑拔弩张的谈判的，矮个子的首席执行官想要平视其他人，而不是抬头看。

奈特拿出手机，戴上耳机，盯着屏幕。

生存是基于计划的，阿什顿·肖如此教导罗素、科尔特和多蕾昂。

永远不要措手不及。

应该计划如何避免或消除威胁。肖猜测保安是有枪的，但奈特应该没带枪。虽然肖对拳击或武术知之甚少，但他的父亲教会了所有孩子擒拿技巧……他在安娜堡时还获得过许多摔跤奖项。

拿下门口的保安不算太难。奈特如此自恋，肯定会嘱咐保安保护老板，反正受到生命威胁的肯定是老板。

肖踩稳地板，漫不经心地把手放在桌子边上。他用余光看到，门口的保安并没有留意他的这个动作。长期徒步旅行和攀爬岩石让肖的腿变得很强壮，他绷紧双腿，调整身体的平衡。他在心里计划着，警卫离他三米，他要猛冲过去，同时把桌子推向奈特，用身体撞击保安，也许用手掌猛击下巴，然后用手肘击打太阳穴。他会拿起他的枪，确保子弹已上膛，即使这意味着不得不射出一枪。他要控制住房间里的两个人，拿走手机，从来时的路出去，打电话给拉多娜·斯坦迪什。

奈特脸色阴沉，突然愤怒地站了起来。

计划有变。奈特靠近时，肖必须抓住他的衣领，把他甩到保安那边去，并拿走枪。

一……

首席执行官大步走到肖面前，俯身靠近，双拳紧握。

二……

肖做好了准备，判断着距离。显然这里没有监控，真是好事一桩。

就在这时，托尼·奈特以震耳欲聋的分贝怒不可遏地说："《谜题Ⅵ》不是雾件。你他妈脑子是不是有病，不明白吗？"

他回到椅子上坐下，双臂交叉，怒气冲冲地瞪着肖。

36

科尔特·肖迄今为止曾被指控犯下许多罪行，包括真实的和虚构的。

"雾件"这个词从来没有出现过。

肖有很多办法回击面前的男人，他选择了最准确的一句："我不知道你在说什么。"

奈特用舌尖舔了舔嘴唇，酷似一条蛇。

"我全听到了。"口音暴露了他来自安大略。他按下手机上的录音键。"你问我的人的那些问题……你根本就不是打游戏的。我们记下了你的脸，重新查看监控视频，从你进入展会的那一刻开始调查。除了我的展位，你对其他展位都没有兴趣。你问一些狗屁问题，装疯卖傻，不就是想套话吗？你觉得这种事是第一次发生？想策反我的员工来反对我吗？你真他妈以为我会允许这种事在眼皮子底下发生？"

奈特指了指外面。"你看过宣传片了，觉得它像雾件吗？像吗？"

门又开了，个子比较高的保安走了进来，弯下腰对奈特耳语。奈特的目光始终停留在肖身上。保安站起来时，他的老板问："证实了吗？"

保安点头。奈特挥挥手,那人离开了。另一个保安还留在原来的地方,很像白金汉宫门口的卫兵。

奈特的愤怒突然变成了困惑。"你是私家侦探?"

"不,我不是私家侦探。我靠赏金过日子。"

"是你发现那个女孩被绑架的?"

肖点头。

"你没有任何技术背景。"

"是的。"

"这么说,没人雇你来当商业间谍。"

"我连'雾件'是什么都不知道。"

奈特终于搞清楚了,肖并不构成商业上的威胁。肖也开始意识到,他关于奈特密谋摧毁竞争对手的假设可能有一些漏洞。

"'雾件'指的是软件公司发布的新产品要么根本不会问世,要么还要筹备很长一段时间。这是一种激发玩家兴奋、吸引媒体关注的策略。但如果还需要更多时间来调整产品,那么最好保证它暂时远离人群。因为如果你没有兑现当初的承诺,你的粉丝也可能成为你最大的敌人。"

肖问道:"所以这就是关于《谜题Ⅵ》的谣言?说它是个雾件?"

"是的。"奈特的语气充满嘲讽,"只是比我预计的晚了一点儿上线。"

可以理解,准备十五千万亿颗行星的确需要一些时间。

奈特死死盯着肖。"所以你来干什么?这是怎么回事?"

有时你不用碰运气。有时你的直觉会指引方向。

"我们能先离开这儿吗?"肖问道。

奈特犹豫了一下,点点头,保安打开了门。他们三人走进一个更大、更明亮的房间，那是这个展位最里面的密室。房间里有两个年轻女人和一个年轻男人，穿着公司的T恤和牛仔裤，在电脑前疯狂工作。老板出现时，他们向他投去一瞬警惕的目光，然后注意力又回到手头忙碌的工作上。

这个房间里的电脑都令人印象深刻，肖和奈特坐在唯一一张没有电脑的桌子旁。一个留着平头的年轻女人拿来装着肖私人物品的盒子，他把它们物归原处。

奈特吼了一句："然后呢？"

"几年前你起诉过马蒂·埃文。"

奈特皱着眉头消化了一下这句话。"埃文吗？哦，命运娱乐的事？我起诉了吗？可能吧。要是有人想耍我，我就告他们。你还没有回答我的问题。"

"那天被绑架的那个年轻女人，苏菲·穆林纳，你还记得吗？那个绑匪在重现《低语者》。"

他的脸上浮现一丝困惑，但没有其他反应。这有效地将肖关于奈特的假设的可能性降低到个位数。"那不是命运娱乐的旗舰游戏吗……你说的'重现'是什么意思？"

肖解释了工厂的房间、那五件物品和一次生存的机会。

"真是个变态。但是为什么呢？"

"也许是个精神失常的玩家……但当时我有别的想法。"他解释说，这次犯罪可能是为了报复马蒂·埃文或者搞垮命运娱乐，"要是有新闻称绑匪是受到了这款游戏的启发，那个公司就完蛋了，肯定会受到反暴力电子游戏人群的起诉和抵制。命运娱乐会倒闭的，它之前就经历过这种事。"

肖告诉奈特，之前有两个青少年绑架了同学，还差点儿杀了她。

"我记得这件事,挺可怜的。"然后他嘲笑道,"所以你就以为我是幕后黑手?因为马蒂·埃文偷了我的源代码,我怀恨在心?还是说我想让他破产,因为《低语者》在和《首要任务》竞争?"

"我们确实需要考虑每一种可能性。又发生了一起绑架案。"

"又一起?妈的。"奈特问道,"第一次出事是什么时候?那两个男孩差点儿杀了小姑娘那次。"

肖据实以告。

奈特站起身,走到一名身穿制服的员工面前的电脑旁边。她睁大眼睛向上瞥了一眼,看到奈特突然举起手掌,赶紧跳起来为他扶住椅子。他坐下来,花了几分钟时间敲打键盘。肖的身后传来打印机发出的嗡嗡声。奈特站起身,拿起几张纸,放在肖面前。奈特从口袋里掏出一支笔。虽然那只是一支圆珠笔,但肖相信它是一支极其昂贵的铂金圆珠笔。

"我们订阅了一项营销数据服务,追踪全球产品和服务的销售情况。去年三月,晶磨麦片的销量是否超过了冻麦片?在各地区的销售状况如何?晶磨麦片卖得多的地方,平均家庭收入是多少?这些家庭的学龄儿童的年龄是多少?还有很多信息,你肯定能想到。"他用圆珠笔敲了敲肖面前的纸,"这张表是命运娱乐公司《低语者》的销售情况。"

奈特在纸上圈出一条线。"这段时间是俄亥俄州那个女孩遇袭后的两个月。我们可以假设这时抗议的声音最大,媒体曝光的信息最糟糕,毕竟有人因为这款游戏而试图谋杀一个女孩。之后发生了什么?对销售没有任何影响。人们根本不关心别的,只要他们喜欢这款游戏,就会去购买,不会在乎这游戏会不会刺激神经病或恐怖分子。"

肖研究了一会儿，这些数据证实了奈特的说法。他没有问是否可以保留销售数据，只是把那几页纸折好，塞进口袋，以待核实。不过他并不怀疑这些数字的准确性。

这位首席执行官继续说："命运娱乐到底怎么了？我猜他们可能想挖走一些我独家合作的零售商。这倒无关痛痒，只是令人心烦。但我必须努力冷静下来，不能让别人逍遥法外。至于马蒂·埃文？他对我构不成威胁，他们不过就是游戏界的小卖部。"奈特打量着肖，"所以说，我们都冷静下来了，对吧？我的手下是不是太粗暴了？"

"没什么。"肖站起来，寻找出口。

"在那边。"奈特指着门的方向。

肖快步走向出口，奈特说："等一下。"

肖转过身。

"有个人，你应该跟他聊聊。"他发了一条短信，朝桌子点了点头，于是两个人又坐了下来，"我想要点儿咖啡。你喝咖啡吗？我的咖啡豆是直接从中美洲空运过来的。"

"萨尔瓦多？"

"不是。是我在哥斯达黎加的农场产的，毫无疑问，比萨尔瓦多的强多了。"

肖说："那我就试试吧。"

37

奈特时间的联合创始人吉米·福伊尔，三十五岁左右。

肖想起来他就是那个首席游戏设计师"游戏大师"——管它什么意思呢。

这个身材矮小的男人留着一头凌乱的黑色直发。他的脸很孩子气，下巴上有淡淡的胡楂。他的蓝色牛仔裤是新的，黑色T恤是旧的，那件褪色的橘黑相间的短袖格子衬衫皱巴巴的。他没有穿公司制服，这大概是因为作为十五千万亿颗行星的创造者，他已实现穿衣自由。

肖认为这一造型受到了扎克伯格的启发，但由于穿了衬衫外套，所以更加正式。

福伊尔有些坐立不安，但不是因为没有安全感，而是像那些极其聪明的人一样，他的手指和四肢随着不断变动的思想而动作。他和奈特、肖一起坐在工作间的桌子旁，房间里只有他们三人。奈特刚刚朝那些正在打字的员工大声喊道："所有人都出去！"

肖喝了一口咖啡。这确实是上等咖啡，但哥斯达黎加的咖啡豆并没有达到令萨尔瓦多咖啡豆相形见绌的程度。

福伊尔正在听肖解释绑架事件，身体前倾成锐角。这人似乎很害羞，没有寒暄，没有打招呼，也没有和肖握手。他也许有点儿阿斯伯格综合征[①]，或者是因为软件代码不断在他的脑海中循环，而社交互动的想法就算出现过也非常短暂。他没有戴婚戒或其他珠宝。另外，他真的得换双鞋了。

肖讲完后，福伊尔说："是的，我听说了那个女孩的事，还有今天早上的新闻，关于另一起绑架案。记者们说绑匪可能是同一个人，但他们不确定。"他说话时带着波士顿人的轻快语调，肖猜测他的计算机学位是在麻省理工学院获得的。

"我们确实认为有可能。"

"没有任何和《低语者》相关的报道。"

"这只是我的想法。我告诉了调查人员，但我不知道他们是否会重视。"

"警察有希望找到新的受害者吗？"他的说话方式生硬而正式，就像肖认为计算机代码也很正式一样。

"至少一小时前他们还没有任何线索。"

"所以你的想法是，要么绑匪是个太把游戏当回事的问题少年，就跟几年前的那些男孩一样；要么就是有人雇他，假装他是一个问题少年，以掩盖其他事情。"

"没错。"

奈特问："吉米，你有什么想法吗？"与对其他下属的独裁态度不同，奈特对待福伊尔的恭敬语调几近谄媚。

福伊尔默默用手指敲着大腿，四处扫视。"伪装成一个疯狂玩家来掩盖绑架的真实原因？我没想明白。这事似乎太复杂了，要做的准备太多，很容易被发现。"

[①]阿斯伯格综合征，广泛性发育障碍的一种综合征，属于自闭症谱系障碍。

肖没有表示反对。

"一个疯狂的玩家越过了法律底线。"那人若有所思地点了点头,"你知道巴特尔对电子游戏玩家的分类吗?"

奈特毫不掩饰地笑了。"恕我直言,他对游戏一窍不通。"

虽然不完全正确,但肖保持沉默。

福伊尔进入了学术模式。他的眼睛一下子睁大,第一次流露出感情。"这很重要。巴特尔认为,游戏玩家根据性格特征可以分为四种。第一种人追求成就,他们的动机是在游戏中积累分数并达到预设的目标。第二种人想要探索世界,他们想花时间在未知的地方徘徊,发现从未见过的地方、人和生物。第三种是社交高手,他们最喜欢建立人际网络,创建社区。"

他停顿了一会儿。"最后一种是杀手类型,他们为竞争而战,为胜利而战。获胜是他们玩游戏的唯一目的。倒是不一定要杀死别人,他们也喜欢赛车和体育比赛。不过第一人称射击游戏是他们的最爱。"

杀手……

福伊尔接着说:"我们花了很多时间分析我们到底在为谁设计游戏。杀手类型的玩家大多是男性,年龄在十四岁到二十三岁之间,每天至少玩三个小时游戏,最多能达到一天八到十个小时。他们大多在家庭生活中遇到了问题,也有可能在学校被欺负、不合群。

"但杀手类型玩家的必备要素是一个竞争对手。由于他们在现实生活中压力太大,无法反抗他人,所以不得不在网上寻找目标。"

福伊尔回归了沉默,脸上露出一丝满意的神色。

肖不明白这个理论的意义。"所以这个用户画像和分类对我们有什么帮助呢?"

奈特和福伊尔似乎都对这个问题感到非常惊讶。"嗯,"这位游戏设计师说,"因为它有可能直接把你带到那个绑匪的门前。"

38

拉多娜·斯坦迪什警探说:"我要是说错了话,请别介意。"她指的是她建议肖离开硅谷回家或者去观光。

他们现在在她的办公室里。这间办公室只有一半有被使过的痕迹,另一半完全是空的。这说明还没有找到丹·威利的替代者。威利现在要在圣克拉拉县的各个执法机构之间来回穿梭,这份工作对肖来说简直就是地狱。

二十分钟前,斯坦迪什走进特遣队接待区,肖告诉她自己的发现,并被她的反应逗笑了。她先是感到困惑,然后是愤怒,在肖分享吉米·福伊尔说的事情后,她产生了兴趣。

大概还有一丝难以捕捉的感激,一共三种半反应?她邀请他去办公室。她的桌子上堆满文件和档案,书柜上有朋友和家人的照片,还有几块奖牌,但都被淹没在文件之海里。

吉米·福伊尔的想法是,如果嫌疑人是一名杀手类型的玩家,他肯定会一直在线。

"他的网络形象定义了他。"这位设计师说,"哦,他可能会去上学或者工作,也会睡觉,虽然睡得不多。他会沉迷于这个游戏,并且一直玩下去。"福伊尔微微一笑,身体前倾,"但你怎么才能确定他是否在线呢?"

肖意识到，这可真是一个绝妙的问题。答案是：当他绑架苏菲·穆林纳和亨利·汤普森时，以及开枪射杀凯尔·巴特勒时，他肯定没有在玩游戏。

他告诉斯坦迪什："《低语者》是一款多人在线角色扮演游戏。玩家必须按月支付费用，这意味着游戏发行商命运娱乐会保留他的信用卡信息。"

斯坦迪什思考的时候会习惯性地触摸一边的耳饰。那是个心形的耳钉，与她的工装裤、黑色T恤衫和作战夹克形成鲜明对比——更别提她腰间别着的专为大案准备的点四五口径格洛克手枪了。

"福伊尔说，我们可以利用信用卡信息获得硅谷地区所有用户的名单，然后从中找出那些平时沉迷游戏，但绑架案发生和凯尔被杀时没在线上的人。"

"我觉得这能行。我喜欢这个方案。"

"我们得和命运娱乐的老板马蒂·埃文谈谈。你能拿到搜查令吗？"

她咯咯地笑了。"那张纸？基于一款电子游戏？我会被人嘲讽着赶出治安官办公室的。"她把目光转向他。她的瞳孔是橄榄色的，颜色非常深，比她的皮肤深两个色调。她目光坚毅地补充说："我还听到一件事，肖。"

"我们互相称呼'科尔特'和'拉多娜'怎么样？"

她点点头。"我听到一件事：'我们'，也就是本特遭队，不会委托别人代理。"

"我对你们有帮助——你知道的。"

"我们有规则，规则，规则。"

肖噘起嘴。"有一次，我去纽约北部看我妹妹。当时有个男孩失踪了，好像是在他家附近的树林里迷路了。两平方千米的森林，警察都绝望了，当时还恰逢暴风雪。他们雇了一个当地的顾问来帮忙。"

"顾问？"

"一个灵媒。"

"真的吗？"

"我也去找了警长。我告诉他我有跟踪的经验，愿意免费帮助他们。那个灵媒是收费的。他们同意了。"他举起手掌，"别委托我代理，拉多娜，雇我当顾问就行，不会花国家一分钱。"

她的一根手指抵在耳垂上。"远离危险的地方。禁止携带武器。"

"没有武器配给。"他同意了。从她紧抿的嘴唇可以看出，她知道他只答应了一半的要求。

他们走出特遣队大楼，走进停车场，朝她的灰色座驾走去。斯坦迪什问："那个失踪的男孩后来怎么样？她帮到忙了吗？"

"谁？"

"那个灵媒。"

"你怎么知道是个女人？"肖问。

"我也是灵媒。"斯坦迪什说。

"她说她能看到那个男孩在湖边，躲在一棵倒下的核桃树树干下，离家六千米远。他身边有一个牛奶盒，旁边的枫树上有一个老知更鸟的巢。"

"真行，看得这么具体。她准吗？"

"不准。我花了十分钟就找到那孩子了。他在家里车库的阁楼，一直躲在那里。他不想参加数学考试。"

39

"你原来叫这个名字?"斯坦迪什问肖。他们正开着她那辆要散架的车穿过硅谷,车后面有什么东西松动了。"没怎么听说过。"

"我家一共有三个孩子。"肖告诉她,"我们的父亲热衷于老西部①的故事。我的名字取自刘易斯和克拉克探险队的登山员约翰·科尔特。我妹妹叫多蕾昂,是从玛丽·爱欧·多蕾昂来的。她是北美最早的登山女性之一,和她的两个孩子在严冬中在敌对地区生存了两个月——我是说是玛丽·爱欧,不是我妹妹。我的哥哥罗素是以俄勒冈州拓荒者奥斯本·罗素的名字命名的。"

"他们也做赏金猎人的差事吗?"

"不。"

至少多蕾昂还没有干什么离谱的事情。她在一家应急准备咨询公司工作。也许罗素也是,但家里没有人知道他在哪里、在做什么。多年来,肖一直在寻找他,既希望找到,又担心会找到。

---
① 老西部(Old West),指美国西部开发时期,即十九世纪中后期至二十世纪初的美国西部地区。

十五年前的十月五日……

有时,肖觉得应该顺其自然。

但他知道他不会的。

永远不要放弃那些你明知道必须完成的任务……

他们沿着一〇一号公路南行,离开了豪华的内曼·马库斯硅谷,也离开了快字节咖啡厅和弗兰克·穆林纳居住的朴素而整洁的街区。在这条急需重铺路面的高速公路两侧,是斑驳的城市草皮、城市规划项目的房屋、废弃的建筑物和满布帮派标志涂鸦的立交桥。

GPS显示,命运娱乐的办公楼就在不远处。肖回忆起福伊尔的话,《低语者》是公司的主打产品。也许他们没有其他成功产品,失败使公司一直走在错误的轨道上。

当斯坦迪什驶离高速公路,开上正常的城市道路时,肖提起这件事。"但这是我搞错了。"

他瞥了她一眼。

"没有地方比家好。EPA,东帕洛阿尔托。我在这里长大。"

"对不起。"

她笑了一下。"不用道歉。EPA……这是不是把大家都搞迷糊了?它就在帕洛阿尔托的北边。在那样遥远的地方,你甚至听不到火车的鸣笛声。你父亲喜欢的老西部牛仔们,看,这儿就是当年的墓碑。这里有全国最高的谋杀率。"

"在硅谷?"

"没错。那时候这边住的大部分是黑人,多亏硅谷这边的法规和种族契约限制什么的。"她笑了起来,"我小时候,这里每天晚上都有枪声。我有三个兄弟,我们经常在威士忌谷聚会。斯坦福是禁酒的,周围一点六千米内不准饮酒。一点六千米和一个街区也差不多吧。没错，EPA有一座购物中心，有很多零售店和酒吧，那是我们玩耍的地方。我们会在那里待到爸爸来找我们，把我们拖回家。

"当然，威士忌谷现在被拆了，取而代之的是大学商圈。好家伙，那里现在居然有四季酒店了！你敢想象这种疯狂的事情吗，科尔特？EPA现在好多了，去年的谋杀案数量是一，而且是一起谋杀与自杀——一个电脑怪胎和他室友的事情。我爸爸的棺材板都要压不住了。"

"你爸爸最近去世了？"

"哦，那是好几年前的事了。我爸不是那些改进措施和数据更新的受益者。他是被枪杀的，就在我们公寓前面。"

"这就是你当警察的原因吗？"

"确实如此。我用三年读完了高中和大学，以二十一岁的最低入学年龄进入警校。之后我加入EPA的警察局，白天出外勤，晚上学习，拿到了刑事司法硕士学位。然后我就调到了刑事犯罪调查局。刑事调查，我真的很爱这份工作。但是……"她挤出一个惨淡的微笑。

"发生什么事了？"

"我在那里过得不好。"她补充道，"我没法融入，所以我主动要求调到特遣队。"

肖很是困惑。放眼望去，刑事犯罪调查局的黑人不少，应该没有什么文化融入的问题。

她注意到了他的表情，解释道："不是你想的那样。我是说，我爸可能跟你想的不太一样，是我没说清楚。没错，我当警察就是因为他，但不是因为他是个无辜的可怜人并且在我和妈妈面前无端被枪杀。他是个黑帮头目。"

这下肖明白了，如果她的警察同事知道自己和一个黑帮头目的女儿一起工作，他们会做出怎样的反应。这个黑帮的成员可能开枪甚至杀死过她同事的朋友。

"他是普尔加斯大道十三号的老大。圣克拉拉缉毒队一直在追查他，但是没成功。我当警察之后偷偷看过他的档案。我的天，我爸真的不是什么好人，档案里全是毒品枪支、枪支毒品。他是三起枪击事件的嫌疑人，其中两起案件都因证据不足而搁置。本来有机会抓住他的那一次，证人在雷文斯伍德附近的海湾消失了。"

她弹了一下舌头。"你可能无法理解，我和哥哥们放学回家后——妈的——如果妈妈病了，他会准备好晚饭，给我们读《哈利·波特》。他也会带我们去看棒球比赛。我的很多女生朋友都没有父亲，但我爸一直都在。是的，直到他去世。"

他们沉默了五分钟，行驶在尘土飞扬的街道上，人行道和路边都是成堆的生活垃圾、苏打水罐和啤酒罐。"在那边。"她朝一座三层建筑点了点头。这座建筑似乎有五六十年的历史了，但它和附近的其他几座建筑并不像他们设想的那样简陋。命运娱乐公司总部的外墙刚刚被粉刷成明亮的白色。肖可以看到一些智能办公室，有平面设计和广告公司、一家餐饮公司，还有咨询公司。

这个已经死去的小镇在硅谷开发者手下重获新生。

他们把车停在公司停车场。这里的其他汽车都很普通，不像谷歌和苹果公司停车场那样停满特斯拉、玛莎拉蒂和宝马。公司的大厅很小，似乎装饰着艺术家们对《低语者》的各种演绎，从简笔素描到堪称专业的油画和丙烯画，应有尽有。肖猜想，这些应该都是游戏玩家画的。他试图找到和绑匪那幅画差不多的图，但没找到。斯坦迪什似乎也在做同样的事情。

接待员告诉他们，马蒂·埃文将在几分钟后有空。一件展品引起了肖的注意。他们走到一张齐腰高的桌子前，桌子有两米宽，上面放着一个郊区村庄的模型，头顶的标牌写着"欢迎来到西利康维尔"。

旁边的标语牌解释说，这个模型是拟建在圣克拉拉和圣何塞两县的一个住宅开发项目的模型。马蒂·埃文想出这个主意是为了应对这里"离谱的"租房成本。

肖想起，弗兰克和苏菲·穆林纳正准备举家出走到"世界大蒜之都"吉尔罗伊，而亨利·汤普森在他的博客里写到了那些沃尔玛流浪汉。

斯坦迪什盯着牌子说："重案组还有几桩案子没处理。一些大型科技公司有自己的员工巴士，从旧金山或东南方向的城镇出发，在路上被人袭击了。袭击者很生气，认为这些公司应该对这里飞涨的物价负责。有人在事件中受伤。我让那些公司'别把公司名字贴在车上'，他们照做了。"斯坦迪什苦笑着补充道，"这倒不是什么划时代的想法。"

肖继续读下去。埃文已经成立了一个由当地公司组成的联盟，将为员工提供价格合理的住房。

真慷慨啊。但不得不说，这是个聪明的举动。肖认为投资者担心的是人才流失，因为这样下去，程序员很可能搬到堪萨斯州的"硅玉米地"或科罗拉多州的"硅森林"。

他想知道，是不是因为命运娱乐公司与奈特时间和其他大型游戏公司已经不在同一水平，所以埃文选择扩张到一个新的领域——一个有收入保障的领域，也就是房地产。

接待员说，埃文现在能见他们了。他们出示了身份证，拿到出入证，并被引到顶楼。一走出电梯，他们就注意到一个标志："大老板在那边"。

"哈。"斯坦迪什哼了一声。

他们向前走，经过了三十个工作站。这里的设备很旧，没有奈特时间展位上那些精美的小玩意儿，肖只能想象那家公司的总部到底会是什么样子。

斯坦迪什敲了敲门，门上有一个非常谦虚的牌子，写着"大·老板"。

"进来吧！"

40

瘦高的马蒂·埃文从椅子上站起来，大步穿过房间。他很高，大概有一米九六，虽然瘦，但看起来很健康，可能是因为新陈代谢很好吧。埃文大步向前，手规律地摆动，步伐稳重，那头二十世纪六十年代风格的浓密金色卷发随之抖动。肖本以为《低语者》的作者会穿着哥特式的黑色或深紫色衣服，然而他身着一件过大的米色亚麻衬衫，下摆没有掖进铁锈色的喇叭裤里。他脚上穿着凉鞋，和这身衣服绝配。

肖和斯坦迪什环视办公室。目光相遇，他扬了一下眉毛。接待区那边挂着有些疯癫的《低语者》的画，这里的装饰却好像儿童玩具店，有莱昂内尔火车模型、塑料士兵、玩偶、积木、毛绒动物、牛仔枪和棋盘游戏。一切都是电脑时代之前的玩具，大多数甚至不需要电池。

斯坦迪什和肖跟他握了握手，他让两位坐在咖啡桌前的沙发上，桌上放着三只塑料恐龙。

"你们喜欢我的收藏吗？"他的高亢嗓音夹杂着中西部口音。

"都是好东西。"斯坦迪什不置可否地说。

肖保持沉默。

"你们俩小时候有喜欢的玩具吗？我总是这样问我的客人。"

"没有。"他们同时回答。

"你们知道我为什么喜欢这些东西吗？因为它们让我想起了我的商业哲学。"他深情地看着装玩具的架子，"电子游戏失败的原因有且只有一个。你们想知道是什么吗？"

他拿起一个很旧的木头士兵，像照着芭蕾舞剧《胡桃夹子》的人物形象做的。这位首席执行官看看玩具，又看看两位来访者。"游戏失败的原因很简单，因为它们不好玩。如果它们太复杂或太无聊，太快或太慢……玩家就不玩了。"

他放下玩具，往后一靠。"一九八三年，雅达利手里压着将近一百万款没人要的游戏，包括史上最烂电子游戏 $E.T.$。电影很好，游戏很垃圾。据说，那些游戏和游戏机被埋在新墨西哥州一个秘密的垃圾填埋场里。不久之后，整个行业就崩溃了。股票市场在一九二九年经历了大崩盘，电子游戏的大崩盘则在一九八三年。"

斯坦迪什把这次会面拉回正轨。她问埃文是否知道最近的绑架事件。

"那个从山景城来的女孩？我知道。"他身后是一幅巨大的硅谷海报。他的办公桌上散落着地图和许多看起来很官方的文件，有些是复印件，有些带着印章和签名。房地产项目似乎比游戏业务花费了更多的时间。

"昨天深夜又发生了一起绑架案。"

"哦，我好像听说了！是同一个人干的吗？"

"我们是这样认为的。"

"我的天……"埃文看上去十分心烦意乱。可以理解的是，他的皱眉可能有双重含义，第二个意思是：这事跟我有什么关系？

"而且，"斯坦迪什说，"他似乎是在模仿《低语者》犯罪。"

"不，不，不……"埃文短暂地闭上了眼睛。

她接着说："我们知道几年前发生在俄亥俄州的那件事。"

他的头耷拉着。"不是吧，又来……"

肖解释了苏菲·穆林纳在被囚禁的房间里发现的东西。

"五件物品。"埃文的声音越来越空洞，"我当时想到'五'这个数字，是因为我女儿在学习数数，用手指数。她会先用右手，换到左手时又重新开始计数。"

肖解释说："有一种可能性是，绑匪是一个沉迷游戏并将其付诸行动的玩家，就像俄亥俄州的那两个男孩。如果是这样的话，我们得想办法追踪他。"

斯坦迪什说："肖先生之前和托尼·奈特谈过……"她瞄了一眼肖的方向。

"还有吉米·福伊尔。"

"《谜题》。那确实是个现象级的游戏，据说具有有史以来最长的游戏源代码。"

十五千万亿颗行星……

埃文补充道："平行实境。我确实考虑过发行一个类似的游戏，但必须要有超级计算机才能让它运转起来。你应该看看他们的服务器。所以说，有什么我能帮上忙的呢？"

肖解释了福伊尔的建议。他们想要定位那些经常在线并沉迷游戏的本地玩家，以及在三个特定时间点离线的玩家——苏菲被绑架、她获救和亨利·汤普森被绑架的时间点。

一场大战即将拉开帷幕。可能埃文会答应，但是没有搜查令就拿不到用户信息。

他确实在摇头。

"听着,"斯坦迪什说,"我知道你需要搜查令。但是我们希望你能合作。"

埃文嗤之以鼻。"搜查令吗?我不在乎那个。"

斯坦迪什和肖面面相觑。

"那你想要什么?"

首席执行官轻声笑了。"你知道EUA是什么吗?"

肖说不知道。警探也摇了摇头。

"终端用户授权协议。无论何时,只要有人使用《低语者》,他们就必须同意EUA。每个软件和硬件公司都会让你同意这个协议,否则你无法使用相关产品。当然,没有人仔细看协议的内容。我们的协议中有一个条款,允许我们以任何方式使用他们的数据,甚至在没有搜查令的情况下也可以把数据交给警察。

"但是还有其他问题。我们必须通过IP地址追踪用户,也就是你们所说的嫌疑人。像其他所有游戏公司一样,我们经常被黑客攻击,因此将在线状态与个人信息分开。我们所有服务器只知道用户X、Y、Z已经付款,但是不知道他是谁。跟踪IP到用户的计算机可能不是问题,但我们的大多数用户——至少年轻用户——都会用代理IP。"

"代理IP会隐藏他们的真实位置。"肖说。他上网时也会用这种方法。

"没错。判断某人是否使用代理IP非常耗时,有时甚至是不可能的。但是我们可以试试。他什么时候下线?"

肖给他看了笔记本上的内容。

"我们现在想找那些每星期玩二十五个小时以上,但在这三个时间点离线的用户。"埃文对着笔记本点点头。肖的笔记写得非常清晰明确。埃文一边挑选有用的信息,一边若有所思地说:"你知道吗?有些国家正在考虑立法限制玩游戏的时间。世界卫生组织刚刚将游戏成瘾列为一种疾病。简直太荒谬了。这就像说每星期工作超过四十个小时的律师、护士和外科医生是不正常的。"他摆弄着一支有小丑头像的铅笔,瞥了一眼屏幕,"好吧。我们开始吧。"

斯坦迪什从沙发上往前探身。"你已经有结果了?"

肖非常熟悉维尔玛·布鲁因的悬赏搜索算法的速度,因此并不感到意外。

埃文看了看屏幕,说:"确实有结果,但有个问题。大约有二百五十五人每星期至少玩二十五个小时的游戏,也符合离线的时间点。其中六十四个不是匿名的,没有使用代理,但都不在方圆一百六十千米以内。其他的都用了代理,所以我们不知道他们在哪里,也许就在隔壁,也许远在乌兹别克斯坦。"他盯着名单,"大多数用的是已知的代理,不是很合法,可以被破解,但是需要时间。"

他敲下另一个命令,按下回车键。"你看,"他说,"派人去查了。"

马蒂·埃文突然灵魂出窍般僵住了,目光越过肖。过了一会儿,他问道:"那个女孩被藏在哪里?"

肖说:"第一关,废弃工厂。"

"你知道这个游戏吗?你也玩?"

"我不玩。你是不是觉得他把亨利·汤普森——也就是那个新的受害者——放在了其他关卡?"

埃文说:"很明显,绑匪是一名游戏玩家。对游戏玩家来说,重复关卡是一种失败,而打乱顺序则是一种作弊。"

肖已经在工作中融入新科技。他发现极客们经常把动词用作名词，比如"失败"和"提问"，这让他觉得很有趣。

"第二关叫黑暗森林。"

"这么说，亨利·汤普森被关在树林里的某个地方。"

斯坦迪什的脸扭曲了一下。"这附近有几平方千米的森林。"

肖的目光落在一组玩具士兵上。它们大约七厘米高，深绿色，摆着各种各样的战斗姿势，可能是"二战"时期的军队。如今，制造商会生产什么？坐在无人机指挥站的男男女女？坐在办公桌前，正在入侵俄罗斯防御系统的网络安全专家？

那位首席执行官靠在椅背上，陷入沉思，双目紧闭。他突然睁开眼睛。"绑匪留给那个女孩的五件东西是什么？"

肖告诉他："水、玻璃瓶、一盒火柴、钓鱼线，还有一块布。"

埃文说："很好。我有个主意。"

41

肖不是个安分的人，总是到处跑，但是他从来没有坐过直升机。

现在坐在上面，他意识到自己并不喜欢直升机。

肖并不恐高，即使开着直升机门都没事。帆布和钢只要结构合理，是很牢固的，而且旁边有降落伞和安全带。肖和兄弟姐妹们早在十三岁之前就克服了恐高症，这又要归功于阿什顿让他们学攀岩。当没有什么有挑战性的工作时，肖会找一个条件比较好的垂直山壁攀岩。他一般会徒手攀登，绳子只用来防止落下山崖。那天早些时候，肖的目光曾充满感情地越过斯坦迪什的肩膀，看向那张通往攀岩地点的路线图，那本来是他打算看望妈妈时顺路去的地方。

不，现在他和脚下树木之间的一百五十米不是问题。肖只是不想吐出来。对肖来说，呕吐比疼痛更令人厌烦。当然，是大部分疼痛。

这种恶心的感觉也许是不可避免的，也许不是。他只觉得晃晃悠悠的，好像坐在跷跷板上。他深吸一口气，但这不是个好主意，废气和燃油燃烧产生的烟雾让他更想吐了。

拉多娜·斯坦迪什系着安全带，坐在肖身边。他们面朝后坐着，面对两名身穿黑色防弹衣的机动队队员。肖注意到他们的胸前和背后都印着白色的"警察"字样，背后的字更大一些。他们拿着赫克勒机枪。斯坦迪什也不喜欢这趟旅程。她拒绝从敞开的门往外看，不停吞咽口水。她抓着一个呕吐袋，肖从一开始就希望她不要带它，真的希望她不要，因为心理暗示的力量是强大的。

她穿着防弹衣，只带了一把配枪。肖也穿着凯夫拉尔防弹背心，但没有武器，符合规定。但"远离危险的地方"的指令显然已经不算数了。

他们能来到这里，多亏《低语者》的作者马蒂·埃文。这位首席执行官解释说，游戏算法随机分配留给玩家的五件物品中的三件，比如苏菲的钓鱼线、围巾和玻璃瓶。其他两件物品可能有所不同，但都属于两大类：维持生命和沟通所需物资。也就是说，一定会有食物或水——苏菲得到的是后者，还会有一件物品可以用来发出求救信号，让盟友知道玩家的位置，或警告此处有危险，对苏菲来说就是火柴。玩家有时会得到一个手电筒或求生信号镜。更常见的情况是，他们会得到一种生火的方法。如果没有火柴，就会是打火机或打火石的工具包。它们也可以帮助玩家在寒冷的游戏环境中生存，比如山顶和洞穴。

埃文提出："如果受害者在森林里，而他有火柴或打火机，他可能会试图点火。"

肖说："在加州北部引发一场森林大火？这肯定是一件会引起注意的事情。"

"他不是个傻瓜，"斯坦迪什说，"肯定心里有数。他可能在一块空地或岩石上点一堆小篝火，能被注意到，但火势不会蔓延开来。"

斯坦迪什给公园管理局打了电话，他们使用安装了热传感器的无人机和卫星查看是否有任何位置监测到火灾。她得到的信息是，的确，在大盆地红杉国家公园一个岩石山顶上监测到了一场小火灾。火焰在午夜时分突然燃起，烧了一会儿就熄灭了。红外线扫描显示，到凌晨一点，地面上的火和灰烬都消失了。他们标记了该地点，以便日后检查，但当时并没有派出任何工作人员。

肖已经在地图上查过位置，那个点位距离亨利·汤普森被绑架的地方有四十分钟车程。

护林员通过广播解释说，奇怪的是，那个地方是在午夜发生那场小火灾的，但那里不在任何徒步旅行路线上，而附近唯一的路是一条古老的伐木道，已经被封锁了。另一个奇怪的状况是，竟然着火了。因为当时没有雷击，火势也只限于一块岩石上，石头的缝隙中似乎没有任何天然的灌木生长。"我们最多能想到的是，有可能是一些露营者没走大路。"

斯坦迪什接着问道："有现场的卫星图像吗？"

护林员传来了一些图像，她、肖和埃文挤在那个游戏制造商的高清显示器前。

他们看到的可能是岩石或阴影的形状，也可能是一个人站在火附近。

"对我来说已经足够清楚了。"斯坦迪什说着抓起手机，按下一个按钮拨打电话。

斯坦迪什和肖已经火速赶到莫菲特机场，这是一个位于森尼韦尔和山景城北部的老空军基地，距离命运娱乐公司只有十分钟车程，至少斯坦迪什开了十分钟。肖紧紧抓住扶手，享受着纳斯卡赛车之旅。

斯坦迪什解释说，尽管仍有空中救援行动，但此处的军事功能正在减弱。谷歌租赁了大部分场地，也参与了一号机库的修复工作。一号机库是世界上最大的木结构建筑之一，建于二十世纪三十年代，用来容纳飞船和使用轻于空气的气体的飞行器。

在那里，他们爬上了特遣队的贝尔直升机，仅二十分钟的飞行后，他们靠近了被标记发生火灾的地点。其他四名机动队队员坐在国民空军警卫队的休伊直升机上，那是一架老旧的棕褐色直升机，正在颠簸着飞向右舷五十米处。

通过耳机，肖听到斯坦迪什的喉咙发出轻微的干呕声。他把耳机摘了，舒服多了。

郊区朦胧的山谷变成小山和树木，然后风景变作令人恐惧的画面。茂盛的而带刺的红杉让位给坚硬的岩石、骨骼般的枯枝和干涸的河床。这里是大盆地红杉国家公园的中心地带。肖原以为崎岖不平的地形会产生上升气流，使飞行变得更艰难，但奇怪的是，这里的空气很平静，反而是飞过郊区时颠簸比较严重。

斯坦迪什的头微微倾斜。她一定是听到飞行员说了什么。肖戴上耳机，加入谈话。

斯坦迪什说："不用。"

飞行员说："收到。我会找到着陆点。"

肖看向斯坦迪什。斯坦迪什说："飞行员问我要不要低空飞过那个地方，我说不用。我不认为这么长时间后罪犯还在这里，但他毕竟曾经带着武器回到第一个地点。虽然他会听到我们着陆的声音，但我不想让他看到我们。"

他这时候回来的概率有多大？肖觉得可能性非常低。凯尔·巴特勒被子弹击中倒地的惨状仍然历历在目。

两架飞机在距谷底六十米的高原的空地上空盘旋，然后相继着陆。肖很快下了飞机，而且不必要地低下了头——即使旋翼很高，人还是会那样做。他的肚子立刻感觉好多了，甚至当斯坦迪什从另一边跳出来弯下腰呕吐时，他都没什么反应。她站起来，吐了口唾沫，用飞行员递过来的瓶子里的水漱了漱口，仿佛他准备这瓶水就是为了应付这种情况。

她走过来对肖说："至少回去时肚子里没东西可吐了。"

他们和另外两名队员跑到空地的边缘，与他们会合的四人小队也穿着战术装备。他们向斯坦迪什和肖点了点头，又斜睨了他们一眼。警探没有介绍肖。飞行员走到他们中间，展开了一张该地区的地图。他已经知道火灾地点的坐标，并用红笔做了记号。他环顾四周，试图判断他们的具体位置。肖看了看地图，又看了看周围的群山。他在家里做过定向训练，在大学也参加过相关比赛，比赛中需要只用指南针和地图在荒野中限时沿指定路线徒步前进。

肖指出："着火的地点在那边，大约五百米，在山脊上。直线走。"

每个人都盯着他。他转而看向斯坦迪什。毕竟，这是她的狩猎。

"你的上司给你下指示了吗？"她正在和从另一架直升机上下来的四名队员说话。肖看得出来，他们不是特遣队的人，穿着不同的制服，也许是县警察局的，也许是州警察局的。他们的装备闪闪发亮，他们的靴子擦得锃亮，他们的枪几乎不会发出响声。

其中一名一看就在健身房泡了太久的警察说："没有，警官。这里除了是人质所在的地点，嫌疑人可能也还在现场。"

"上次绑架穆林纳家女孩时，嫌疑人带着武器回到了现场，有人惨遭杀害。"其中两个人回忆着点了点头。"武器是一把九毫米口径的手枪，格洛克，枪管可能比较长，所以精度高。他精通射击。他现在不太可能在这里，我们用卫星和无人机监控着，但没有看到任何车辆——没错，有车的话应该可以看到车顶。这里有很多地方可以隐蔽和躲藏。小心枪手。"

斯坦迪什转向肖。"最佳路线是哪条？"

他借了飞行员的红笔，画了几条线，从他们所在的地方到起火的山脊，像圆括号一样。"北边？你得小心点儿。"

一名特警问道："嗯，哪边是北？"

肖指了一下。

"在雪松附近会有一个急坡。"

沉默片刻。"雪松长什么样？"

肖指向一棵。

"只有快爬到顶时才能看到它。一旦你登上山脊，你就会暴露在这两处高地的枪手面前。太阳现在的位置不错，阳光会直射他的眼睛。如果他用双筒望远镜或瞄准镜，镜片就会反光。"

斯坦迪什接着说："人质不会穿鞋。他也许试过隐藏行踪，但我不认为他能走很远。"

肖补充道："他被带到这里时已经不省人事了，所以，他顶多知道他可能身处约塞米蒂国家公园或塞拉马德雷山脉中间。他不喜欢户外活动，所以我认为他不会尝试徒步走出去。如果我是他，我会寻找合适的水源和避难所。"

斯坦迪什说："先确保现场安全，然后我们再去找他。你们可能已经猜到了，肖先生做了一些追踪的工作。他会帮助我们的。他是特遣队的顾问。"

她问肖伐木的路线在哪儿。他瞥了一眼地图,转身指了指。

"他和我走这边。"斯坦迪什点点头说,"嫌疑人不会把受害者拖到那么远的山脊,而会把他留在路边。肖先生和我去找那边,控制住现场。"她依次看着他们,"你们能行吗?"

四个人点了点头。

"还有任何问题吗?"

"没有,警探。"

斯坦迪什朝伐木道的方向走去,肖则在查看地图。他在想,这个"低语者"玩第二关游戏时,到底把亨利·汤普森抛弃在什么地方比较合情合理。

黑暗森林……

队员们聚在一起,互相交谈着,大概是在分配谁想和谁一起去。有人短促地笑了一声。肖小心翼翼地折好地图,走向他们。由于他不知道刚才听到的话是谁说的,所以眼神掠过了每一个人,然后点了点头。

那几个人也点头回应。不适感像雾一般弥漫。

"我不知道斯坦迪什警探是不是同性恋,"听到他们幼稚的评论后,他低声说,"但是我很确定的是,如果你不是同性恋,就不要用这种词。我也很清楚地知道,绝对不应该说黑人是'卷卷毛'。"

他们回头看了一眼,眼神骤然变冷,其中两个人打量着肖。

他原以为大块头会反击,他皱起的双眉和粗壮的手臂上仿佛写着"恶霸"两个字。但说话的是个瘦小的队员:"行了,兄弟,我们没什么恶意。这是战术上的东西,你懂吧,战斗。你尽管笑话,但我们每天都生活在水深火热之中。"

肖低头看了一眼那人身上崭新的武器。他们都知道那把枪根本没上过战场，只在靶场上开过。那个小队长移开了视线。

肖扫了一眼剩下的人。"我确实有一点儿印第安人的血统，我母亲那边——曾外祖父母。但是你们知道我的名字，我不叫杰罗尼莫[①]。"

几个队员脸上露出厌恶的表情，想表明他们的话没有错，问题在于肖没有配合。肖转身，跟在斯坦迪什后面，寻找那个不明嫌疑人丢下亨利·汤普森，让他竭尽所能逃跑的地方。

或者带着尊严战斗到最后一刻。

[①]杰罗尼莫（Geronimo），美国西南部阿帕切的印第安领袖，具有高超的作战和求生技能，被视为美国印第安人不屈精神的象征，晚年归化于美国主流社会。

42

追上她后,他回头看了一眼,各队正沿着他部署的线路行进。

他旁边的斯坦迪什说:"我知道他们说了什么。"

"你听到了?"

"没有,不过我看见你往回走了。他们说我是同性恋还是说我是黑人?"

"都有吧,他们想知道你是不是同性恋,还说你的头发。"

她笑了。"哦,又说我的头发。那些男孩至于吗?真幼稚。"

"他们这么说,我感到很奇怪。还有别的事吗?"

斯坦迪什仍然笑着:"你猜对了。"

肖沉默了。

"我告诉过你,我是从 EPA 直接调到特遣队的,升职得很迅速。事实上,就在几个月之内。"

"你怎么做到的?"肖很惊讶。

她耸耸肩。"参与了一些行动,结果还不错。"

这种谦虚让肖意识到,那一定是重大且关键的行动,结果比"还不错"要好得多。他还记得她办公桌后面书柜上的奖状和一些货真价实的奖章、绶带,还装在塑料盒里。

"让我多赚了两万块钱。"她朝其他队员点了点头,"肖,你可能会想,就像是有两个硅谷。"

"他们觉得你初出茅庐就成功了,所以不承认你的能力。"

"就是这样。他们没什么能耐,不是去有空调的射击场就是去打高尔夫,弄点儿烧烤,出出海什么的。拜托老天爷,他们能不能干点儿正事?他们不想听从我这种人的命令。我比他们中最小的人还年轻,但年龄不代表什么。"她瞥了一眼肖。他能感觉到她眼睛里的东西。"我不需要保护。"

"我知道。有时候我就是忍不住。"

她点了点头。他相信她也是一样。

"那是你的伴侣吗?你桌子上照片里的女人。"肖在她的办公室里看到一张斯坦迪什和一位漂亮的白人女性的照片,她们头靠在一起,面带微笑。

"凯伦。"

肖问道:"你们在一起多久了?"

"六年,结婚四年。你可能想知道斯坦迪什这个姓氏是怎么来的。"

肖耸耸肩。

"我冠了她的姓氏。她和我有共同点,你知道吗?有谣言说凯伦一家是坐五月花号过来的。你知道迈尔斯·斯坦迪什吗?"

"那个斯坦迪什?你们的共同点是什么?"

"我的祖先也是乘船来的。"斯坦迪什忍不住笑了。肖也不得不笑了起来。

"有小孩吗?"

"两岁。她叫杰姆。凯伦是她的生母。我们要——"

突然,肖举起一只手,他们停了下来。他扫视那片茂密的森林。他们站着的地方非常拥挤，周围都是松木、橡树和藤蔓。这是一个枪手躲藏的好地方。

斯坦迪什把手放在枪套上。"你看到什么了？"

"刚才听到了点儿东西，现在听不见了。"他扫视着树木、灌木丛和岩石。那些叶子晃来晃去，但没有暗藏威胁——两者的区别很容易察觉。

他们继续朝伐木道走去，寻找亨利·汤普森被遗弃的地方，一定就在这里。肖正在寻找鞋子留下的痕迹，要么是走路留下的，要么是人被拖走时留下的。

她问："你结婚了吗？"

"没有。"

"听起来你更希望我不要问你是否有伴侣。"

"那倒不是，但我确实没有跟谁在一起——目前还没有。"

玛戈特的另一个形象开始形成。它依然无声无息，令人难以理解。但幸运的是，它渐渐消失了。

"有小孩吗？"

"没有。"

他们又向前走了五十米。斯坦迪什歪着头，这表明她接到了信号，正通过耳机听着。她拿起摩托罗拉麦克风说："收到。马上和其他队伍会合。"

她把对讲机挂在腰带上。"他们在起火的空地上。没有不明嫌疑人的踪迹，也没有发现汤普森。"

他蹲下来。地上都是碎草，是由动物的蹄子和爪子造成的，而不是皮革鞋底。他站起身，扫视地形，然后低下头说："你看，他往那边走了。"

这是一条沿着伐木道的并不明显的脚印。他们开始跟着这个脚印走。

斯坦迪什说:"我觉得我们需要给他取个名字。"

"谁?"

"凶手。我们有时会这样做。我们有很多凶手要追捕,这样有助于把他们分清楚。需要给他起一个昵称。你有什么想法?"

接了悬赏,你通常就会知道要追捕的失踪者或逃犯的名字。即使没有名字,你也不会给他们起外号。至少肖没起过。他说:"没什么想法。"

斯坦迪什说:"'玩家'。你觉得怎么样?"

听起来很有她的风格。但是,这又不是他的案子,他也不是一个有很多凶手需要区分的警察。"不如就它吧?"

沿着伐木道又走了三米,斯坦迪什停了下来。"你看那儿。"她说。

肖低头,地上的松针上有一个圆形凹痕,就在老伐木道的旁边。凹痕里有一个装着弹珠的塑料袋,就是孩子们过去常玩的那种,还有一卷晾衣绳、一盒双刃剃须刀片和一大包牛肉干。

"看。"肖指着一块平坦的岩石表面,就在"玩家"留下的那五件物品上方几厘米高的地方。

"那是?"

是的,这张脸出现在快字节咖啡厅的传单上,也被涂鸦在苏菲·穆林纳被遗弃的房间附近的墙上。

那个"低语者"的鲜明形象。

她向前迈了一步。这时肖停了下来,用手抱住她肌肉发达的二头肌。"不要动。安静。"

斯坦迪什受过良好的训练,或者是一种本能。她没有看肖,但当她蹲下来缩小被攻击的范围时,她环视周围寻找威胁。

1: 起火点
2: 降落点
3: 伐木道
4: 五件物品
5: 绑匪

大盆地公园

C.S.

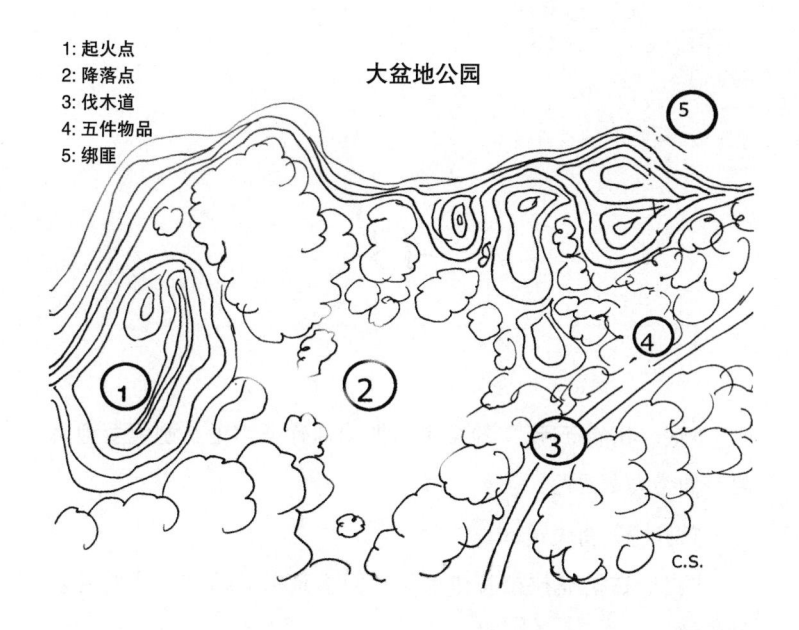

肖听到的不是绑匪的声音。树枝缓慢的噼啪声和轻微的震动，这地球上独一无二的声响，告诉了他来客是谁。

十米开外，一头山狮——一头六十千克重的雄狮——出现了，用挑剔的眼光打量着他们。

43

"哦,我的天哪。"拉多娜·斯坦迪什低声说。她笔直地站着,伸手去拿武器。

"别动。"肖说道。

"我们在圣克拉拉有协议,它们不是濒危动物,我们可以射杀。"

"我们不知道'玩家'是否在附近。你真的想暴露我们的位置吗?"

她之前没有想到这一点,缩回了手,说道:"这该死的美洲狮。"

那家伙的口鼻被鲜血染红了。是亨利·汤普森的吗?

"看着它的眼睛。站得越高越好。"

"这是我最高的高度了。"她低声说。

"不要弯腰。你越像四条腿的动物,就越像它的猎物。"

"这狮子是公的?"

"没错,雄狮。解开你的夹克。"

"就算看到武器它也不会离开,科尔特,你想什么呢?"

"但是这会让你看起来体积更大。"

"我不应该担心这破家伙。"她慢慢地拉开夹克的拉链,敞开外套。她就像肖在攀岩时偶尔会看到的那些年轻人一样,他们穿着翼装跳向空中,像猎鹰一样盘旋。

他补充道:"不要跑。不管发生什么,即使它靠近,也不要跑。"

这只动物有着完美的肌肉和浓密的褐色皮毛,用鼻子嗅着空气。它的耳朵低垂着,这是个不好的信号。它长长的犬齿发黄而带血,是其他牙齿的三倍长,明显地露在外面。它的喉咙里又发出一声凶狠的咆哮。

"那咕噜声到底是什么意思?"

"它在获取信息,想知道我们的故事、我们是强者还是弱者、是否是掠食者。"

"谁会惹它?"

"熊,狼,有枪的人。"

她也发出了恶毒的咆哮。"我就是一个拿枪的人。"

肖紧紧盯着那只动物,慢慢蹲下来,朝下瞥了一眼,捡起一块柚子大小的石头。他缓慢地站了起来,步步为营地向前走去,自信,冷静,但不咄咄逼人。

永远不要表现出恐惧。

"你可以战斗,只要注意让它们远离你的脸和脖子。它们会冲着那里来。"

"你不会是……"她的声音听起来很惊讶。

"当然不是,但是……"肖说,"张开嘴。"

"你想让我……"

"你的呼吸又快又响,张开嘴会安静一些。你听起来很害怕。"

"这有什么奇怪的?"她按照他的指示做了。

肖继续说:"它们不习惯任何反击。它现在正在脑内辩论,判断这顿饭是否值得。它看到两个猎物,大小不同,可能会认为你是我的孩子。你是脆弱的、美味的,但它必须打败我才能吃到你,它知道我会为了救你而战斗到最后。它已经用过餐了,所以不是被饥饿驱使的。我们没有逃跑,我们肆无忌惮,所以它很不安。"

"它很不安?"她嘲笑道,"是因为我的夹克足够大吗?"

"你做得很好。顺便说一句,如果它真的来追我们,而我又阻止不了它,那你就开枪吧。"

那个动物低下了头。

肖抓住岩石,眼睛紧盯着捕食者,耸起双肩。对方那黑色的猫科动物的瞳仁被黄色包围,一直盯着肖的脸。它真是个了不起的生物,双腿像弯曲的金属。那张脸如恶魔般邪恶——当然,情况并非如此,它并不比肖准备大吃一顿炖肉时的样子更邪恶。

简单评估一下,狮子攻击的概率是百分之五十。

他真希望不要发生枪击事件。他不想让这个美丽的生物死去。

为了食物或躲避,为了防御,或者出于仁慈之心……

他紧紧抓住手边的石头。

那动物做出了决定,后退几步,转身消失了。肖又听到灌木丛中微弱的噼啪声,就像远处的篝火在潮湿的空气中发出的温和声音。声音只持续了一两秒钟。尽管体形庞大,但美洲狮已经熟练地掌握了悄无声息地进出舞台的技巧。

"吓死我了。"斯坦迪什瘫倒在地,闭着眼睛,她的手在发抖,"它会回来吗?"

"不太可能。"

"但这并不意味着完全不可能。"

"没错。"他说。

"对流氓和瘾君子开枪,肖。"她停顿了一下,"对不起,科尔特。"

"其实'肖'和'斯坦迪什'就挺好的。我想我们的关系已经亲近一些了,是美洲狮做到的。"

玛戈特也会直呼他的姓,他一直很喜欢。

她接着说:"在一次行动中,线人突然拿着剃刀朝我冲过来。这种情况对我来说是日常工作,但美洲狮不是。"

肖认为,这要取决于具体情况和工作内容。

斯坦迪什拿出一卷黄色胶带,花了几分钟从一棵树绕到另一棵树,把犯罪现场围了起来。

"那么,那个血迹是怎么回事?"她问道。

"是汤普森的?"肖回应道,"有这种可能。"他小心翼翼地朝动物消失的大致方向走去,爬上一块岩石,仔细观察眼前的景象。

他又走回来。

斯坦迪什朝这边瞥了一眼。"你发现了什么?"

"一只鹿的尸体。它吃掉了大部分,这就是它对我们不感兴趣的原因。"

她把胶带捆好,站了起来。

肖蹲在地上研究。"我不确定亨利是不是走了那条路,但我想是的。"他看着一个石灰岩平台,通向一排树。另一边似乎有一个很深的山谷。

肖爬上岩石,把斯坦迪什拉了上去。他们一起向悬崖边走去。

在那里，他们停了下来。

下面三十米处躺着亨利·汤普森那血肉模糊的尸体。

44

十分钟后,两名机动队队员从陡峭的悬崖上滑下,站在峡谷底部。不得不说,他们的动作流畅漂亮。

"有件事,警探。"其中一人用无线电说。

"你说吧,K。"斯坦迪什说。

"我得告诉你。死因不是坠落,他中枪了。"

她停顿了一下。"收到。"

肖并不感到惊讶。他低声说:"这就说得通了。"

"什么?"

"我想通了,为什么'玩家'要回到他设置的游戏场景里。《低语者》——那个游戏——不仅仅关于逃跑,也是关于战斗的。"他提醒斯坦迪什游戏的玩法:玩家之间可能结成联盟,也可能试图杀死对方。那个"低语者"穿着丧服,戴着整洁的帽子,在游戏中游荡,准备为了有趣而杀人。

肖记得这个角色会走到你身后,轻声地给你建议,可能是真心的建议,也可能是一个骗局。他也许会攻击你,用一把老式的燧发手枪向你射击、割开你的喉咙,或者把刀插入你的心脏,在你的屏幕变黑、播放怪异音乐时低声吟唱诗句。

告别你熟悉的生活，
送别你的朋友、爱人和家人，
尽你所能逃跑和躲藏，
但你永远逃不出低语者的手掌心。
现在，带着尊严死去吧……

"玩家"只是简单地按照故事情节完成任务罢了。他回到过囚禁苏菲·穆林纳的地方去追杀她，在这里也做了同样的事。他让亨利·汤普森一个人待了一段时间，让他燃起火焰求救，正如他给过苏菲逃跑的机会一样。然后是时候回来完成游戏了。

斯坦迪什一言不发，只是沿着岩石地面向一群机动队队员走去，他们是在这里才加入队伍的。肖坐在一块岩石上，他收到了麦迪·普尔的短信。

那么，你按我说的做了吗？奈特进监狱了吗？你还活着吗？

肖本不想回复，但他还是发短信说他和警察在一起，会很快联系她。

法医还没到。没有犯罪现场调查组的专用直升机，所以那些车要沿伐木道开很长一段时间，以免污染任何嫌疑人可能走过的路，特别是通往公路的那条小路。然而，寻找到有用的轮胎痕迹似乎是一项不可能完成的任务。这条小路上覆盖着一层厚厚的树叶，就算是裸露的地面也被烤干了。毕竟"玩家"怎么会在这种时刻变得粗心呢？

斯坦迪什和机动队队员们都在试图避开眼前的场景，特别是这里和"玩家"最初丢下汤普森的那个布满松针的地方。他们仔细查看现场，判断绑匪可能从哪里开始跟踪汤普森。现在每个人都拿出了专业的态度，无论怨恨如何挥之不去，都不会妨碍这起案件的侦破。

"这人玩得挺开心啊。"一个警察冷冷地嘟囔着,"他是不会停下来的。"

一名特警建议肖回到直升机里,他不能让平民出现在现场。但斯坦迪什指出,肖没有携带武器,而附近至少有一个敌人——那头美洲狮,而且无法绝对肯定凶手已经走了。这种说法有一定逻辑,但也存在漏洞,她大可派一个全副武装的机动队队员陪着肖。肖意识到斯坦迪什希望他在场,也许是为了提供一些思路。不幸的是,此时此刻,他毫无想法。

他低头凝视汤普森的尸体。如此冷血无情的杀人方式。但至少他死得很快,没有经受野兽撕咬,身上没有爪子和牙齿的痕迹。子弹打在他的前额。汤普森生完火就会回到他搭建的藏身处,吃牛肉干、休息,等待救援。"玩家"会一直等在那里。汤普森可能会逃跑,但光脚会减慢他的速度。

肖离开了犯罪现场,沿着石岭继续往前,在离悬崖几厘米的地方停了下来。看着岩石表面,他发现这里很适合攀岩,有很多裂缝和凸起,极具挑战性,角度接近九十度,但能往上爬。这是一种需要一些策略才能克服的威胁。

他往下看,但并没有像往常一样在脑海中规划出一条通往谷底的路。

他也没有想到可怜的亨利·汤普森。

这些都没有。他看到下面的悬崖和河床,只想着一件事。

回声岭。

45

当木屋地板嘎吱作响时,科尔特立刻睁开了眼睛。

他有时认为这是因为父亲教他要睡得轻,虽然这好像不太可能。这一定是一项天生的技能。

这个十六岁的少年把手伸向床下放左轮手枪的盒子,手握住把手,拇指按在扳机上,使其旋转到单发射击的位置。

然后他看到了母亲的身影。玛丽·德芙·肖是个瘦削的女人,总是梳着辫子,正站在他的房间门口。肖一家人都没有宗教信仰,但是长大后,肖总会用一种颇具神性的方式回忆起母亲。那个女人因丈夫的幸福而欣慰,守护孩子远离不幸。她也保护着丈夫阿什顿。

她天性善良,意志坚强。

"科尔特,我找不到阿什[①]了,我需要你。"

肖的家人都醒得很早,此时天还没亮,还不到早上五点。他的母亲站在门口,但他的手依然触摸着冰冷的钢铁。他还握着那把点三五七蟒蛇左轮手枪。有侵入者吗?

他逐渐清醒过来。他从眼前的女人脸上看到的更多是关心,

[①]阿什(Ash),阿什顿的昵称。

而不是惊慌。他站起来,把枪留在床下。

"我睡着后,阿什出去了,大约十点。他还没回来。他还带走了那把贝奈利。"

他父亲最喜欢的那把猎枪。

他们一家的野营和探险总是有计划的,而且无论如何,阿什顿都没有理由在那个时候出去,更不用说整夜待在外面了。

永远不要在没有告诉至少一个人目的地的时候行动。

最近他似乎不是很灵光,玛丽·德芙必须确保她或至少一个孩子陪着他在这片区域进行更长时间的探险。去白硫黄泉镇时,这种陪伴尤为必要,因为在那里他总会带着武器。事实上是两件武器,车里和身上各有一件。虽然没有发生过意外,但玛丽·德芙认为最好还是有个家人陪着他。即便是十三岁的多蕾昂也有足够的勇气和智慧,能够化解可能发生的冲突。

今晚除了阿什顿,只有三个人在场:多蕾昂、科尔特和玛丽·德芙。科尔特的哥哥罗素在洛杉矶。从那时起,他就试图成为一个隐士,这个角色在以后的岁月里日趋完美,所以即使罗素在这里,玛丽·德芙也会来找次子帮忙。

"你是我们家最优秀的追踪者,科尔特。你甚至可以找到麻雀在草叶上呼吸过的地方。我需要你找到他。我和你妹妹在这里等你。"

"他还带了别的东西吗?"

"我没发现还有东西不见了。"

五分钟后,科尔特全副武装,准备去黎明前的荒野寻找他的父亲。加州东部十月的天气变化无常,所以他在帆布夹克里穿了两件衬衫和保暖内衣。两年前他就不怎么长个儿了,所以仍然穿着那时的牛仔裤、厚袜子和被他弄坏的靴子,好像踩在棉花上。他随身带着一包装备，方便夜间使用：衣服、手电筒、照明弹、食物、水、睡袋、急救用品、六十米长的绳子、垂降装备和弹药。至于武器，他带了二十五厘米长的卡巴军刀和那把点三五七蟒蛇左轮手枪。随身携带一把点四四马格南左轮手枪的阿什顿说过，泥浆、水和颠簸对左轮手枪的影响不大，不如对格洛克那样的半自动手枪的影响大，尽管手枪制造商的说法与此相反。

"等等。"玛丽·德芙说。她走到壁炉台前，打开一个盒子，里面是一堆电线，连到墙上的插座。她取出一部手机，打开电源，把它递给科尔特。他已经两年没碰过手机了。

手机这个物品在手中让他感到异常陌生，仿佛一种禁忌。他把它放进包里。

科尔特戴上手套和一顶针织帽，帽子拉下来可以变成滑雪面罩。他走出去，外面的冷空气令人精神一振，潮湿又寒冷，他的鼻子感到一阵寒意。他一走出门廊就面临抉择。有几条小路从小屋通向田野和树林，其中一条很少有人走，而正是在这条路上，科尔特看到了熟悉的父亲的鞋印，还很新。那鞋印的步幅很奇怪，比一个人悠闲地走进树林的步幅长得多。这说明他要处理的事情很紧迫。他是有目的的。

科尔特从折断的草判断出父亲五六个小时前行进的方向，并沿着那条路前进。那是一条很好走的路，因为没有岔路和十字路口，他可以快速行动，只需要偶尔停下确认阿什的前进路线。

在距小屋一千六百米的地方，肖在松软的泥土上发现了另一组脚印，与他父亲的路线平行。当然，这可能是几个月前他父亲的某个朋友来拜访时留下的，那是阿什顿离开旧金山湾区前认识的朋友，他们经常一起徒步旅行。他母亲教书时的同事也曾来访。

但这不是一条适合和熟人悠闲散步的道路，地处山谷，没有风景。在这里徒步旅行是一件苦差事——陡峭的山崖、岩石、洼坑和砾石斜坡。他继续沿着小路走，再次确认他父亲走的是这条路，也确认了另一个人走的是这条路。

继续向前。他走到一个岔路口，发现父亲向左转弯，这意味着他的目的地只可能是新月湖那一大片水域。那片湖看起来时而像一抹微笑，时而又像微皱的眉头。

二十分钟后，科尔特来到了泥泞的岸边。他放眼望去，湖最宽的地方有八百米。水现在是黑色的，尽管天空逐渐展现出柔和的光辉。湖面像镜子一样平静，远处的堤岸在靠近森林的地方形成参差不齐的山峰。他猜父亲去了那里，因为家里的独木舟不见了。

他为什么要过河？那边是密密麻麻的灌木丛和岩石。

他寻找着另一个人留下的痕迹，但没有找到。于是他扩大搜索范围，终于有了结果。那人曾站在岸边，也许在四处寻找阿什顿。然后，他沿着陡峭的小路走到回声岭，从那里可以俯瞰整个地形，也许会发现那个人。

这里的地面很软，所以科尔特可以看到另一个人留下的痕迹。

还有别的。

那是他父亲留下的脚印，在另一个人脚印的上面。

阿什顿知道自己被跟踪了。他可能一直躲在独木舟里，直到那人沿着小径走开，他才跟上去。

跟踪者成了猎物。

这条路并非人迹罕至，几个小时前还有人在这儿，但科尔特心中涌现出一种紧迫感，他迅速沿着这条小路往前走。跟随两人的足迹，他经过一个三十度的斜坡，穿过岩石和小沙质岩壁。他还从来没有去过回声岭，那是内华达山脉山麓的一片崎岖的高地，地形条件恶劣，是家里不许孩子们去的地方之一。

然而，阿什顿·肖跟着一个一直在追踪他的人来到回声岭，所以他儿子现在正要攀登这个崖壁。

十分钟后，科尔特上气不接下气地登上山顶，站在一块岩石上，大口呼吸，手里拿着左轮手枪。

他俯视着山脊上被树木和灌木丛覆盖的高地。在他左手边——也就是西边——是一片森林和一个由岩层和洞穴组成的迷宫，理所应当的假设是熊躲在大的地方而蛇躲在小的地方。

在科尔特的右边，也就是东边，是一个九十度的悬崖，有三十米甚至更高，一直延伸到谷底干涸的河床。

就是去年科尔特与猎人发生冲突的那个河床。当时猎人盲目地向灌木丛开枪，打伤了一头雄鹿。

他再次向东望去，看到了清晨明亮的天空和内华达山脉山峰轮廓清晰的黑色剪影，仿佛一个布满破碎牙齿的巨大齿颚。

然而他父亲的足迹呢？另一个人的呢？他什么都没找到。高地上都是岩石和砾石，没有植物被破坏的痕迹。

现在太阳已经从山后升起，把橘红色的光洒在岩石和回声岭的森林上。

阳光还照射在五十米外一个闪闪发光的物体上。

是玻璃还是金属？凌晨一点结成的冰还没有融化，但那闪光来自铺满松针的地面，那里没有水可以结冰。

科尔特给手枪上了膛，一边向前走，一边举起枪。那把枪很重，有一点一千克，但他几乎没有感觉到枪的重量。他向闪光处走去，眼睛盯着左边的森林。右侧的悬崖不会有任何威胁，除非他从三十米高的地方掉到下面的河床。

在还有大约六米时，他看清了那是什么。他停下来，环顾四周。他一动不动，然后慢慢转了一圈，一直走到悬崖边上。

科尔特收起枪，拿出手机。他把它打开，花了一点儿时间来回忆操作方法。然后，他拨了一个多年前就刻在脑海中的号码。

十五年后的今天，科尔特·肖正在观察与回声岭非常相似的岩石结构。

他盯着亨利·汤普森躺着的地方周围的犯罪现场胶带。

肖想到了红星游戏提供的眼镜上的那个按钮，就是可以让游戏角色复活的那个。

"重置"……

在山顶上，四个新来的人慢慢走着，提着或推着像是专业木匠的工具箱。联合重案组特遣队犯罪现场调查组的人身穿蓝色连体衣，兜帽拉得很低，几乎盖住脖子。天气不是特别热，但太阳正在无情地炙烤大地，长时间穿着防护服会令人无法忍受。

斯坦迪什走过来，递给肖一瓶水。他喝了一半，惊讶于自己如此口渴。"这里的事你就不用管了，留给犯罪现场调查组和法医就行。反正不急着回去，咱们就搭个车吧。现在我没有开始空中之旅的心情。"

肖同意了。

那位警探正从悬崖探头往下看。过了一会儿，她问："你看到过那只大猫吗？"

"没有。"

她心不在焉地说："你知道吗？前几天在帕洛阿尔托也有几只这样的动物。我在《考察家报》上读到了那个故事。在西夫韦超市的停车场，它们就像小猫一样打闹嬉戏，然后跑进树林消失了。他们采访了一个目击者，那人说：'你看不见的美洲狮比你看见的更可怕。'这就是生活的真谛吗，肖？"

他的手机震了一下，他拿起手机查看信息。

他盯着下面的岩石，想了一会儿，然后打字回复消息。

他悄悄收起手机，对斯坦迪什说他改变主意了，决定坐直升机回去。

46

下午六点,科尔特·肖回到了快字节咖啡厅。

他拿起酒瓶,向后倾倒,喝了一大口。他旅行时习惯喝当地酿造的啤酒。在芝加哥喝鹅岛啤酒,在南非喝南非啤酒——这种酒不管闻起来还是看起来都令人生畏,但酒精含量只有百分之三——在波士顿喝鱼叉啤酒。

现在他在旧金山湾区,当然要喝锚蒸汽啤酒。值班的蒂凡妮送给肖一瓶酒,并眨眼示意。

他放下酒瓶,暂时闭上眼睛,亨利·汤普森的尸体浮现在眼前。他的血液在岩石上呈现出深浅不一的颜色,就像回声岭下的河床那样一览无余。

在十年赏金猎人的生涯中,肖大多数时候都会成功。虽然成功的占比没有压倒性的优势,但那个比例还是会让人肃然起敬。

他可以用百分比来计算成功率,但他从来没这么做过。这似乎有点儿草率无礼。

他仍然能想起一些成功案例,其中不乏一些棘手的、危险的案子,还有那些因至爱的孩子或配偶失踪而生活崩溃的人,他们的绝望和因绝望产生的痛苦。肖一点点把这些情感拼凑起来，就像时间旅行题材的电影中，灾难奇迹般地逆转的最后一幕。

不过除此之外，大多数工作都只是小任务，那种管道工或会计都能做的工作。那些案子已经飘进肖的大脑深处，有些永远消失了，有些则被归档以便需要时忆起，但这种情况很少发生。

但那些丧命的人呢？他们会永远消失在这个世界上。

这件案子也是一样。就算没有悬赏，他也会去找亨利·汤普森。因为事实上，对科尔特·肖来说，这根本不是钱的问题。赏金确实很重要，因为它是一个聚光灯，能让肖发现别人看不到的挑战。最重要的是找到那个孩子、那对患痴呆症的年迈父母和那个逃跑的人。最重要的是挽救那些生命。

苏菲·穆林纳是安全的，但那并不足以慰藉。凯尔·巴特勒死了。亨利·汤普森死了。在这种时刻，不安的感觉逐渐幻化出人形，紧紧跟在肖的后面，就像那个"低语者"。

他又喝了几口味道丰富醇厚的啤酒。冰凉的口感比酒精更能安慰人。尽管两者都无法真正安抚肖的情绪。

吧台上方有台电视机，他走向柜台，问蒂凡妮要遥控器，想调台。她把遥控器递过去，二人就电视节目进行了简短的交谈。他没什么想说的，但能看出她很想继续和他聊天，可惜餐点已经准备好，她只好去送餐。他松了一口气，坐回自己的桌旁。肖把电视从一场没人看的体育比赛——快字节咖啡厅里没有什么运动爱好者——转到本地新闻。

圣克鲁斯发生了一场小地震。一名劳工组织者对呼吁罢免他的声音做出回应，声称关于他私下花钱获得绿卡的传言是假的。一条鲸鱼在半月湾获救。洛杉矶一名绿党议员在竞选连任时，被曝与几年前烧毁了塔霍湖滑雪胜地的生态恐怖分子结盟，之后退出竞选并极力否认与此事有关。"一个人的职业生涯可能会毁于谎言。事情就是这样……"

他的注意力逐渐涣散，直到听到最后一条新闻。"现在播报本地新闻，桑尼维尔的一名博客作者和性少数群体权益活动家今天被发现在大盆地红杉国家公园被谋杀。警方认为，五十二岁的亨利·汤普森昨晚在斯坦福大学做完讲座回家的路上被绑架，并被带到公园里惨遭杀害。作案动机尚未明确。圣克拉拉联合重案组特遣队的发言人表示，这起案件可能与六月五日山景城的一名女性绑架案有关。那起案件发生两天后，十九岁的苏菲·穆林纳被特遣队安全救出。"

这个故事以屏幕底部滚动的热线电话结束。如果有人目击汤普森被绑架或今天在大盆地徒步行动，可以拨打该热线电话。

在他身后，一个女人刺耳的声音打断了肖的思路。

"嗯，我没有给你发过信息。我不认识你。"

肖和其他客人都听到了这刺耳的声音。一个二十岁左右的漂亮女人坐在苹果电脑前，手里拿着一杯咖啡，栗色长发的发梢处染成了紫色。她穿得像个模特或演员，一身休闲装扮非常刻意。蓝色牛仔裤很贴身，有些地方有设计好的破洞。白色的T恤衫很宽松，香肩半露，露出紫色的内衣肩带。她的指甲涂成海蓝色，眼影更偏橘红色系，颇具秋天风情。

站在她身边的是一位与她年龄相仿的年轻人，他的时尚风格和她截然不同。松垮的工装裤已经穿得很旧，松垮的红黑格子衬衫又太大，使他看起来比他本来的身材瘦弱很多。他可能只有一米七二，最高也不超过一米七五。他有一头不太利落的直发，一看就是自己或母亲、姐姐操刀而成。他浓浓的眉毛挤着肉嘟嘟的鼻子。他手里拿着一台灰色的笔记本电脑，厚度是肖那台的两倍。他的脸因尴尬而涨得通红，眼睛里也充满了愤怒。"你是雪莉38。"他摇了摇头，"你在《战争号令Ⅳ》里给我发了消息，说过你会来的。我是布拉德·H·66。"

"我不是雪莉。我也根本不知道你是哪位。"

那人压低了声音。"你说过你想认识我，你说过的！"他咕哝道，"现在我出现了，你又不满意了，对吗？"

"哦，不是吧？你真以为我是那种玩《战争号令》的人生失败组吗？哪儿凉快哪儿待着去，行不行？"

年轻人再一次扫视店内。他投降了，向收银台走去。

这就是互联网的危险之处。这个可怜的孩子是被人骗了吗？肖想起麦迪·普尔告诉他的关于报假警的事，还有马蒂·埃文告诉他的关于轻易入侵游戏服务器的可能性。

还是说那个孩子没撒谎，他在网上发给那个女人的描述和他本人不符，所以她反悔了？

那孩子点了餐、付了钱，拿着号码牌走到后面的座位，坐到椅子上，打开电脑。他插上笨重的耳机，开始敲打键盘。他的脸还红着，嘴里喃喃自语。

肖拿出笔记本和钢笔，凭记忆画了一张亨利·汤普森被杀地点的草图。他技艺娴熟，五分钟内就完成了。像往常一样，他在画的右下角签上名字的首字母。等待墨水晾干的间隙，他抬起头，麦迪·普尔刚好进店。目光相遇，她笑了，他点了点头。

"你看看你。"她说，可能是指他的姿势——他正靠在椅背上，双脚向前伸着，爱步鞋的鞋尖对着天花板。

然后她的笑容消失了。她仔细端详他的脸，尤其是眼睛。

她坐下，从他手里拿过那瓶啤酒，举到唇边，喝了一大口。

"我再给你买一瓶。"

"不用了。"他说。

"发生什么了？你最好别说'没什么'。"

他没有跟她发短信或打电话说汤普森被杀的事。

"第二个受害者人没了。"

"科尔特，我的天哪。等等，是国家公园的那起谋杀案吗？那个中枪的家伙？"

他点了点头。

"又是那个'低语者'干的？"

"警方还没有在新闻中提及此事。他们不想让'玩家'知道他们对此了解多少。"

"'玩家'？"

"他们是这么叫他的。"肖喝了一口啤酒，"他把汤普森带进山里，留给他那五件物品。汤普森醒过来，点起篝火作为信号。我们就是这样找到他的。但'玩家'回来杀了他。这也是游戏的一部分。"

她看了看地图，然后抬头看着他的眼睛，好奇地皱起了眉头。他解释了他画地图的习惯。

"行家啊。"

肖突然看到了地图上亨利·汤普森死去的地点，在悬崖下。他合上笔记本，收了起来。

麦迪紧紧抓了一下他的小臂。"很遗憾。那托尼·奈特呢？你没有告诉我发生了什么事。我一直很担心，直到收到你的短信。"

"太忙了。奈特吗？我的判断有点儿问题，不是他，他还提供了帮助。"

"警察知道'玩家'是谁吗?"

"不知道。要我猜的话,他是个反社会者。我从来没有见过如这场游戏般复杂的情况,我妈妈可能认识这样的人。"

"你说过她是位精神科医生。"

他点了点头。

玛丽·德芙·肖做过很多关于治疗精神病罪犯的药物研究。作为一名主要研究者,加州大学和其他学校给她提供了大量资金。

那是她职业生涯的早期,当然是在移居东部之前。之后的几年里,她仅在白硫黄泉镇及周边地区从事家庭医疗和接生工作,以及治疗偏执型人格症状和精神分裂症,而且后者只涉及一名病人——阿什顿·肖。

肖还没有和麦迪分享关于他父亲的许多事情。

她问:"警察提出悬赏了吗?"

"也许吧,我不知道。我对那个不感兴趣。我只想抓住他。我——"

这句话并没有说完。麦迪扑过去吻住了他,有力的手抓住了他的夹克,舌头试探着。

他尝到了她,有一点儿唇膏的味道,虽然她的唇上没有颜色。她是薄荷味的。他用力地回吻她。

肖的手滑到她的后脑勺,手指张开,缠绕在她茂密的头发里,把她拉得越来越近。麦迪靠了过来,他能感觉到两人胸膛相贴。

然后,他们同时开口。

她用手指碰了碰他的嘴唇。"我先说。我住在离这儿三个街区的地方。那么,你要说什么?"

"我忘了。"

47

肖过着游牧般的生活，住处没什么东西。但与麦迪·普尔的出租屋相比，肖的房车简直乱成一团。

没错，这是她暂时租的房子。她住在洛杉矶郊外，只是为了参加 C3 从家里开车过来的。但是……

除了房间里没有东西而显得格外空阔之外，这座老房子本来也很大，至少有五间卧室，还有间宽敞的餐厅，甚至有一个足以用作婚礼场地的起居室。

房间里只有她那台巨大的台式电脑——一台二十多英寸的戴尔显示器，占据了那张桌子。它两边都是充当茶几的硬纸箱，纸箱上放着书、杂志、DVD 和盒装电子游戏卡带，前面放着一把办公椅。工作站周围是电脑公司的购物袋，他猜是展会的赠品。

角落里放着一辆精心照料过的圣克鲁斯山地车。肖不骑自行车，但远足或登山时，他经常遇到骑自行车的人。他知道这辆自行车大概要九千美元。此外，还有十一千克的哑铃和一些弹性运动装置。

走进卧室，右边地板上放着一张双人床的弹簧床垫，床单在床上随意卷着，像被一阵慵懒的风吹过一般。

客厅里，一张米色沙发不幸摆在一张咖啡桌前，这种搭配甚至让弗兰克·穆林纳那张四肢断裂的桌子显得很有品位。麦迪这张咖啡桌的黑木桌板边缘裂开，向上卷曲着。

厨房里除了内置的炉灶、烤箱和微波炉外，没有其他家具和电器。柜台上放着一盒玉米片、两瓶白葡萄酒和半打科罗娜啤酒。

肖觉得这大房子怎么也得是二十世纪三十年代左右建成的，急需重新刷漆和修理。这房子到处都像被水泡过，石膏墙有十几处开裂。

"看着像《亚当斯一家》[①]，对吗？"麦迪笑着说。

"是的。"

去年万圣节，肖带外甥女们去了游乐园，那里的特色是一座鬼屋，看起来很像这幢房子。

她接着解释说，她是通过爱彼迎这种短租平台找到它的。它可供租住只是因为它的日子屈指可数，下个月就要被拆除了，托西利康维尔的福。污迹斑斑的墙纸是淡蓝色的，点缀着深色小花，星星点点，让人不安。

"葡萄酒？"

"科罗娜。"

她从冰箱里拿出一瓶冰好的酒，给自己倒了一大杯葡萄酒，然后回到沙发上把啤酒递给他，蜷起身子。他也坐了下来，他们的肩膀靠在一起。

"所以……"她先开口。

"你想问我有没有伴侣，对吗？"

[①] 《亚当斯一家》(*The Addams Family*)，一部哥特黑暗治愈系电影，于一九九一年十一月二十二日在美国上映，讲述了戈梅斯一家陷入绝境而又峰回路转的温馨故事。

"看来你不光长得帅，还会读心术。"

"如果有的话，我就不会来这里了。"

玻璃杯碰撞的声音响起。"很多男人都会这么说，但我相信你。"

他用力地吻着她，手又一次搂住她的后颈，惊讶地发现她的棕红色头发竟如此柔软。他本以为它们会更有韧性，更硬一点儿。她身体前倾，回吻着他，嘴唇不安分地挑逗着。

她又喝了一大口酒，把酒洒在沙发上。

"哦，押金再见了。"

他想从她手中接过酒杯，她又猛灌了一口，然后把杯子交给他。她的杯子和他的啤酒放在那张表面已成波浪形的咖啡桌上。他们吻得更用力了。她伸直了盘坐的双腿，慢慢坐回垫子上。他的右手抚过她的头发、她的耳朵、她的脸颊，再到她的脖子。

"卧室？"肖低声说。

她微笑，点头，带着热切的眼神。

他们站起来，走进卧室。刚进门，肖就踢掉了鞋子。麦迪跟在后面，暂时转移注意力，关上客厅和厨房的灯。他坐在床上，脱下袜子。

"有一些有趣的东西。"她低沉而诱人的声音从门另一边的黑暗中传来。

"是什么？"他说。

当麦迪出现在门口时，她戴着红星公司《浸》的眼镜。

"天哪，科尔特，这是这两天以来你第一次笑吧？"

她扯下眼镜，放在地板上。

肖伸出一只手，把她拉到身边。他吻了她的嘴唇、文身、脖子和胸部。他把她拉到床上。她温柔地说:"我喜欢关着灯,你不介意吧?"

这确实不是他的习惯,但在这种情况下完全没问题。

他在床上翻了个身,关掉了那盏廉价的台灯。当他转过身时,她已经在他身上了。两人身上的拉链和纽扣被逐一解放。

这想必是一场激烈的游戏。

结果以平局收场。

48

临近午夜。

科尔特·肖起身走进浴室。他打开灯，余光瞥见麦迪手忙脚乱地把床单拉到脖子。

这就解释了她为什么要关灯，以及她为什么总是穿着汗衫和卫衣，遮得严严实实。毕竟参加 C3 的许多女性都穿着背心和短袖 T 恤衫。

他瞥见麦迪身上有三四个伤疤。

他现在回想起，就在刚才，当他的手和嘴四处摸索时，她会巧妙地引导他离开她的腹部、肩膀和大腿上的某些地方。

他猜那是一场意外事故。

当他们从快字节咖啡厅开车离开的时候，她一直挺莽撞的，经常超过限速，只好减速等他。也许她之前驾车或骑自行车遭遇了事故。

打开门前，肖确认关掉了浴室的灯，然后回到床上，腰上缠着一条毛巾。他从她身边走过，走进厨房，从冰箱里拿了两瓶水回来。他递给她一瓶，她接过，放在地板上。

他喝了几口，躺回凹凸不平的床垫。房间里并不完全黑暗，在厨房时，他注意到她穿上了一件运动衫。那件衬衫正面写了些字,但他看不清。她那会儿坐了起来,正在看短信。肖能看到手机屏幕的光照在她脸上,像幽灵一般。房间里的另一个光源,是她的显示器屏幕保护程序发出的微弱的光,从门里透进客厅。

他向她靠近,坐了起来。他的手指轻轻拂过她的文身。

我也许以后会告诉你吧……

麦迪的身体僵住了。这是一种非常微妙的变化,几乎无法察觉。

但不是不可能察觉。

他拉开两人之间的距离,把枕头支起来,靠着它坐着。他经常遇到这种情况,有些两难。这种时候一定要明白,不要问出了什么问题。沉默是金,多说多错。

他把头向后靠在枕头上,盯着天花板。

过了一会儿,麦迪说:"这该死的空调,一直在咔啦咔啦响。吵醒你了?"

"我没睡着。"他本来没注意到,但现在听到了,确实很吵。

"我很想投诉,但几天后我就离开这儿了。等到下个星期,这个地方就会变成垃圾场了。"

他们之间一片寂静,尽管那台呻吟的空调现在就像房间里的第三个人。

"你看,科尔特,是这样的……"她在斟词酌句,思考恰当的表达方式。片刻后,她终于找到了合适的词汇:"我很擅长前面的部分。我觉得自己也挺擅长中间的部分。"

确实如此。但规则绝对要求他保持沉默,不要回应。

"但是之后的部分……我不太擅长这个。"

她在擦眼泪吗?不,她只是在扯眼前的头发。

"没什么大不了的。我不是那个意思,不是要让你立刻离开我的生活。但是,这事会发生的。不经常,但是有可能发生。"她清了清嗓子,"你挺幸运的。你给我水,我其实很生气。你要是想见见我家里人可怎么办呢?我真的不是什么好人。"

"但这瓶水挺好的,你可以喝喝看。"

她垂下双肩,用右手食指绕着头发。

他说:"然后我就会说我们有很多相似之处,这更让你生气。"

"去你妈的。别再那么客气了。我想把你赶出去。"

"看到了吗?我告诉过你,我们有很多相似之处。我也不太擅长处理后面的部分,一直不擅长。"

她的手捏了捏他的膝盖,然后缩了回去。

肖继续说:"我有一个哥哥、一个妹妹,我们三个人的性格截然不同。我的哥哥罗素是个隐士,妹妹多蕾昂是最聪明的孩子,而我是那个不安分的人——过去是,现在仍然是。"

麦迪的笑非常隐晦,但她的确笑了。"你知道吗?科尔特,我们应该成立一家俱乐部。"

"俱乐部?"

"是的。我们俩,擅长事前和事中,但搞不懂未来的事。这个俱乐部应该叫'永无未来俱乐部'。"

一击命中。

永不国国王……

他没有告诉她这件事。

"我同意。"他说。

"我是开玩笑的,你肯定累坏了,先搁置这件事吧。只是你可别打算明天中午之前搂搂抱抱,再计划带我去艺术博物馆吃华夫饼早午餐。"

279

"我算算,这种情况发生的可能性为零。"

麦迪笑了。不管发生什么事,她展露笑容总是好的。"你想接着睡觉或者起来都行。你随意。"

"那你要……"

"杀点儿外星人玩玩呗。还能干什么?"

第三关：沉船

六月九日，星期日

49

"我们称之为意外。没有别的合适的称呼。"

科尔特·肖醒了,躺在麦迪·普尔那张凌乱的床上,盯着头顶上的电扇,上面是棕榈叶的图案,一片扇页下垂着。虽然房间里很热,但他觉得打开电扇不是个好主意。

意外……

麦迪不在床上,也不在客厅里杀外星人找乐子。大房子嘎吱嘎吱地响着,声音来自屋内设备,而不是住户。

显然,那位女士把"永无未来"这句话当真了。

时间已经接近凌晨四点。

睡眠本就是一种幻觉,他怀疑自己做了一场噩梦。也许吧,可能吧,因为他一直听到白硫黄泉镇警长罗伊·布兰奇的声音。

"我们称之为意外。没有别的合适的称呼。"

这也是镇验尸官对阿什顿·肖之死的看法。十五年前十月五日那个玫瑰色的黎明,他失足从回声岭东侧摔了下去,从几十米高的悬崖坠落到干涸的河床上,科尔特就是在那里发现了他。这个男孩以最快速度垂降下悬崖,希望能救他的父亲。但当时的他还不知道,一个人从那么高的地方掉下去,速度可以达到每小时一百〇五千米,而任何超过每小时七十二千米或每小时八十千米的速度都足以致命。

他的死亡时间大概是六小时前,也就是凌晨一点。布兰奇警长发现了一大片布满潮湿树叶的地面,树叶表面可能由于凌晨的霜冻而变得光滑。一旦踏上那里,阿什顿就会掉下悬崖丧命。

科尔特看到的反光是太阳照射在贝奈利猎枪的镀铬机闸上形成的。那把枪躺在地上,离悬崖边缘三米远,可能是在阿什顿疯狂地抓住附近的树枝以避免坠落的时候飞出去的。

每个人心里都在想另一种可能性,但没人说出口——他可能是自杀。

然而,在科尔特看来,这两种理论都有缺陷。事故?百分之二十的可能性。自杀?只有百分之一。

阿什顿是一名生存主义者和户外运动爱好者。在每一次长途跋涉中,树叶湿滑这种情况可能只是他考虑的因素之一。他还要考虑其他很多事,比如衡量池塘表面的冰是否可靠、熊掌印是多久前留下的,以及留下爪印的动物有多大之类的。

至于自杀,阿什顿·肖本质是个生存主义者,科尔特无法想象哪个平行宇宙的父亲会主动结束生命。心理问题?当然,他确实有点儿疯,但他的痛苦来源于偏执,他做的一切都是为了保护自己免受威胁。他还带着一把枪。如果他想结束自己的生命,为什么不像海明威那样用心爱的武器自杀呢?为什么要故意滑倒,摔死自己呢?科尔特和母亲讨论过这个问题,她和她的儿子一样确信他不是自杀。

所以说,是个意外。

这是警方得出的答案。

但科尔特·肖不这么认为,他觉得父亲有百分之八十的可能性是被谋杀的。现场一定有另一个人，从木屋开始跟着阿什顿。阿什顿在新月湖用独木舟耍了个聪明的花招后，他变成了被跟踪的人。两人在回声岭的山顶相遇。他们打了一架。凶手把阿什顿推到了死亡的边缘。

然而，科尔特对警察或其他任何人都只字未提，更不用说对他的母亲了。

至于绝口不提的原因，很简单，因为科尔特相信那天晚上在回声岭的另一个人是他的哥哥罗素。

阿什顿会沿着山脊的岩石地面跟踪那个人，而武器就在他的背上。他一定想知道那个人是谁。罗素转身，震惊的阿什顿·肖就会看到他的大儿子。他目瞪口呆，会立刻放下枪。

那个时候，罗素就会抢走那把枪，把它扔到一边，然后把父亲推下悬崖。

这是不堪设想的情况。为什么一个儿子会这么做？

科尔特·肖自有答案。

他父亲去世前一个月，玛丽·德芙出了一次门，因为她姐姐艾米利亚生病住院了，她要去西雅图帮姐夫、外甥和外甥女的忙。她非常清楚丈夫的问题，所以把久居洛杉矶的罗素叫回了家。罗素当时在加州大学洛杉矶分校读研究生，也在那里工作。玛丽·德芙希望罗素能在她外出期间照顾年幼的孩子。科尔特当时十六岁，多蕾昂十三岁。

科尔特的哥哥当时二十二岁，留着浓密的胡子和长长的黑发，就像他名字来源的那个拓荒者一样。但他穿着时髦讲究的服装、休闲裤、礼服衬衫和运动外套。开车回到家后，他和科尔特尴尬地拥抱了一下。两人像往常一样安静，罗素回避了所有关于他生活的问题。

一天晚上，阿什顿看着窗外，对女儿说："今天是你毕业的日子，多蕾昂。乌鸦谷。收拾一下吧。"

那女孩浑身僵住了。

她不再是小朋友了，在阿什顿看来，女儿已经是个成年人了。

"阿什，我已经决定了，我不想去。"多蕾昂平静地说。

"你能做到的。"阿什顿同样平静。

"不。"罗素说。

"嘘。"他们的父亲低声说，挥手让儿子安静，"记住我的话。当他们来的时候，说'我不想'是没有用的。你必须游泳，你必须奔跑，你必须战斗，你必须攀爬。"

"毕业"是阿什顿定下的一种仪式，孩子需要在晚上去攀岩，从乌鸦谷底部爬上四十五米高的陡峭悬崖。

阿什顿说："男孩们都毕业了。"

那不是重点。科尔特和罗素十三岁时就想去攀岩，但他们的妹妹并不想。科尔特也知道，只有在玛丽·德芙不在时，阿什顿才会提出这个建议。玛丽·德芙支持她的丈夫，也保护他。但她除了是他的妻子，也是他的心理医生。也就是说，当她在场时，有些事情是他无法做到的。

"今夜是满月，没有风，也没有冰。罗素，她和你一样坚强。"他试图把多蕾昂拉起来，"拿上你的绳子和装备。赶紧换衣服。"

罗素站了起来，把父亲的手从妹妹的胳膊上挪开，低声说："不。"

接下来发生的事深深地烙进了科尔特的记忆。

父亲把罗素推开，再次抓住多蕾昂的胳膊。大儿子熟记父亲教授的技能，刹那间张开手掌，猛地打在父亲的胸口。父亲大吃一惊，跌跌撞撞地后退了几步，伸出手拿起桌上的一把切肉刀。

三人都一动不动。过了一会儿，阿什顿把手从刀上拿开。他低声说："好吧，不爬就不爬吧。但只是现在，只是现在。"他走向书房，开始对着一群看不见的听众讲课，随手关上了门。

接着是一阵沉默，空气里漂浮着不安的气息。

"他像个陌生人。"多蕾昂朝书房望去。她的眼神和肢体动作非常沉着，这件事对她的影响似乎远远小于她的哥哥们。

罗素喃喃自语道："他教会了我们如何求生。现在我们必须在他手下生存。"

两星期后，玛丽·德芙在黎明前叫醒了她的第二个孩子。

科尔特，我找不到阿什了，我需要你……

是的，科尔特怀疑罗素杀了他们的父亲，但只是证据不足的猜测。不过在他们父亲的葬礼上，这个猜测变得八九不离十。

玛丽·德芙在丈夫去世的三天后安排了一场低调的葬礼，参加葬礼的有家人和阿什顿在伯克利大学工作时比较亲密的前同事。

他们的母亲从姐姐的医院回来后，罗素就飞回了洛杉矶，为了参加葬礼又回了家。在追悼会开始前，一家人聚在一起吃早餐，科尔特听到了一段简短的对话。

一个亲戚问罗素是不是从洛杉矶坐飞机来的。他说不是，他是开车来的。然后他提到了回家的路线。

尽管没人注意到，但科尔特倒吸了一口凉气，因为罗素描述的路线最近因为山体滑坡关闭了，最晚从阿什顿被杀的那天起就不再通车了。这意味着罗素已经在这个地区待了好几天。

他早些时候开车过来，躲在附近。也许是因为隐居习惯，他无法与家人相处，也许他是为了在十月五日那个寒冷的早晨杀死他们的父亲，以挽救他的妹妹于疯狂而危险的"毕业典礼"。

还有另一个原因，为了让他的父亲摆脱痛苦。

为了食物或躲避，为了防御，或者出于仁慈之心。

科尔特在葬礼上决定先等等，之后再去见他的哥哥。但两人后来再也没见面，因为罗素在葬礼结束后突然离开，然后就彻底消失了。

弑父的假设在科尔特心头萦绕不去，成为他心灵上持久的创伤。但就在一个月前，希望重燃，他的哥哥可能根本不是凶手。

当时他正在佛罗里达的家里，整理母亲寄来的一盒旧照片。他发现了一封寄给阿什顿的信，但没有回信地址，邮戳是伯克利的，日期是他去世前三天。这引起了肖的注意。

阿什：

我恐怕得告诉你，布拉克斯顿还活着！可能往北去了。万望小心。我跟大家解释过信封里是你藏东西的地方的钥匙。

我把它放在三楼 22-R。

我们会成功的，阿什。上帝保佑我们。

尤金

这是什么意思呢？

一个结论是，阿什顿——在尤金的这封信里，也就是"大家"——处于危险之中。

谁是布拉克斯顿？

先处理最要紧的事，也就是找到尤金。科尔特的母亲说，阿什顿在加州大学有一个叫这个名字的朋友，是一名教授，但她不记得他的姓了。至于布拉克斯顿，她从来没听说过。

十五年前，肖在加州大学伯克利分校搜寻员工时，发现一位物理学教授名叫尤金·杨，在阿什顿去世的两年后死于一场车祸。那场车祸很可疑，这位教授在约塞米蒂国家公园附近一段非常安全的公路上驾车冲下悬崖。肖找到了杨的遗孀，她已经再婚。肖给她打电话，说明身份，并补充说他正在整理有关父亲的资料。他问她是否有与阿什顿有关的信件或其他文件。她说，她早已处理了已故前夫的所有私人文件。肖留下了电话，并告诉她，他会在奥克兰的一个房车公园待几天，如果她想起什么，可以找他聊聊。

然后科尔特·肖开始做他擅长的事：追踪。尤金·杨是加州大学的一名教授，把一些东西藏在了一个代号为22-R的地方。肖花了两天时间才了解到，只有位于三楼的加州大学社会学系档案室有22号房间，里面有R藏书架。

两天前，他就是在那里发现并拿走了那个神奇的信封。

五月二十五日考试成绩……

信封里那堆神秘的文件，是唯一可能表明不是罗素·肖杀死的阿什顿，而是这个布拉克斯顿或他的同伙的证据。

现在，在麦迪的床上，肖再次想起了罗伊·布兰奇警长的话。

我们称之为意外。没有别的合适的称呼……

不过，令科尔特·肖大为宽慰的是，他意识到，也许是别的什么导致了阿什顿的死。

麦迪家的空调变得更不稳定了，越来越吵。肖意识到睡回笼觉是不可能的了，于是起身穿好衣服。他又打开一瓶水，走到外面，拉开门栓，以防门在身后锁上。他在一张橙色塑料躺椅上坐了下来，这是门廊里唯一的家具，尽管这个门廊可以容纳二十张这种躺椅。他拧开瓶盖，喝了一口，然后拿起手机，打开当地新闻，想知道亨利·汤普森一案是否有新的进展。等待相关报道时，他看到了另一个听起来很熟悉的故事……哦，对了，是关于那个被指控联系年轻人的国会议员。肖第一次听到这个故事是在托尼·奈特的游戏《首要任务》的弹窗里。这名来自犹他州的众议员理查德·博伊德自杀了，在遗书中宣称自己是无辜的，并痛陈生活因谣言而支离破碎。这个故事不仅是一个悲剧性的死亡，他的议员身份可能会影响下次选举后党派间的平衡。

肖的父亲对政治很着迷，但这个基因并没有遗传给科尔特。

没有关于亨利·汤普森的新闻，所以他关掉新闻，收起手机。

街道很安静，没有虫鸣，也没有猫头鹰的叫声。他听到高速公路上传来车辆的呼啸声，还有几声喇叭。虽然附近有六个机场，但现在是禁飞时间。

他朝林荫道那边望去，看到一幢房子正在被拆除，旁边的一块空地最近也被推平了。两家前院的牌子上都写着"西利康维尔，未来之家！"的字样。

肖觉得很有趣，因为那家游戏公司的首席执行官马蒂·埃文是一个热爱玩具的怪咖，有着一头卷曲的头发，却投身于房地产开发这种非常严肃的项目。肖猜，对他来说，在命运娱乐公司大厅里设计和建造西利康维尔模型，比参观建筑工地要有趣得多。

肖喝完水，踱回屋里。他走到麦迪三十英寸的电脑显示器前，屏幕上有一个三维球体缓慢弹起，颜色从紫色变为红色、黄色，再变成绿色，色彩丰富。

他瞥了一眼她的桌子。麦迪·普尔的所有东西都与电子游戏的艺术和科学有关。桌上放着装 CD 和 DVD 的盒子、电路板、RAM 存储卡、驱动器、鼠标和控制台，到处都是游戏卡，还有理不清的电线。他拿起她的几本书，翻了翻，大多数标题都有"游戏玩法"四个字，有些还有"作弊"和"开挂"。他翻阅《〈堡垒之夜〉的终极指南》，回忆起这家公司在 C3 展上的展位，游戏操作之复杂让人应接不暇。他正准备把书放回去，却一下子僵住了。

《堡垒之夜》的那本书下面有一本小册子。他的心怦怦直跳。他拿起那本小册子，翻开书页。有些章节被圈了起来，画了星号，页边还写着笔记，提到了刀、枪、火把和箭。标题是：

游戏指南第十二卷
低语者

正是麦迪·普尔声称从没玩过且几乎一无所知的游戏。

50

她对他撒了谎。

为什么?

当然,可能有一些简单而无辜的解释。也许她很久以前玩过,只是忘了。

这些笔记是她写的吗?

他发现了一些便笺纸,上面有她的笔迹。

是的,她在《低语者》这本书里做了笔记。

这意味着,麦迪可能认识"玩家"。他们得知肖与此事有关,"玩家"便让她去快字节咖啡厅找肖,并密切关注调查人员的进展。

警察知道"玩家"是谁吗?

但是,他发现这个假设有一个问题,现在缺乏证据证明有其他人参与"玩家"的犯罪。

这让他想到一种令他心痛的可能性,即麦迪·普尔就是"玩家"。

肖走出去,从车里拿出电脑包。他回到屋里,取出笔记本和笔。把事实写下来不仅能让他更清楚地分析形势,更是一种安慰,这正是他此刻需要的。

这个想法合理吗？

他首先想到的是，她完全符合吉米·福伊尔对杀手类型玩家的描述——超级好胜，为了赢、为了生存、为了打败别人可以不惜一切代价。

他越是捋清事实和时间线，她有罪的可能性就越大。在他们见面那天，麦迪刚好在他之后进了快字节咖啡厅。她可能从他和弗兰克·穆林纳见面开始跟踪他。与她分别，独自离开咖啡厅之后，在圣米格尔公园时他曾觉得有人在监视他。她是不是跟着他到了那里，一直去到那个旧工厂？

她肯定会找上他，以一种迷人而轻浮的姿态，打电话祝贺他救了苏菲，并邀请他参加展会。她会用尽浑身解数试图进入他的生活。

他回忆起，两名受害者都是被突然击倒在地，注射药物，然后拖到车上的。麦迪足够强壮——几小时前在床上他就知道了。他想起他们在红星展位玩《浸》的时候，她脸上的冷酷表情。她那双狼一般的眼睛，在杀了他之后流露出耀武扬威的神情。作为一名猎人，她对枪械了如指掌。

他现在认为这一假设的可能性是百分之二十五。

这个数字变化很快。当他想到作案动机时，可能性已经增加到百分之三十，之后还在不断攀升。他回忆起她的伤疤，以及她如何试图向他隐藏它们。那是出于自卑，还是因为她不想让肖怀疑她的真实身份？

八年前，那个高中女孩被几个痴迷于《低语者》的青少年绑架，他们想要杀了她。新闻报道并没有说明他们具体是怎么做的，有可能他们用的是刀——另一种《低语者》中的武器。

也许麦迪来这里是为了摧毁发行这款游戏的公司，将其赶出市场。当然，她不会知道托尼·奈特告诉他的，其实八年前的那起案件对游戏销售没有任何影响。

他再次上网搜索之前的事件，上一次只是粗略浏览。有许多关于那起犯罪的报道，不过因为那个女孩当时才十七岁，所以她的名字和照片都没有公开。他怀疑连麦克都不一定拿得到少管所的报告。而拉多娜·斯坦迪什可以，他得尽快告诉她这件事。

肖不断告诫自己，不能着急。

百分之三十五并不是百分之百。

永远不要走在事实前面……

他和麦迪相处了很长时间，无论在床上还是床下，她根本不像杀人犯。

他继续浏览。其中一篇文章写道，这位无名氏少女因这次袭击患上了严重的创伤后应激障碍。多亏了父亲，肖非常熟悉这种病。无名氏少女后来被送进了精神病院。也许麦迪认为，受害者苏菲·穆林纳和亨利·汤普森不过是两个游戏角色而已，可以在摧毁"低语者"马蒂·埃文的神圣使命中被牺牲。

他碰了一下她的鼠标，屏幕保护程序消失了，提示需要输入密码。肖没有费心尝试。他站起来，快速搜查这间房子，寻找枪支、带血的刀、任何有关受害者被绑架地点的地图或参考资料。但是他什么都没找到。麦迪很聪明，会把它们藏在附近的某个地方。

如果她真的是罪犯的话。

现在这个可能性已经上升到百分之六十，因为肖在麦迪的浴室里看到了阿片类止痛药的瓶子，可能正是这种药让受害者昏迷。法医会给他答案。他用手机拍下了药瓶标签。

就在他要把手机塞进口袋时,手机响了起来。

是斯坦迪什。

他接起电话,说道:"我正要给你打电话。"

短暂的沉默。"肖,你在哪儿?"

他停顿了一下。"我不在房车里。"

"我知道。我就站在你的房车旁边。发生了一起枪击事件,你能尽快过来吗?"

51

那是个完整的犯罪现场。

肖在西风房车公园内沿着谷歌路加速行驶，寻找着黄色警戒线，注意到两名穿制服的警察转身看向他，其中一个把手伸向她的武器。刹车时，他的手仍放在方向盘上，一动不动，直到斯坦迪什叫来附近的警察。"是他的房车。没事。"

联合重案组特遣队的法医车辆停在黄色警戒线内，身穿长袍、戴着面具的技术人员正在研究公园中央一个小洗手间的墙壁。他们挖着一个黑点，肖猜是在挖子弹。其他人正在收拾证物袋，搜查已经结束。

一名警察正在卷起黄色胶带。肖注意到，现场没有媒体——也许有一两个不足以吸引镜头吧。不过，房车公园的住客倒是都在，按照指示站在远离现场的地方。

斯坦迪什警探还是穿着那套作战夹克和工装裤，向他示意，让他过去。她站在温尼巴格房车门口，戴着乳胶手套。

"房车和这一片地区已经解禁，不过他们还在找子弹。"她向洗手间和树那边点了点头。肖看到另一组身穿制服的警察正在一棵枫树旁，用一把样子很怪的锯子锯着树干。他们是怎么在那里找到子弹的？他猜是金属探测器的功劳，或者是一双非常敏锐的眼睛。

"那么,这就是我们的成果。"斯坦迪什说。她双眼充血,姿势颓丧。他想她昨晚也许根本没合眼,他至少还睡了几个小时。"大约一小时前,你的一个邻居看见有人从那边的灌木丛里钻出来。"她指了指把营地和小路隔开的一堵矮矮的树篱,"眼熟吗?"

"你那天发现跟踪者的地方。"

"没错,就是这个地方。目击——'目击者'的意思,我想你知道——除了深色衣服和黑色帽子,什么也没看见。看看,这儿的灯并不多,光线昏暗。他朝你的房车走去。目击者一眨眼的工夫,那人就消失了。她四处寻找,但他已经不见了。老实说,这个行为有点儿蠢,她走近窗户,看到里面有一个手电筒。你的车不在原位,你的锁原来在的地方也乱成一团。"

肖仔细看了看锁的残骸。

"当地交管部门接到报警电话,但是……"她做了个鬼脸,"太棒了,他们那可爱的警灯闪着红、白、蓝的光,八百米外都能看见。"她放低了声音:"因为他们只擅长管理交通,除此之外一窍不通。总之,那个罪犯看到了警灯,拿起武器打开门。他打开大灯,然后开了六七枪。"

"我们的人迅速赶过来,尽管遇到了要命的交通堵塞。等支援和反恐特警队赶到的时候,他已经走了。没有任何证词,就连拨打九一一的目击者也没有看到任何有用的内容。所以我们需要你,看看那个男人是不是拿走了什么东西。"

肖没有纠正她假定的性别。他马上就会告诉她关于麦迪·普尔的事。

他看着那扇损坏的门。

"凹槽吸。"她说。

那是一种一端有螺钉，轴上有滑动重物的工具，可以用来把车身的凹痕拉出来。但也可以把它的尖端拧进锁里，拧紧之后把重物甩回去，让整个锁芯弹出。肖有一把锁是无法用这个方法打开的，不过闯入者装备齐全，用撬棒把房车车身的钢质法兰弄弯。温尼巴格房车性能确实很好，可惜的是在制造过程中没有使用钛。

"还有一件事我觉得你应该知道。"斯坦迪什说。她从工装裤的口袋里掏出手机，点出一张照片，正是那张模板印刷的"低语者"的脸。

"这是我给丹·威利的那张吗？"

"不是，这是留给我的。"她停顿了一下，又做了个鬼脸，"实际上，是留给凯伦的，在她的车上。她正要带杰姆去吃冰激凌，却在挡风玻璃上发现了这个。我把他们送到我母亲那里去了。这玩意儿可能只是为了吓唬我。不过，我可不想冒这个险。"

肖问："上面有什么线索吗？"

"没有，就像其他所有证物一样干净。"

黑色的眼睛，微微张开的嘴巴，俏皮的帽子……

房车公园的经理过来看看肖的情况。肖告诉那个老油条他很好，并问他是否可以请一个锁匠来修理他的温尼巴格房车。他给了经理一张信用卡和一百美元。

然后，他和斯坦迪什走进房车，检查车内的损坏情况。从表面上看，情况似乎不算太糟。首先当然是厨房和床铺。他的武器还在原来的地方，放格洛克的调料柜和藏柯尔特蟒蛇的床都没被动过。

斯坦迪什对床边被固定在地板上的一个小保险箱点了点头。它无法用凹槽吸或其他工具打开，只能用金刚石锯或两千度的切割棒。"里面有什么？"

他解释说，里面只有一个捕鼠器。如果闯入者硬要打开保险箱，他起码要断一两根手指作为代价，这样肖就有时间把手伸到床底，掏出他的左轮手枪。

"好吧。"

肖用了整整二十分钟仔细检查这辆房车。抽屉被打开，笔记本、衣服和洗漱用品也被弄乱。这辆房车里的文件大多是关于其他工作和一些肖的个人资料。所有关于绑架和"玩家"的笔记都放在他租来的车里，藏在副驾驶座下面的电脑包。

地板上有一些硬币，还有便利贴、笔、手机充电器和电线。和每个人一样，肖也有个装乱七八糟东西的抽屉，里面是电池、工具、电线、阿司匹林瓶、酒店房卡，还有卸下来的螺母、螺栓和螺钉。

肖把零钱也放在这里，一共几百美元和加拿大元，都不见了。

他把这些告诉斯坦迪什，并补充说："翻乱抽屉只是个幌子，这次闯入不是偶然的。"他指着车的前部。驾驶座旁边的储物箱里有两个 GPS 定位系统，一个是汤姆汤姆[1]的，一个是佳明[2]的。他发现，不同品牌的产品在不同地区的表现各异。任何小偷在翻找东西的时候都会看到它们。

斯坦迪什说："我也不觉得是什么嗑了药的毒虫干的。"

"对，不是，这就是'玩家'干的好事。那人想看我的笔

---

[1]汤姆汤姆（TomTom），主营地图、导航服务和 GPS 设备。
[2]佳明（Garmin），以航空 GPS 导航产品起家，后进军航海、车用、运动健身用品市场。

记,还有关于这起案子的其他事情。"

"赌你一定不在这儿?"

肖拿起便利贴和硬币。"她不用赌,斯坦迪什,她很清楚我会在哪儿。"

"她?"斯坦迪什马上反应过来,明白了他的意思,脸上的好奇渐渐消失。

52

肖走到小厨房的一个抽屉前,拿出一个塑料袋,把它缠在手上。斯坦迪什好奇地看着。他戴着这只临时做的手套,从口袋里掏出麦迪·普尔给他的名片。

GrindrGirl88……

"给。如果门把手或弹头上留有指纹,也许她疏忽大意了,看看是否匹配得上。"

"解释解释吧,肖。"

"俄亥俄,八年前,那个年轻小姑娘被她沉迷《低语者》的同学袭击了。麦迪可能就是那个女孩,试图结束马蒂·埃文和毁掉她生活的游戏。"

"这种奇怪的观点的证据是什么呢?"

他向斯坦迪什讲述了四十分钟前做的分析和得出的结果,包括在她的房子里找到了那本有关《低语者》的书,而她声称从来没有玩过这个游戏。"这场入室盗窃发生时,她把我留在她家,所以她知道我不会在这儿。"他扫视房车周围,"她想知道我发现了什么和案件相关的线索。"他选择不提她在游戏中杀死他时那急躁且无情的眼神,一定要保持客观。

"你看这个。"肖拿出手机,向她展示麦迪药柜里阿片类药物和其他药物的标签照片。

"这玩意儿挺厉害的。把照片发给我,我们要对照一下苏菲·穆林纳和亨利·汤普森的血液样本。"

肖把照片传到她的手机上,她又转发给别人。

"我去查查俄亥俄州的那起案子。"她用谷歌搜索,浏览结果,然后把手机收了起来,"我要给辛辛那提的警长和俄亥俄警署打个电话。我要让他们给我那个女孩的姓名和照片。这可能需要一些时间,调出少管所的记录通常需要地方法官的批准。"

他看了一眼微波炉上显示的时间。"我得回去了。"

"回哪儿?"

"回到她那儿。我懂法,是麦迪邀请我进去的,意味着我已经得到许可。在你打来电话之前,我只快速搜了一下,屋里还有几个行李箱和两个运动包。"

"你会越界的,肖。允许进入某人的住所……首先,这并不意味着允许你搜别人的家。"

"我不是犯罪现场调查的专业人员,斯坦迪什,我只是想了解情况。"

想到麦迪可能背叛了他,肖浑身上下都紧绷起来。在快字节咖啡厅走向他,在C3展上挽着他的手臂,身体紧贴着他,和他调情,还有今晚……在床上。难道这些都只是为了创造机会搜他的房车吗?

"我现在必须回去。如果我不回去,她就会起疑心,然后直接消失。"

斯坦迪什指了指装在塑料袋里的那个女人的名片。"我们能找到她。"

"那只是电子邮件地址和邮政地址。"

科尔特·肖深知，如果你不想被人找到，是完全可以做到的。

斯坦迪什有些不快。她争论道："行吧，但我必须派一队人跟着你。没时间给你搞监听装备了，如果你需要我们，就把窗帘拉开，这样我们就能看到里面的情况。"她把陪他过来的女警官和一名男便衣警探叫到房车门口，让他们跟着肖，在附近盯梢。

她对肖说："你觉得这事的可能性有多大？关于麦迪。"

"百分之五十多吧。我倾向于少一些，希望如此。"

在有关生存的问题上，永远不要依赖你的心……

不管是好是坏，谢谢你，阿什。

他走到调料柜，取下装格洛克手枪的灰色塑料枪套，把它挂在右臀上。他装上弹夹，检查了一下，确定装满六发子弹，还有一发正在枪膛里。然后他收起了枪。

拉多娜·斯坦迪什看着他，只字未提格洛克的事。现在，"远离危险的地方"和"禁止携带武器"两项规则都已作废。他一脸严肃地走到门口，她说："我希望不是她，肖。"

他走到外面，上车。他在想，如果他不在的时候麦迪回来了，她会对他出门这件事情感到奇怪的。

于是他中途停下，在一家通宵营业的熟食店买了早餐。

这让跟在后面的警察感到困惑。但当一个男人醒来发现爱人不在身边时，出去买早饭是合乎逻辑的。做早饭太家常了，而且会激怒"永无未来"俱乐部的会员，买早饭相对来说把握好了这个平衡。他买了炒蛋、熏肉卷、水果杯和两杯咖啡，还给她买了一罐红牛，这让他感到烦恼，因为回忆起了他们在快字节咖啡厅见面时的情景。

看来有人得请我的肉桂卷了……

尽管这位"百分比之王"提醒自己,假设只是假设,它得被证明是正确的才能成为结论。

回到车里,他飞快地驶向麦迪家。黎明的光线使天空变得柔和,空气中满是露水和松树的香气。

她还没有回来。

肖迅速把车停好,向警车走去。

"她的车不在这儿。如果她回来了,给我发短信。"他把电话号码给了那位女士,她将其输入手机。

随后,他端着一盘芳香四溢的食物和两杯咖啡走进屋里。他把托盘放在厨房的柜台上,转身走向地下室。加州的房子很少有地下室,但这是一幢古老的房屋,他估计其历史可以追溯到二十世纪初。肖断定,如果麦迪·普尔有什么不希望被发现的秘密,比如凶器,那么地下室就是最好的隐藏地点。

他在门口停了下来,回头看了一眼她那花哨的电脑装置。

真的是她吗?

你被杀了……

好了,别浪费时间了。赶紧找线索,确定是不是吧。

他拉开地下室的门,扑面而来的是一股复杂的气味,有老旧房子的味道,还有一种甜甜的、熟悉的清洁剂的味道,他猜是从一楼传来的。

他没开灯,因为如果有通向外面的窗户,那么他贸然开灯,她回来时就能看到地下室的灯亮了,会起疑心。他用苹果手机自带的手电筒向下照,顺着摇摇晃晃的楼梯走了下去。

他站在潮湿的混凝土地板上,挥动手机照出的光束,看看是否有窗户。没有，他一扇窗户也没发现。他打开视野里唯一的电灯开关，然后注意到灯里没有灯泡。

那就用手机吧。他扫视了一下地下室。主房间面积约六米见方，空空如也。但他的左边有一条走廊，通向一个似乎是储藏室的地方。他一间屋子一间屋子地搜查，都是空的。

那么，他期望能找到什么呢？

大盆地红杉国家公园的地图？还是苏菲·穆林纳的自行车和背包？

一方面，这很荒谬。

另一方面，苏菲认为绑架者可能是个女人，而法医也没有得出结论。

他关掉手电筒，爬上楼梯。

他正要从厨房走到客厅，突然停了下来，深深地吸了一口气。

麦迪·普尔站在他面前，手里拿着一把长长的菜刀。她的眼睛上下打量着他，仿佛看着一只准备被开膛破肚的鹿。

53

"找到什么有趣的东西了吗?"

说谎是没有意义的,伸手去拿武器也是没有意义的。格洛克手枪显然比她的刀刃杀伤力更强,但在他扣动扳机之前,她可以把手里的那把刀插进他的肋骨间或喉咙里。

"落下什么东西了吗?出去买早餐后迷路了?在睡过之后,出去买早餐本来是一个挺有好感的举动,但很明显你另有打算。"

她的手握紧刀柄。她的眼神里有一种歇斯底里的呆滞,他不知道自己离被刺还有多久。

《浸》中的战士麦迪·普尔回来了,但现在她手里抓着一把非常真实的刀,而不是由十万字节数据组成的剑。刀尖现在离他更近了。用刀杀人是一项艰苦而漫长的工作,但致盲或切断肌腱可以在瞬间完成。

"放轻松。"他轻声说。

"你他妈的闭嘴!"她怒不可遏,"你到底是谁?"

"我说过我是谁。"

她用空着的那只手使劲扯着头发,坐立不安,拿着刀的手不断攥紧又松开。她摇了摇头,头发来回摆动。"那为什么要监视我?为什么检查我所有的东西?"

"因为我觉得你有可能就是绑匪。或者，就算你不是绑架的那个人，你也是他的同伙，一直盯着我，监视调查进展。"

说谎是没有意义的……

"我？"

"事实表明这是有可能的，我得去查查。我在寻找任何能证明你与犯罪有关的证据。"

她的脸扭曲成一个阴沉的、难以置信的微笑。"你不是认真的吧？"

"我觉得这不太可能，但是……"

"你得去查查。"这是一句苦涩的讽刺，"你监视我多久了？从一开始，还是从我们去展会的那个晚上开始？"

"你有《低语者》的游戏指南，但你告诉我你从来没玩过那个游戏，对它一无所知。我是今晚才找到的。"

他把想法如实告诉她，他认为她就是那个在俄亥俄州被沉迷游戏的同学袭击的女孩。

"啊，那些伤疤。"她说，"你看见了。"

他补充说，她是在快字节咖啡厅找到他的。"在我开始寻找苏菲之后。我怀疑你一直跟着我。"

她把刀举得离他更近一些。肖紧张地判断着角度。

麦迪恶狠狠地说了一句"该死"，然后把刀扔到房间的另一边。

她的表情足以证明她的清白。而且当他上楼的时候，她并没有躲在门后等着把他砍死。

她喘着粗气，似乎在努力忍住泪水。"你想知道我是怎么知道的。好吧，你自己看。"她的声音有些哽咽，脸上却带着讥讽的微笑，扯动了几下唇角。她的眼神混杂着悲伤和冷漠。她走到电脑前，重重地坐在座位上。"我这儿有个新游戏，科尔特。很难。我不是说游戏难，而是这个游戏会让你感觉很糟糕。我称之为《犹大游戏》。你自己看吧。"

屏幕上出现的不是游戏，而是一段视频，来自一个广角摄像机，就像监控摄像头拍摄的那样。视频拍摄的就是这间客厅，时间显然是过去的几个小时，科尔特·肖翻看她的书，打开抽屉，把手伸向书架顶部。他一直在找枪。虽然拍不到他在卧室里给药瓶拍照，但可以看到他手机的闪光灯。

她关掉了视频。"我告诉过你，Twitch和其他流媒体游戏网站的一部分内容，就是你的粉丝会看你玩游戏。我之前在直播，下播时忘了关相机。我不用网络摄像头。这是广角监控摄像头，晚上拍摄的效果会好些，而且上面没有录制信号灯。"

他第一次去快字节咖啡厅时也做了同样的事情，记录下那些对苏菲·穆林纳的照片特别感兴趣的人。

麦迪伸手去拿包，翻找了一会儿，然后取出一张小纸条。她把它递给他。那是一张购物收据。

"这是斯坦福附近的一家二手书店，主营业务是游戏书籍。你可以检查一下收据上的日期。我今天给你买了这本书，而且里面留有一些关于游戏的笔记，我认为可能对你有帮助。我还没找到机会把它给你。"她看了看卧室。

"至于跟你搭讪？你真想多了，我没有跟踪你，更不至于跟踪到快字节咖啡厅。信不信由你，科尔特，我只是看到一个帅气的男人，有点儿像牛仔，坚毅、安静、在执行任务，用尽一切方法寻找一个失踪的女孩。是我的菜。"她把剩下的话咽了回去，"没有动机，没有目的。生活是孤独的。我们不都在试着让它不那么孤独吗？"

"还有那些伤疤……当然，伤疤……都告诉你也无妨。不是我要说，而是你自找的，吓到你我可不负责。我十九岁就结婚了。他是我一生的挚爱。乔和我住在洛杉矶郊外，开了一家运动装备店，售卖短途旅行的装备——自行车、徒步、漂流、滑雪等。那时的生活好像做梦一样。后来有个顾客开始跟踪我们，是个彻头彻尾的神经病。一天晚上，我姐姐和她男朋友来看我，那人闯进来枪杀了我丈夫和姐姐。我跑进厨房拿了一把刀。他抢走了刀，还捅了我十四刀。然后我姐姐的男朋友才把他扑倒。

"我有好几次都差点儿挺不过去。我做了九次手术，在医院和家里待了一年零两个星期。电子游戏是唯一阻止我自杀的东西。对我来说，科尔特，永无未来俱乐部是真实存在的。这跟事后的承诺或负责无关。对我来说，是真的没有'未来'，字面意义上的永无未来。我四年前就已经死了。

"你可以查查我，当时整个南加州的媒体都在报道那件事。那时我叫麦迪·吉布森。后来改回了原来的姓氏，因为那个浑蛋在监狱还要给我寄情书。"她摇了摇头，"我半小时前回来看了视频。你到底在搞什么鬼？我在想，也许是悬赏的事，你追捕的人把你逼到崩溃的边缘，比如这次的绑匪。也许你是个杀手或小偷，但这不合逻辑。要是你经历了我经历过的事，你也会变得偏执的，科尔特。

"所以我必须找到答案。我把车开到街角，带着那把刀，"她瞥了一眼地板，刀还躺在那里，"等着你回来。"她的眼角噙泪。

"麦迪……"肖想要说些什么，但是当她扬起眉毛时，他什么都说不出口。现在，她的眼睛里有一种暗淡如同翡翠般冰冷的绿色。

他陷入沉默。还有什么可说的？

说他那不安分的头脑有时会接管一切，驱使他不惜一切代价寻找答案？

说他的基因里或许有源自他父亲的偏执和怀疑的片段？

说他不能完全忘记凯尔·巴特勒和亨利·汤普森的尸体，那静止而血腥的画面一直存在脑海中？

这些都是真的，但这些也都是借口。

他微微点了点头，像是一面旗帜，表明他的确犯了罪，也表明任何补救措施都已是亡羊补牢。

科尔特·肖走到门口，头也不回地走了出去。

发动车时，他被迎面驶来的车刹车发出的刺耳声音吓了一跳。他将手伸向武器，向左瞥了一眼。原来是那辆跟着他疾驰而来的便衣警察的车，蓝白相间的警灯闪烁着。车停在他旁边，副驾驶的车窗降了下来。

穿着制服的女警官说："肖先生，斯坦迪什警探刚刚通过对讲机告知，又发生了一起绑架案。你能跟我们去趟特遣队吗？"

54

会议室里挤满了来自不同执法机构的大约十五名男女官员。肖看到了警员、警察、便衣、探员和警探。他们站在一起,看着一块白板,上面写着最近发生的绑架案细节。

肖走向拉多娜·斯坦迪什,她说:"你发现了什么?麦迪呢?"

肖面无表情地说:"我搞错了。"

他一到特遣队总部就证实了麦迪的故事。某篇文章的配图是一名年轻女子和她的丈夫站在山顶的照片,两人都穿戴着滑雪装备,面带微笑。这张照片拍摄于谋杀案发生的几个月前。

他向在场的新面孔点点头:"联邦调查局的?"

"加州调查局的,不是联邦。"

主持会议的是一个身材高大、轮廓分明的调查局探员,深色头发,穿着一件比他搭档的衣服略暗的灰色西装。他的搭档个子不高,身材不瘦,长相也不好看。那个高个子名字叫安东尼·普雷斯科特,另外一个人的名字肖没注意。

普雷斯科特说:"斯坦迪什警探,你能给我们介绍一下最新情况吗?"

她解释了受害者是如何在一小时前在山景城的停车场被绑架的,当时她正在去上班的路上。"城市里的停车场,没有监控视频。我们仔细调查过，有个目击者看到一个人穿着灰色帽衫，戴着灰色针织帽，和快字节咖啡厅监控拍到的一致。"

斯坦迪什将资料整理成文档，并给每个人复印了一份。她也递给了肖一份。里面是受害者的介绍和一些照片，肖从头到尾读了一遍。

警探将其他信息一一告知——没有找到指纹；在CODIS[①]数据库中找不到匹配的DNA；"玩家"留下的每件物证都没有线索；致人昏迷的药水是自制的；使用的武器不详；无法得知他开的是什么车，因为在草地和其他路面上都没有找到任何痕迹。

"我给你们的文件里有嫌疑人被监控拍到的照片，这是肖先生从快字节咖啡厅取得的。虽然还看不出什么，但可能会有帮助。"

普雷斯科特问道："你是谁？"然后对斯坦迪什说："他是谁？"

"顾问。"

"顾问？"个子较矮的加州调查局探员问道。

"嗯。"斯坦迪什回应。

"等等，你是那个赏金猎人吗？"普雷斯科特问。

肖说："弗兰克·穆林纳给我赏金了，我帮他找到失踪的女儿。"

"我们需要付费吗？"普雷斯科特的搭档问肖。

肖说："不用。"

也许普雷斯科特想知道肖为什么这么做，但他没有放任自己提出这样的问题。

[①] CODIS，全称为Combined DNA Index System，美国DNA联合检索系统。

斯坦迪什敲了敲那份文件,继续说:"还有一件你们需要知道的事情。这起案件的受害者名叫伊丽莎白·夏贝尔,她已经怀孕七个半月了。"

"我的天哪!"倒吸凉气的声音从别处传来。这不是一件会让人感到愉快的事。

"还有一件事。凶手把她藏在船上,一艘正在下沉的船。"

科尔特·肖继续补充。

"按照现在情况看,凶手是根据一款电子游戏作案的。"

房间里一片死寂。

"游戏名叫《低语者》,与游戏中的反派同名。他把受害者藏在一个废弃的地方。受害者必须在其他玩家或角色杀死他们之前逃跑。"

坐在后排的一位身穿制服的年长男警官喊道:"这也太奇怪了。你确定吗?"

"他的绑架手法与游戏玩法一致。他在现场留下了其中一个角色形象的涂鸦或打印件。"

"档案里有照片。"斯坦迪什说。

肖问:"你们有谁知道电子游戏的关卡是如何运作的吗?"

有些人点了点头,其他人摇了摇头。大多数人并不太关心,只是带着或多或少的兴趣盯着他,就像在观察宠物店玻璃箱里的蜥蜴。

肖继续说:"玩电子游戏就是要迎接越来越多的挑战。从最简单的关卡开始,你可能需要拯救一些居民,长途跋涉到某个地方,杀死指定数量的外星人。如果你成功了,你就会进入一个更困难的关卡。'玩家'把受害者分别置于《低语者》的前两关之中。"

斯坦迪什补充道:"'废弃工厂'是苏菲·穆林纳那个案子的位置,亨利·汤普森所在的地方是'黑暗森林'。第三关是'沉船'。"

肖已经知道了,最后一关——也就是第十关——是"低语者"生活的地方,无异于地狱。从有这个游戏开始,还没人能打到第十关。

普雷斯科特慢慢地说:"这确实是个有意思的结论。"他缓慢的语速表明对这个结论的不信任。

然而现在已经有足够证据证明肖的结论不是假设。

一名来自圣克拉拉的警察指着白板说:"这就是为什么你们叫他'玩家'?"

肖说:"没错。"

普雷斯科特的搭档说:"卡明斯长官说你把嫌疑人定性为反社会人格。"

斯坦迪什清了清嗓子:"依我看,这种可能性大约有百分之七十。"她瞥了一眼肖,肖点了点头。

"但是没有性虐待行为?"有人提出,"男性嫌疑人的案件总会伴随性虐待。"

"没有。"斯坦迪什说。

肖继续说:"我们一直在和发行《低语者》的公司合作,他们非常配合。首席执行官正在设法追踪客户数据库中的可疑人物。他一找到符合条件的人,就会给斯坦迪什警探打电话。"

斯坦迪什说:"这些都在档案里。"

普雷斯科特带着怀疑的语气说:"就算真的有这么一艘船,

你们知道在哪儿吗?"

肖说不知道,又补充道:"他会留下五件物品,她可以用来自救。其中至少有一个是食物或水;另一个可能让她发出求救信号,也许是一面镜子,或者——"

另一个穿着西服的探员说:"我们这里有很多船。我们不可能用无人机或直升机把所有漂在水上的东西都搜一遍。"

肖像往常一样,无视那些明显的质疑,说:"或者放个火当信号。"

斯坦迪什说:"我们需要告诉所有公共安全部门,一旦码头或船上有什么起火或冒烟,请让我们知道。那里肯定也是个荒凉的地方。"

普雷斯科特走上前。"好吧,警探,卡明斯长官,非常感谢你们做的工作。"普雷斯科特说,"我们会随时向您汇报最新进展。"

肖能听出来,这两句话明显是假的。

斯坦迪什的脸上毫无表情,但她的目光十分镇定。她对降级很是生气,但加州调查局是州级机构,联合重案组特遣队属于地方。如果联邦调查局的人在这里,那就是他们说了算。官大一级压死人,这是世界的规则。

这场踢皮球对话还在继续,而肖满脑子都是伊丽莎白·夏贝尔还能活多久,直至因冻僵或被水淹没而丧命。

或者,直到"玩家"津津有味地扮演"低语者",回到船里或码头上追她,向她开枪或者捅死她?

普雷斯科特说:"我们会考虑斯坦迪什警探和她的顾问的建议。有人被这个游戏搞成变态了。"

这根本不是肖的结论。

这位探员继续说:"不过,要是你问我,我觉得玩这个游戏的人多少都有点儿问题。"

肖注意到有几个警察在盯着他看,没有任何反应。房间里就有游戏玩家,他想。

"我们会继续追查这条线索,也会遵守处理绑架案的标准程序,监听夏贝尔女士的手机。她有男朋友或者丈夫吗?"

斯坦迪什说:"有男朋友,叫乔治·汉诺威。"

"如果他和她父母还活着的话,他们的电话也需要监听。"

"是的,"肖说,"他们住在迈阿密。档案里都写了。"

"看看她男朋友和她父母的经济情况,他们是否可能成为索要赎金的目标。找一份该地区登记在案的性犯罪者名单,看看有没有人跟踪那位女士。"调查局探员喋喋不休,但肖已经听不进去了。他看到走廊里有个男人走近玻璃墙的会议室。

是丹·威利,他现在穿着绿色制服,但看起来还是像电影里的警察。

这位警探已经被调到联络处去了,不知道现在的职位是什么。他手里拿着一个大信封,敲了敲门。普雷斯科特点头示意,他走进来,发现了斯坦迪什警探,便向她走去。

普雷斯科特说:"警官,这是和夏贝尔绑架案有关的信息吗?"

"嗯,这是法医对最新一名受害者亨利·汤普森做出的尸检报告。"

"给我吧,现在是加州调查局在管这个案子。"

威利看了斯坦迪什一眼,把信封交给那个高个子探员,然后离开了。

快到门口时,他停了下来,回头望向肖。他的脸上掠过一丝遗憾的微笑,如果肖没理解错,那位警察在用眼神向他道歉。

肖点头回应。

永远不要浪费时间生气。

普雷斯科特打开信封,自顾自地看了一会儿,然后向房间里的人宣布:"没有什么新发现。亨利·汤普森被一枪毙命,用的九毫米口径的子弹,和凯尔·巴特勒谋杀案中使用的枪相同,是一把格洛克一七手枪。死亡时间是星期五晚上十点到十一点之间。他的头骨有钝器击打的痕迹,导致骨折和脑震荡,发生在枪击和坠崖之前。他——"

肖问:"哪里骨折?"

普雷斯科特抬起眼睛,歪着头问道:"你说什么?"

斯坦迪什又问了一遍:"哪里骨折?"

"问这个干什么?"

斯坦迪什补充道:"我们想知道。"

普雷斯科特浏览了一下报告。"左侧蝶骨。"他抬起头来,"还有别的事吗?"

斯坦迪什看着肖,肖摇了摇头。她说:"没事了。"

普雷斯科特又盯着她看了一会儿。他继续说:"他被注射了水中悬浮的奥施康定。剂量不致命,只会让他暂时安静下来。"他把报告交给两名穿制服的女警官中的一名,"帮大家复印一下,好吗?然后把这些信息抄在白板上,你的字可能比那些男孩子写得好。"

警官接过报告,稍稍抿了一下嘴。

斯坦迪什轻声问肖:"所以,为什么要知道他哪里骨折呢?"

"我们能走了吗?"肖低声说。

她环顾房间。"我看没什么不可以的。我们在这儿他们也装看不见。"

他们走到门口时,碰巧从卡明斯身边经过。他举起一只手。斯坦迪什和肖停下脚步。

有什么急事吗?

他盯着普雷斯科特和白板,低声说:"我不想知道你们两个到底在想什么。但是想做什么就去做吧,而且动作要快。祝你们好运。"

55

他们回到快字节咖啡厅。

肖已经能认出一些熟面孔。坐在旁边的是那个穿红黑格子衬衫的孩子，他和那位美丽的年轻女人可能的浪漫关系中断了，原因不外乎她改变了主意，或者这本身就是个残酷的玩笑。他发现还有十几个人似乎把这里当成另一个家。有些人在互相交谈，有些人在打电话，大多数人都在使用笔记本电脑。

肖在手机上浏览网页，主要是医疗网站。他给斯坦迪什看了一张示意图，是一幅人类头骨的图片，上面有所有组成部分的名称。蝶骨就在眼窝后面。

"这是那块骨头？"她沉默了一会儿，"好吧。下一个问题是，'玩家'是右撇子吗？"

"这正是下一个我们得弄明白的问题。因为如果他是右撇子的话，那就意味着他是从正面打的汤普森。这种可能性很高，毕竟左撇子只占总人口的百分之十。"

斯坦迪什慢慢扫视咖啡厅。"咱们再从头过一遍。汤普森在街上开车，'玩家'跟在后面。他超过汤普森，停车等着，然后把一块石头扔进汤普森的挡风玻璃。汤普森下车。'玩家'拿着枪走上前。汤普森以为遇上劫匪了，所以他会做的第一件事是交出车钥匙,毕竟车再买一辆就是了。"

"但'玩家'用那把枪重击他,打断了他的面部骨骼。也就是说,他其实并不在乎汤普森是否看到了他的长相。因为就算他戴着面具,汤普森也能看出一些特征。所以'玩家'从一开始就要杀了他。"

斯坦迪什说:"丹·威利给普雷斯科特的报告中有死亡时间,这是重要信息。"

肖点了点头。"死亡时间就在汤普森被带走后一个小时左右。'玩家'开车把他带到大盆地红杉国家公园,逼他走到悬崖边,然后开枪杀了他。所以是'玩家'放的火,想吸引我们的注意,这样我们就能找到尸体和那个'低语者'的涂鸦。"

"现在看来,'玩家'杀人并不完全是为了在现实生活中玩恐怖游戏。"

"不,"肖说道,"他在利用这个游戏掩盖杀害汤普森的动机。我本来以为,是托尼·奈特雇了一个人扮演疯子,来扳倒马蒂·埃文。是我弄错了。但并不意味着这个假设的大方向是错的。"

"苏菲·穆林纳只是个烟幕弹?"斯坦迪什问道。

"我觉得是的。"

"那伊丽莎白·夏贝尔呢?"

"跟苏菲的情况可能差不多。"

"所以她可能还活着。"

肖说:"他可能还是会遵循游戏机制来行动,所以我们暂时假设她还活着。"

斯坦迪什问道:"那么现在最大的问题是,谁会想要杀死亨利·汤普森?"

"他是一名性少数群体权益活动家。他身上有什么争议吗？"

斯坦迪什说："凯伦和我都是这个群体的成员，可我们从来没听说过他。旧金山湾区的性少数群体？如果不是做警察的，根本没人会在意。"她对他苦笑了一下，"所以他的博客写了什么？我打赌他肯定在无意间发现了什么人的秘密。"

肖找到了记录布莱恩·伯德对他伴侣的评价的那个笔记本。他简明扼要地向斯坦迪什介绍道："亨利当时正在写三篇文章。其中两篇似乎没有太大争议，主题是关于软件行业的收入和硅谷高昂的房价。"

"接着说。"斯坦迪什深呼吸。

"但是第三篇文章，"他边读边说，"关于游戏公司非法窃取玩家数据并出售的事。"

斯坦迪什从来没有听说过这种事。

"肯定有数百家游戏公司在收集数据。"

"确实。我想到了一个地方，我们可以从那里开始。"

"你要评估一个什么百分比吗？"

"我想是百分之十吧。"

"是说比我们的其他选择好百分之十吗？让我听听看。"

"红星公司。"

肖解释了那个游戏眼镜和沉浸式游戏如何把你的房子和后院变成虚拟战场。"大多数公司都会从你主动完成的事情中挖掘数据，比如填写表格、回答问卷、点击购买产品等，而红星公司会在你不知情的情况下收集数据。游戏眼镜上有摄像头，会上传你玩游戏时看到的所有东西。"

斯坦迪什似乎很感兴趣。"你家里的东西，你穿的衣服，你有几个孩子、生病或年老的家人，你是否有宠物……他们把这些信息卖给数据处理公司？真聪明。不过就算亨利·汤普森真打算写点儿什么……这构成杀人理由吗，肖？合谋给我邮寄婴儿尿布的优惠券？还是给你那辆豪华房车换机油？"

"我觉得不止这些。麦迪告诉我，红星公司准备把这款游戏和设备免费赠送给美国军队。士兵或其他军方人员玩这个游戏的时候，很可能会看到一些机密的东西，可能是一件武器、一份部署命令或关于部队行动的信息，而游戏眼镜可以捕捉画面，上传这些信息。"

"或许还能录音？"

肖点了点头，放下手机，用笔记本电脑搜索红星公司。"涉及军方信息，那就是另一个层面的事情了。"

斯坦迪什的手机响了，她回了个信息。肖很好奇这信息是否和案子有关。她把手机放在一边。"是凯伦。她告诉我一个好消息。我们终于扫清了最后一个障碍，准备领养了。我们一直想要两个小孩。"

"男孩还是女孩？"

"还是个女孩，叫瑟菲娜，四岁了。十八个月前，我把她从东帕洛阿尔托的人质牢房里解救出来，交给了寄养家庭。她的母亲因为吸毒而大脑受损，那女人的男朋友又惹事被抓了。"

"瑟菲娜，"肖说道，"这名字真好听。"

"她是萨摩亚人。"

肖问道："我们要告诉普雷斯科特吗？"

"告诉他们干什么？又没什么用。肖，记住，他们想要的是简单的结论，比如赎金、子弹、毒品，还有恐怖情人。"她皱了皱眉，"什么叫'恐怖情人'？看似风平浪静，实则暗流涌动？"

肖很喜欢拉多娜·斯坦迪什警探。他关掉笔记本电脑，把它和笔记本放回包里。"我会想办法进入红星公司。"

"你的朋友麦迪,她能帮忙吗?"

"肯定不可能。我要亲自去见马蒂·埃文。"

斯坦迪什发出了啧啧的声音。"你俩到底怎么了?"

"我有个问题。"肖说。

"什么问题?"

"谁会和瑟菲娜还有杰姆一起在家?"

"凯伦。她在家写烹饪博客。怎么了?"

"所以你不能失去这份工作,对吗?你不用回答。"

她表情骤变。"肖,你——"

"我中过枪,从燃烧的树上垂降过,还曾经把一条响尾蛇的头砍了一半——"

"你没有。"

"是真的。你也知道,我一个人就可以制服一头美洲狮。"

"那确实。"

"我自己能行。你要是想说这个的话。"

"我是打算这么说。"

"要是我有任何发现,我会立刻给你打电话。你来叫特警。"

56

"太空基地。"

马蒂·埃文正在和肖说话,眼睛却盯着桌子上的一个四十五厘米的玩具。那是一台红白相间的地球仪,架在起落架上。他那深情凝视让肖想起了妹妹多蕾昂和她丈夫看女儿时的眼神。

"一九六一年的,塑料的,带发动机。你看这个小宇航员。"一个蓝色的小家伙,吊在吊车上,即将被吊到埃文的办公桌上。"那时我们还没有空间站。不过没关系,玩具公司总会走在时代前面。你可以发射射线,你可以探索,只要安上电池。这股热潮持续了大约两星期才逐渐消退。这就是玩具的本质。口香糖和可卡因同理,你只需要确保一直有新的供给就行。"

"我没有多少时间。"埃文说,注意力终于集中在肖身上,"我要和一些人谈谈西利康维尔。我们遇到了一些来自传统房地产开发商的阻力。你想象一下!"他眨了眨眼睛,"由雇主补贴的经济适用房,居然不受欢迎!"

就像十九世纪末二十世纪初的公司城镇一样。肖从父亲给孩子们读的关于老西部的故事中了解到那些城镇的风貌。铁路和矿厂经常为他们的工人建造村庄,这些工人为房租、食物和生活必需品支付过高的价格，经常欠下巨额债务，这些债务将他们与雇主永远捆绑在一起。

他怀疑埃文明显的政治倾向会让他以一种截然不同的方式管理他的房地产项目。

"又发生了一起绑架案，和之前的案子有关。我们需要你的帮助。"

"天哪，不是吧？！谁？"

"一个女人，三十二岁，怀有身孕。"

"我的天哪，不要。"

肖不得不对埃文表示出一点儿敬意，毕竟从他嘴里说出的第一句话竟然不是：不要对我和我的游戏有什么负面影响。

"我们正竭尽所能地和代理服务器合作，找出嫌疑人，但这比预计的更久。我们已经破解了十一个，都不在这片区域。"

"只找到了十一个？"

埃文做了一个鬼脸。"我知道，很慢。我们没有超级计算机。有的代理服务器的手段简直太高明了，真的很难追踪。当然，这本来就是它们存在的原因。"

肖说："再加上这些时间点，他应该都不在线。"他拿出笔记本，示意夏贝尔失踪的时间。

埃文飞快地输入指令，然后华丽地按下回车。"发出去了。"

"我还需要些别的东西。我们有另一个假设，跟红星娱乐有关。"

首席执行官纠正道："那可不是什么娱乐，那是个'企业'。洪伟把眼光放得很高，游戏只是他生意的一部分。实际上，是一小部分。"

"你了解《浸》吗？"

埃文笑了,他的表情像是在说"谁不了解呢?"

"你知道它的工作原理吗?"

眼前又瘦又高的男人烦躁不安的手指操纵着天蓝色的宇航员回到了太空基地。"你可能会问:我是否希望当初是我创作了那个游戏?不。虚拟现实和动作捕捉的游戏引擎听起来确实不错。事实上,在世界上超过十亿的游戏玩家中,绝大多数人都是坐在黑暗的房间里敲击键盘,或者按着连接在游戏主机上的手柄来玩游戏的。因为他们想这么玩游戏。《浸》是一个全新的事物,红星为其投入了数亿美元。洪伟不像硅谷的某些人那么浑蛋,但他仍然是个浑蛋。当人们厌倦了像兔子一样在自家后院蹦蹦跳跳的时候,我对把他从游戏行业彻底踢出去没有任何意见。这肯定会发生。为什么呢?因为它不……"他扬了扬眉毛。

"不好玩?"肖说道。

"正是!"他用一种奇怪的法国口音回答道。

就是这个正在傻笑的家伙创造了史上最恐怖的电子游戏之一。

"如果《浸》不仅仅是一款游戏呢?"

埃文眯起眼睛,目光从空间站移回肖身上。肖解释了他的想法,也就是,当玩家在家中闲逛时,游戏眼镜上的摄像头会从他们的房子里采集图像,并将数据上传到红星的服务器上,以便日后出售。

埃文瞪大了眼睛。"天哪,那可真是太聪明了。行,你赶紧问我,问我是否希望是自己想到的这个主意。"

"还有另一个假设,"肖说,"红星公司把游戏设备送给了美国的军事人员,想必还有其他政府工作人员。"

"你认为这是为了获取机密数据吗？"

"也许吧。"

"该死。"埃文想了一会儿，"你现在说的这件事，需要处理大量数据，私营公司根本应付不了。但是，我不得不问，这和我的游戏有什么关系？"

肖继续说道："还记得第二个受害者亨利·汤普森吗？他当时正在写一篇关于游戏公司如何窃取玩家数据的博客文章。也许是红星，也许是其他游戏公司，总之有人不想让这篇文章发表，所以动了杀心，并真的杀了他。"

"我能帮上什么忙？"

"我需要与和那个公司有关系的人谈谈，最好是那里的员工。你能做到吗？"

言下之意是，毕竟他的游戏是犯罪的关键线索，即使这不是埃文本人的错，稍微配合一点儿对他来说也不是个坏主意。

"我个人不认识那里的任何人。说得委婉一点儿，洪伟行事极其隐秘。但是毕竟硅谷不大。你等我打几个电话。"

57

尽管科尔特·肖生性躁动不安，但他并不一定缺乏耐心。然而，现在伊丽莎白·夏贝尔失踪了，处境非常危险，而"玩家"准备在他的《低语者》游戏中完成最后一幕，这时肖真的希望埃迪·林恩能立刻出现。

埃文打了六个电话，终于找到了与红星公司有联系的人。一个名叫特雷弗的人能让肖与红星公司的员工林恩取得联系，但埃文没有透露特雷弗的具体身份。这次合作让埃文付出了巨大的代价，很明显，埃文会以折扣价把一些软件授权给特雷弗，作为安排肖与林恩见面的报酬。

不久，肖在指定时间到达了约定地点，一个精心规划和维护的公园。铺着鹅卵石的混凝土人行道蜿蜒曲折，两旁是随风飘动的高草、芦苇、花坛和树木。这里的草饱满明亮，像C3展上的游戏里外星人的皮肤一样亮。在一个宁静的池塘里，大量色彩斑斓的鱼自由地游动着。

植被的色彩均匀，经过激光切割修剪，完全对称。

这让科尔特·肖更不舒服了。他喜欢由树叶、水、泥土和岩石自然构成的景观。

他沿人行道走着，瞥见了红星企业的美国总部大楼。这座建筑像一个闪闪发光的镜面黄铜甜甜圈，旁边是四根巨大的传输天线。

肖推断，这正是将偷来的数据传送到太空所需的设备。

林恩让他坐在一棵垂柳前的长椅上，如果那个长椅上有人，就坐到旁边的长椅。肖现在明白了这个复杂要求的原因，因为它在公司办公室的视野之外。首选的长椅上没人，后面是一排茂盛的黄杨木，散发着氨的气味。

这时，不耐烦的情绪开始高涨，肖想起了沉船上的伊丽莎白·夏贝尔。他正用手机查看时间，听到一个男人紧张而尖锐的声音。"肖先生。"

埃迪·林恩大约三十岁，是个又高又瘦的男人，颇有亚洲人的特点。他穿着一件左胸前印有HSE标志的衬衫和一条略显宽松的深灰色休闲裤。

他在肖旁边坐了下来，特雷弗肯定向林恩描述过肖的外貌。他没有伸出手来握手。肖有个荒谬的想法，也许林恩不想在任何地方留下DNA，因为DNA可能会被用作证据。

"我只有几分钟时间。"他皱起了眉头，"我得赶紧回到办公室。我这样做只是因为……"他的声音渐渐弱了下去。

因为特雷弗握有什么林恩的把柄。勒索确实令人反感，但往往非常有效。

"你听说绑架的事了吗？"

"当然了，当然了，到处都是新闻。简直太可怕了，还有一个受害者死掉了。"他的声音很高，语速很快。

肖继续说道："那个人正在写一篇关于窃取玩家数据的文章。我们怀疑他在调查的游戏就是《浸》。"

"我的天，你们不会觉得洪先生跟这事有关系吧？"

"我们还不确定,但确定的是有个女人正在面临生命威胁。我们在追查每一条线索。这就是其中之一。"

林恩摆弄着领子。"你是谁?特雷弗先生说你就像个私家侦探。"

"我正在和警方合作。"

他没在听,因为响起了脚步声,鞋底与人行道摩擦的声音隐约传来,他立刻僵住了。看到林恩的反应,肖也注意到了这个声响。

林恩把手放在长椅上,肖以为他要逃跑。

然而,威胁来自两个女人,其中一名是一位孕妇,推着一辆婴儿车,车上有个睡着的小孩。她们聊着天,喝着冰镇饮料。孕妇的朋友年纪比她小,肖注意到她正用羡慕的眼光瞥着婴儿车。这两个女人——一个从事会计工作,另一个是母亲——在旁边的长椅上坐下来,谈论着昨晚的睡眠情况。

林恩显然镇定了一些,继续低声说:"洪先生确实是个铁石心肠的人,冷酷无情。但说他做出杀人这种事……"

"你是写代码的,对吗?"肖说,"这是马蒂·埃文告诉我的。"

"是的。"

"《浸》的代码?"

他扫视着公园,没有看到可疑的人,便凑近对肖说:"前阵子,我写了一个扩展包的代码。"

"我们现在有一个想法,想知道你的意见。"

林恩咽了咽口水。肖意识到,自从坐下来之后,他已经做了很多次这样的动作。"好。"

他向林恩提出通过《浸》的游戏眼镜窃取数据的假设。"这有可能吗？"肖问道。

听到这话，林恩似乎惊呆了。他的第一反应是摇了摇头。"那副眼镜上的摄像头分辨率很高，那样的话，数据会非常庞大……除非……"他薄薄的嘴唇漾起一丝微笑，"除非他们不上传视频，而是把 jpeg 格式的截图压缩到 rar 格式的压缩包里。是的，这样就行了！然后把它和其他信息一起上传到这里的主机，这样信息就可以被加工、出售或由公司自己使用。我们也有广告、营销和咨询部门。"

"我认为洪先生有可能窃取敏感的政府信息。"肖说，"他向军队赠送了数千份《浸》。"

林恩一脸惊慌，轻弹手指。他刚刚掉进了政府阴谋的兔子洞①。随后，他微微皱了皱眉。

"怎么了？"肖问道。

片刻之后，他说："大楼地下室里有个设备，在后面，正式员工也不得入内。那边有独立的人员管理。访客们乘直升机来，进去之后可以做任何他们想做的事，然后离开。我们听说它叫密涅瓦计划，但没人知道具体情况。"

"我需要你的帮助。"肖说。

林恩还没来得及回答，肖就听到身后有沙沙的声音。

不，不。肖突然意识到，一个怀有四五个月身孕的女人是不会有个刚出生的小孩的。她那个婴儿车里推的是个洋娃娃。他站起来，抓住林恩的胳膊，说："马上离开这里！"

林恩深吸一口气。

但为时已晚。

---

①兔子洞（rabbit hole），比喻复杂、离奇或困难的状态或情况。

孕妇推开婴儿车，站了起来，她的"朋友"正对着手腕上的麦克风说话。肖听到的声音原来是两名保安从他们身后的黄杨树林里钻出来。这两个身材魁梧的亚洲男人一看就是练家子，一个用格洛克手枪对着林恩和肖，另一个掏空了他们的口袋。

眼神冰冷的准妈妈接过从他们兜里搜出的东西。当她打开她的蔻驰包时，肖发现她也带着武器。那是一把九毫米口径的格洛克手枪，和杀害凯尔·巴特勒的一致，很可能也是击晕和谋杀亨利·汤普森的凶器。

一辆黑色SUV在离他们几米远的宽阔人行道上急停，一个保安抓住肖的胳膊，另一个抓住林恩。两人被推进汽车后排，和前排座位被一个玻璃隔板隔开。车门内侧没有把手。

"听着，我可以解释。"林恩喊了起来，"你们不懂！"

第二辆车停了下来，是一辆黑色轿车。两个女人上了车，没有怀孕的那个为孕妇开门。肖推断，那个孕妇才是这次高明的抓捕行动的主谋。

司机下车，把婴儿车折好，放进后备厢，然后把那个洋娃娃丢了进去。

58

"你们要带我去哪儿？"埃迪·林恩问道，他的声音颤抖得就像一台失去平衡的洗衣机。那辆SUV停在一扇精心设计的安全门前，门打开，车辆快速通过。

肖从这个问题得出了两个结论。首先，对方只关心他自己。肖猜林恩会很乐意把他丢下，独自跑路。其次，在这种情况下，问这个问题毫无意义。即使前座的保安能通过玻璃听到声音，他们也不会回答。

SUV停在红星总部颇具未来感的后门，保安点头示意他们下车，把他们带进大楼。他们走下一段楼梯，肖回头看了看，想知道孕妇乘坐的豪华轿车是不是跟在后面。但他没有看到。

"别乱看，赶紧走。"高个子的保安说。他抓住了肖的胳膊，比托尼·奈特的手下抓得还紧，他们太懂怎么抓人了。

"别推我。"肖说。

他得到的答复是保安捏得更紧了。

林恩甚至不需要有人拉着，顺从地走在小个子保安旁边。

保安正把两人带到一条又长又暗的走廊上。这里可能是地下室，但很干净，空无一人，墙上光秃秃的。不远处有机器嗡嗡作响。

漫长的两分钟后,他们坐上电梯,到达顶层(五层)。打开门,是一间朴素的小办公室。接待员是一个四十岁左右的女人,她坐在木桌前,向保安点了点头。肖和林恩被领着穿过她身后那扇宽大的双开门。里面的房间更大,但和接待间一样朴素,不像一家市值数十亿美元企业集团首席执行官工作的地方。

之所以这么说,是因为他们一眼就看到了洪伟。肖在网络上的文章中见过他,所以认得出来。这个黑头发的亚洲人大约五十岁,穿着一套西装、白衬衫和闪亮的蓝色领带,外表整洁,一丝不苟。肖和林恩坐在他对面的椅子上。保安们恭敬地站在后面,但离得很近,如果出了什么事,他们只需上前一步就可以瞬间折断两人的脖子。

门再次打开,孕妇走了进来。她拿着一个文件夹,把它交给桌子后面的那个人。"洪先生。"

"谢谢你,汤女士。"

肖注意到了一些奇怪的事情。这个男人的办公桌上没有电脑或其他电子设备,也没有电话,无论是手机还是固定电话。

洪伟打开文件夹,认真地看了一会儿。

林恩几乎要呜咽出声。肖猜测着与埃迪·林恩的秘密会面会引发什么后果,但被肢解和喂给旧金山湾的水生生物可能不在其中,因为如果对方真要这么干,他们就不会坐在这里了。

这意味着他关于洪伟参与其中的假设的可能性减少了几个百分点。

洪伟非常缓慢地阅读那叠文件,似乎一动不动,肖甚至没看见他眨眼睛。

洪伟的右手边有几支黄色的木制铅笔,像肖大学时工作过的木材营地里的木材一样整齐排列着。他的左手边还有六支。

右边的比较尖,左边的钝一些。这位首席执行官是不是已经意识到了数字通信的危险,所以过度依赖纸张和铅笔?

洪伟认真地读着,仿佛忘记了面前两人的存在。

林恩深吸一口气,想说点儿什么。但显然,他后来改变了主意。

浪费时间……

肖静静等待着,别无他法。

洪伟终于读完了文件,看向肖。"肖先生,你之所以在这里,是因为你擅自闯入私人地产。你刚才所在的公园是属于红星企业的,周围有标识。"

"太隐蔽了。"

"我相信你肯定知道那里是私人地产。"

"因为栅栏外面的景观和里面的相匹配?"

"没错。"

"这很难说服陪审团。"

"我们听到了你们的谈话,并且有理由认为林恩正在向你泄露商业秘密,而且——"

"天哪,不是这样的,我没有!"那本就高亢的声音如今更高了,"我只是在帮忙——"

"因此我们有理由把你们抓起来,就像对待杂货店的扒手一样。"

肖瞥了汤女士一眼。她的表情平静而自信,他打赌她下班后会是一个慈爱的母亲。她依旧站着,尽管旁边就有一把空椅子。

洪伟敲了敲文件夹。"你靠这些赏金生活,对吗?"

"没错。"

"你怎么称呼自己？赏金猎人？"

"我听说过这种叫法，但我不想给自己归类。"

"我知道你不是私家侦探，也不是债券执行代理人。你会协助寻找失踪人口、逃犯，以及身份未知的嫌疑人，赚取奖励。你会开着房车在全国旅行，从印第安纳州到伯克利之类的。"

肖的一部分信息确实是公开的，但洪伟竟然能够在如此短的时间内收集到。至于这位首席执行官如何得知他最近的工作是在印第安纳波利斯和曼西，又如何了解他在大学的私人行动，则完全是个谜。"完全正确。"

洪伟的脸上露出些许喜色。"另外，尽管你不希望别人这么称呼你，但就像私家侦探、警察或赏金猎人那样，你以解谜为生，需要分析情况并做出决定。要做到这一点，你必须分清轻重缓急。有时你需要一次做完所有事，而且行动迅速，因为你要拯救生命，和时间赛跑。"

肖完全不知道对方要说什么，但他被"轻重缓急"这个词打动了，这正是他的百分比法存在的原因。他说："没错。"

"肖先生，你玩电子游戏吗？"

除了那次在游戏里被一个他再也见不到的漂亮女人杀死了？"不玩。"

"我问这个问题，是因为玩游戏可以提高你在工作中所需要的技能。"

他把手伸进书桌。

肖并不紧张。他不是在掏枪或刀。

洪伟拿起一本杂志，把它放在肖面前。《美国科学家》，一本外行人会看的月刊，肖很熟悉这本杂志。作为一名业余物理学家，阿什顿曾经非常虔诚地读过它。洪伟翻开杂志，找到贴着便利贴的那页,把它往前推了推。

"不用仔细看,我来直接告诉你。这篇几年前发表的文章是我的密涅瓦项目的灵感来源。"

肖扫了一眼标题:《玩电子游戏对你有好处吗?》。

洪伟继续说:"这是一份关于电子游戏对身体和心理的益处的报告,研究者来自几所著名大学。既然我们即将向世界宣布,那么密涅瓦项目就不再需要保密。那是我们治疗性游戏部门的代号。"他拍了拍那篇文章,"这些研究表明,电子游戏可以极大地改善注意力缺陷障碍、自闭症、阿斯伯格综合征以及眩晕和视力问题等疾病患者的状况。参与试验的老年患者报告说,他们的记忆力和注意力得到了显著改善。

"即使健康的人也能从中受益。我指的是你的工作,肖先生。就像我刚才说的,玩游戏可以提高认知能力、反应速度、在不同任务之间快速切换的能力、评估空间关系的能力、形象化的能力,以及许多其他技能。"

轻重缓急……

"就是那个神秘的房间,林恩先生。密涅瓦是罗马的智慧女神,或者,我更愿意叫她认知功能女神。我现在经营着一家企业,作为首席执行官,我的职责是为红星赚钱。我认为,这种有治疗功效的游戏引擎可以很容易应用于利润丰厚的动作冒险和第一人称射击游戏。所以,《浸》诞生了。

"那么让我来打消你的顾虑吧,也就是你找到林恩先生的原因。关于《浸》,我注意到你已经玩过了,肖先生,不管你刚才是怎么说的。"

肖尽量不表现出惊讶。现在他明白了,洪伟已经知道了他的一切。

"是的,这个游戏的目的是让年轻人动起来,锻炼,摆脱肥胖。我自己是空手道和跆拳道黑带,也练习巴西战舞。我做这些运动是因为我喜欢它们。如果一个人不想锻炼,那你是无法强迫他的,但可以鼓励他们追求自己的爱好。当锻炼是爱好的必经途径时,他们就会主动锻炼。这就是《浸》。

"我有两段对话录音,关于你担心我们正在窃取机密数据,尤其是军事机密的事。"

两段?肖想。

"为了打消你这合理的顾虑,而且考虑到你是在试图挽救一位年轻女性的生命,请允许我多说几句。从我提出《浸》的设想并着手开发前置摄像头的那一刻起,我就知道隐私会成为一个问题。于是我亲自监督算法,以确保每一个单词、每一个字母、每一张图表、每一张相机捕捉到的照片都会被像素化,无法识别,对于稍有脱衣动作的人形影像也是如此。卫生间、个人卫生用品、宠物排泄的动作,更不用说亲密行为了,这些都不会在《浸》里面存在。淫秽语言也会被过滤掉。

"我们与全国的执法部门、军方和政府监管机构合作,以确保没有人的隐私受到侵犯。你可以确认一下。"他瞥了一眼汤女士,动作像毒蛇攻击一样快。汤女士走上前,递给肖一张纸,上面有四个名字,还有他们所属的执法机构和电话号码——第一个是联邦调查局,第二个是国防部。

肖把纸折好放在一边。

洪伟转向埃迪·林恩,声音平静又平淡,就像刚才对肖说话那样:"林恩先生,起初,汤女士将你和特雷弗先生的谈话转告我,说你坚持要见肖先生……哦,没必要那么困惑,你和我们签订的合同允许我们拦截你的所有通信。"

"我不知道。"

"是你自己没仔细看合同,是你的责任。我想说,当汤女士一开始告诉我你的不忠的时候——"

"我没有——"

洪伟那大理石般的目光使他安静下来。

"我相信你还是会做你在安德鲁·特雷弗的公司做过的事,把你基于他的版权写的代码卖给第三方。"

这就是特雷弗握有的林恩的把柄——他盗窃了代码。

"我没有。"林恩说,"真的。那些代码对我来说很简单,是个程序员就写得出来。"

"但其他人都没有那么做,而你做了。我一直知道,你可能会出卖我。"洪伟皱起了眉头,"出卖怎么说来着?是'上游'①还是'下游'?"

"'下游'。②"肖说,"由新奥尔良的奴隶贸易而来,'上游'是别的含义。"

"啊。"他一副因为学到新知识而感到满足的样子,"今天,你虽然并非因为偷窃受版权保护的资料而受惩罚,但你的行为就是一种背叛。所以你在红星的职业生涯到此结束。"

"不!"

"不过既然整件事是出于好意,我也就不像一开始想的那样,让你永远无法在科技界工作了。"

林恩瞪大了眼睛,眼泪闪闪发光。"能给我一个月的时间吗?给我个机会找到新工作,求您了。"

---

① 原文为 up the river,既指河流上游,也有入狱的意思。
② 原文为 down the river,既指河流下游,"sell someone down the river"也有背叛、出卖某人的意思,源于将奴隶从北方顺流而下贩卖到南方。

洪伟坚定的脸上流露出一丝怀疑。他瞥了一眼汤女士。她一只手放在隆起的肚子上，点了点头。洪伟接着说："你的办公室已经被清空了，个人物品也装上车了，已经在送往你在森尼维尔的家的路上了。它们会被放在你的后门廊上，所以你得马上回去。离开我的办公室后，会有人护送你到车上，带你回去。"

"可是我的抵押贷款……我已经逾期了。"

肖想要开口。洪伟低下头说："请讲，肖先生，你知道是有风险的，对吗？"

他估计有百分之二十的可能性。

"既然这件事有了一个圆满的结局，我没有暴露任何秘密，也没有成为蓄意破坏的受害者，那么我愿意帮助你，肖先生。你的那位博客作者汤普森打算揭露数据挖掘界的一些秘密，但那秘密值得有人为之杀戮吗？我认为答案绝对是否定的。说什么盗用数据？现如今，每个人都像使用海绵一样吸收你的数据。在当地专营店为你制作潜艇三明治的男孩、你的汽车修理厂、你的咖啡店、你的药店、你的互联网浏览器，我甚至没有提到信用评级公司、保险公司和你的医生。数据就是如今的氧气，它无处不在。当一个产品过剩之后会怎么样？它的价值一定会减少。没人会为此犯法。你应该去别处找绑匪。那么，祝你度过美好的一天。"

他拿起一支铅笔，满意地检查了一下笔尖，把一份字朝下的文件拉到面前。他自言自语道："上游，下游。"然后又点了点头。

洪伟等肖和林恩走到门口，无法看清上面的字，才把纸翻过来。

59

肖和斯坦迪什已是联合重案组特遣队最重要的附加成员。他们正身处快字节咖啡厅。

斯坦迪什挂了电话。"洪伟和他的公司非常干净,还有国土安全局、联邦调查局和国防部。"

"还有圣克拉拉县中学监事会。"

"嗯……"斯坦迪什皱起眉头,匆匆瞥了一眼,"哦,原来是个笑话。你不怎么开玩笑,肖。好吧,你也开玩笑,只是你不笑,所以分不太清。"

她把笔丢到一边,那是她用来记录电话里的信息和结论的,尽管她真的只是信手涂鸦。她摆弄着那只心形耳环。"我不得不说,我们已经节节败退,又是奈特又是红星,但你看起来不像我以为的那么难过。"

"节节败退?"肖感到困惑,"奈特带我们找到了埃文,洪伟告诉我们汤普森可能不是因为数据挖掘文章而被杀的。"

她的手机震动起来。他从她说话时的语调判断,那是她的伴侣凯伦打来的。

肖拿出笔记本电脑,登录并再次浏览当地新闻。他打开了笔记本,但在他浏览的报道中,没有一篇与伊丽莎白·夏贝尔的绑架案有关。

生存主义有一个很少被讨论的情况，有人称之为天意，有人称之为命运，有人则更接地气地称之为巧合。假如你的情况很糟，你正面临一个无解的危机，可能会丧命或受到严重伤害，比如因冻伤而失去脚趾。

但是结果呢？你活下来了，十个脚趾都完好无损。

因为其他人或事的干预。

科尔特·肖是在十四岁的那个十二月，独自进行生存训练时知道这个概念的。他父亲开车把他送到家里附近的偏僻地点，让他下车，他需要用两天的时间回到家里。他已经准备好了需要的一切：食物、火柴、地图、指南针、睡袋和武器。天空湛蓝，天气寒冷但仍在零度以上，长途跋涉似乎毫无挑战性，沿途风景壮丽。

一个小时后，他正要通过一棵倒下的橡树，横穿一条湍急的小溪。如果没有白蚁和木蜂的多年蚕食，那棵树应该可以成为一座坚固的桥。他踏了上去。

科尔特冻得喘不过气来，艰难地爬上河岸，剧烈地颤抖着。

他没有感到恐慌，他在评估。装在防水容器里的火柴和刀都在他身上。背包在水里太沉了，他不得不扔掉它。他收集树叶，砍下松枝，很快就生起火。大约过了四十分钟，他的体温稳定了下来。但他离目的地还有十六千米，没有指南针和地图，也没有手枪。如果等他暖和起来，衣服和靴子都烤干，再出发就太晚了。他需要充分利用夜幕降临前的时间，建造一座足够大的单坡小屋，以便把火移进屋内，因为空气中有要下雨的味道。

他开始行动。趁天色还亮着，科尔特看着松鼠寻找用以囤积的坚果。他只跟着灰松鼠,因为红松鼠不会把坚果埋起来。他在废弃的洞穴里找到了几个藏匿处,收集了一些核桃。虽然橡子是可以吃的,但是太苦了,除非煮去橡子中的丹宁酸。他喝了些溪水,吃了些东西,然后睡着了。他相信在落水前看到的小路会指引他回到家的大致方向。

大约六个小时后,他在暴风雪中醒来。地上有六十厘米厚的积雪。

科尔特绝望地低下了头。雪覆盖了他昨天注意到的小径。他还剩下四个核桃。虽然仍没有感到恐慌,但他已然陷入绝望。

他会死在这里吗?

环视连绵起伏的白色风景时,他注意到单坡小屋旁边有一个东西,是一个橙色的大背包。他猛地把它拉进屋里,用颤抖的手指拉开拉链。包里有能量棒、钢丝锯、火柴、地图和指南针,还有一个保暖睡袋。除此之外,包里还有一把枪,正是那把点三五七柯尔特蟒蛇左轮。那把枪是他父亲的骄傲。

阿什顿·肖把科尔特送下车后没有回家。他一直在跟踪这个男孩。

干预……

这就是现在正在发生的事情。

肖的手机又震动起来,是那个玩具狂魔马蒂·埃文。

"我们还有很多工作要做。不管怎么说,有个游戏玩家几小时前登录了,没有使用VPN,也就是他的代理服务,你懂的,所以他真实的IP地址暴露了。他符合我们关于沉迷游戏的标准,且几起犯罪发生的时间点他并没有在线上。我们追踪到他在山景城的一幢房子里。"

"可能有线索了,"他对警探说,"是马蒂。"

斯坦迪什挂断了她的私人电话，接过电话，和埃文进行了简短交谈，最后她把邮件地址给了埃文。他们刚挂断电话，警探的电话就响了。她看了眼信息，说："我去看看机动车驾驶管理处有没有什么线索。"她敲了几下键盘，"好的，已经转发过去了。"

他们沉默地坐了一会儿。肖环视咖啡厅，注意力集中在那堵电脑历史墙上。超级马里奥和刺猬索尼克，惠普公司，ENIAC 计算机[①]——一台像半辆卡车那么大的古老计算机。然后，他的目光扫过咖啡厅的前门，回忆起第一次看到麦迪·普尔走进时的情景，她那时正用一根手指缠着她的红发。

所以，你在想，跟踪狂小姑娘发生了什么……

斯坦迪什的电话又响了起来。

警探很快看完了那条消息。"他叫布拉德·亨德里克斯，没有被申请过搜查令，也没有被逮捕过。不过他在高中时经常被拘留，因为一些欺凌事件，不知道是他霸凌别人，还是别人霸凌他。那些事件最终没有被提起诉讼。他长这样。"

他看了一眼手机，僵住了。

"怎么了，肖？"

"我见过他。"

是那个穿红黑格子衬衫的男孩，在快字节咖啡厅被漂亮姑娘狠狠拒绝了的那个。他当时就在离肖和斯坦迪什现在坐的位置两张桌子远的地方。

[①] ENIAC, Electronic Numerical Integrator And Computer, 即电子数字积分计算机。

60

布拉德·亨德里克斯今年十九岁,在社区大学半工半读,和父母住在山景城的一个低收入地区。他还在一家电脑修理店工作,每星期大约工作十五个小时。高中时期,布拉德一直是被欺负的人,但之后他埋伏了那几个霸凌者。对方没有骨折,只是流了点儿鼻血。由于各方都有错,家长们选择和解,没有让警察干预。布拉德每星期玩《低语者》和其他命运娱乐公司的游戏大约四十个小时,想必也花了很多时间在其他公司的游戏上。他很少出现在社交媒体上,显然更喜欢玩游戏,而不是在脸书、照片墙和推特上发帖。

拉多娜·斯坦迪什已经开始在快字节咖啡厅内搜查,拿着那个年轻人的照片询问顾客。她得知,之前他来过,但显然现在不在。

肖正在寻找一个相关线索,用斯坦迪什的安全登录浏览圣克拉拉县和加利福尼亚州的记录。他看到的信息非常有趣,他将其记录在笔记本上。

他靠在椅背上,盯着空白的屏幕。

"你发现什么了?"斯坦迪什边说边走到他身边,"你看起来得意扬扬,活像一只吃了奶油的猫。"

肖问道:"为什么不是抓到金丝雀的猫呢?"

"奶油比死鸟好听。自从你之前看见的那次之后,布拉德就再没来过这里了。"她接着解释说,现在咖啡厅里的顾客都不认识他。有些人回忆起看到过他和那个声称在网上认识的年轻女子发生争执,但不记得更早之前见过他。

斯坦迪什正在往钱包里塞东西。她对肖说:"有人刚刚跟我说喜欢我,因为我是个警察。"

"谁?"

"蒂凡妮。我现在是快字节咖啡折扣的终身会员。你也是,对吗?"

"我想请柬应该在邮箱里吧。"

"果然如此。她对你有意思,你知道吧?"

肖没说话。

斯坦迪什的表情变得严肃。"所以,我们刚刚说到奶油和猫……你有什么发现,肖?还有机会救伊丽莎白吗?"

"也许吧。"

肖把车停在一条满是老房子的街上,这些房子可能是"二战"后不久建造的。

煤渣砖和木框架,算得上结实。他猜测如此设计也许是因为担心地震的危险,但他立刻明白了,不,只是因为不用在这种玩具积木上注入那么多心思。把它们推倒,卖掉,然后继续生活就是了。

山景城的这一部分与富人区大不相同,甚至和弗兰克·穆林纳家附近都不一样。这里虽然不像东帕洛阿尔托那样肮脏,但也相当凄凉、破旧了。空气中充斥着一〇一号公路上车流的声音，弥漫着尾气的味道。

这里的院子大多无人照管，而且面积很小，甚至要用平方厘米来衡量。到处都是杂草和发黄的土块，没有能称之为花园的地方。在加州，照料花园的开销总是很大。对居住在这里的家庭来说，这笔钱都花在购买生活必需品、支付高昂的税收和抵押贷款上了。

他想起马蒂·埃文和他的梦想，以及半个小时前在网上读到的东西。

数十年来，硅谷一直在寻找所谓的"下一件大事"——互联网、http语言、更快的处理器、更大的存储空间、移动电话、路由器、浏览器和搜索引擎。这种探索将一直持续下去。但是，身处硅谷的每个人都错过了一个重要信息：房地产才是真正的"下一件大事"……

肖注意的那栋房子是这里典型的平房，绿色的油漆用一种颜色稍有不同的油漆修补过，从屋顶沿着墙面滑落下来的污渍就像生锈的眼泪。房子旁边是废弃的盒子、管道和塑料容器，还有腐烂的硬纸板和一堆破烂报纸。

车道上停着一辆老旧的半吨重卡车，红色车漆已然被太阳晒得褪色。机械早已故障，车身向右倾斜着。

肖下车，正朝门走去，门开了。一个身材魁梧、秃顶、穿着灰色工装裤和白色T恤衫的男人向他走来。他目露凶光地看着肖，大步向前走，在离肖不远的地方停了下来。他身高将近一米九。肖能闻到汗水和洋葱的味道。

"有事吗?"那人厉声说。

"您是亨德里克斯先生吗?"

"我问你要干什么。"

"我只想占用你几分钟时间。"

"如果你是来收车的,就赶紧滚。我只拖了两个月的钱。"他朝那辆破车点点头。

"我不是来收回你的卡车的。"

那人想了想,扫了几眼马路和肖的车。"我姓米尼提,亨德里克斯是我老婆的姓。"

"布拉德是你儿子吗?"肖问道。

"继子。他怎么了?"

"我想和你谈谈他的事。"

"布拉德不在这里,我想他应该在学校。"

"他在上学,没错,我查过了。我想和你谈谈。"

这个大个子的眼睛眯了起来。"你不是警察,不然你早就亮出身份了。他们必须那样做,是法律规定的。那个小浑蛋做了什么?就他那样子,也不可能上了你妹妹,除非她是台电脑。"他做了个鬼脸,"我说得过分了,要是你有妹妹的话,对不住了。他欠你钱了?"

"没有。"

他打量了一下肖。"他不会揍你的。他不是那种人。"

"我只是有几个问题。"

"我为什么要告诉你有关布拉德的事?"

"我有个提议。进去说吧。"

肖从布拉德的父亲身边走过,朝前门走去,中途停顿了一下,回头看。那人正慢慢地向他走来。

平房里的空气中充满了霉菌、猫尿和大麻的气味。如果弗兰克·穆林纳家的装修成绩是及格的话,这家肯定不及格。屋里所有的家具都破旧不堪,磨损严重的坐垫上留有主人久坐的痕迹,咖啡桌和茶几上堆放着盛满食物的杯子和盘子。在走廊尽头,肖看到一个穿着黄色家居服的大块头女人快速走过。他猜那是布拉德·亨德里克斯的母亲,她对她的丈夫让一位不速之客进家门感到吃惊。

"所以呢?你的提议是什么?"

他没有让肖坐下。

不过问题不大,反正肖不会在这里待很久。"我想看看你儿子的房间。"

"我不知道我为什么要帮你,不管你他妈的是谁。"

那个女人的脸像一轮圆而苍白的月亮,正伸向外面,双下巴下面闪烁着燃烧烟头的橘红色亮光。

肖从口袋里掏出几张面额二十美元的钞票,一共五百美元。他把钱递给对方。对方死死盯着这些钞票。

"他不想让任何人进屋。"

现在不是讨价还价的时候。肖瞥了对方一眼,意思很明白:要么接受,要么放弃。

布拉德的父亲向走廊望去,那个女人不见了。他从肖手里抢过钞票,塞进口袋,朝杂乱肮脏的厨房附近的一扇门点头示意。

"他整天在那儿待着,他妈的游戏就是他的全部生活。我像他这么大的时候,已经交过三个女朋友了。我试过让他运动,但他没兴趣。我还想让他参军呢,哈!想也知道结果如何。你知道我和我老婆叫他什么吗？'乌龟'。因为每次他只出来一下，就会立刻钻回那个壳里，把门关上。这都是那该死的游戏造成的。我们把洗衣机和烘干机都搬到车库了，因为他不让贝丝去地下室洗衣服。我有时觉得他在那儿设置了陷阱。你要小心，先生。"

这句话的潜台词是：我可不想因为你碰了什么东西把手炸掉，而不得不报警。

肖从他身边走过，打开门，走进地下室。

房间里很昏暗，霉味似乎就是从这里来的，熏得肖眼鼻刺痛，喘不上气来。屋里还有潮湿的石头和采暖用油的气味，那味道在石化产品中算是独特的，一旦闻到，就永远不会忘记。这个地方堆满了箱子、衣服、破椅子和老旧的桌子，还有无数电子产品。肖在嘎吱作响的楼梯上停了下来。

房间中央是一个电脑工作站，有一个巨大的屏幕、键盘和一只看起来非常复杂的鼠标。他回忆起麦迪说的喜欢用电脑玩游戏的人和喜欢玩游戏机的人的区别，但布拉德也有三个任天堂游戏机，旁边是超级马里奥系列游戏卡带的盒子。

任天堂。

一个供奉保护弱者的侠义之士的圣地。我更喜欢后面这种解读……

啊，麦迪……

房间的角落里放着六个电脑键盘，许多字母、数字和符号键都磨损严重，还有些键已经完全看不清上面写了什么。他为什么不把它们扔掉？

肖继续不安地走下楼梯。为了保证楼梯的稳固，三四个地方都钉了钉子，有些木板已经因腐烂而变形。肖的体重约有八十二千克，布拉德的父亲显然比一百一十千克更重。他大概不常来这里。

煤渣墙上的油漆不均匀，灰色石头透过白色和奶油色的条纹显现出来。这里唯一的装饰是电子游戏的海报，其中一张是《低语者》的。苍白的脸，黑色西装，另一个时代的帽子。

你已经被抛弃了。你有本事就逃跑，或者有尊严地死去……

墙上有个流程图，长九十厘米，宽一点二米。布拉德的字和肖的一样小，但更潦草。他详细记录了游玩《低语者》的关卡进度，记下了数百条关于战术、攻略和作弊的笔记。他已经打到第九关了，图表的顶部是第十关地狱，仍然是空白的。从这款游戏发行以来，还没有人打到那一关。

一张下陷的床垫放在弹簧箱上，没有床架，床没铺好。枕头旁边放着空盘子、罐头和瓶装饮料。一叠音乐光盘放在一个有几十年历史的立体声音响旁边。这个男孩似乎把所有可支配收入都花在了游戏装备上。

肖坐在布拉德的椅子上，看着屏幕保护程序中一条巨龙在空中盘旋。他盯着那个令人昏昏欲睡的画面看了整整三分钟，然后拿出手机打了两个电话——第一通打给拉多娜·斯坦迪什，第二通打到华盛顿特区。

61

"我的意思是,真的有人想来这里?因为这里好玩?"

科尔特·肖和拉多娜·斯坦迪什走进混乱的 C3 展会。肖背着背包,入口处的一名女保安用巨型筷子似的设备仔细检查了里面的东西。斯坦迪什的警察徽章也没有被安检赦免。

警探的头转来转去,从左转到右,然后转回来,又转上去,以便看到巨大的高清屏幕。

"我已经开始头疼了。"

和之前一样,这里有一百种不同的声音:宇宙飞船的引擎声、外星人的喊叫声、枪和射线发射的声音,还有没完没了的电子音乐和似乎与任何游戏都无关的超低音贝斯。仿佛展会组织者不想让哪怕几秒钟的沉默钻进来,就像面包房的老鼠一样。

肖喊道:"我们还没到最吵的地方呢。"

他们从拥挤的年轻人中间钻过,经过红星公司的展位。

HSE 公司出品

《浸》

电子游戏的新风潮

肖瞥了一眼那列兴奋的参与者，他们手里拿着游戏眼镜。

他没有看见麦迪·普尔。

斯坦迪什喊道："我要告诉你一件事，肖，我们的女儿是不会参与这种狗屁游戏展会的。"

他很想知道杰姆和瑟菲娜长大后会有什么游戏玩，也想知道斯坦迪什和凯伦究竟要怎么让他们远离手柄和键盘。

几分钟后，他们来到奈特时间游戏公司的展位，托尼·奈特和游戏开发者吉米·福伊尔已经站在入口处迎接他们了。

他和肖握了握手，互相介绍之后，又和斯坦迪什握手。

"我们进去吧。"福伊尔对门口的安保人员点点头。

他们跟着他进入了展位的工作区域，几天前肖曾在这里与奈特和福伊尔会面。三个人坐在会议桌旁，福伊尔把《谜题》新一季的宣传材料推到一边。三个员工坐在三个电脑工作站前，肖看不出他们是不是上次的人，这些人似乎奇怪地面目模糊。

警探对福伊尔说："是你提出的找到《低语者》玩家的方法，那个人确实是嫌疑人。我们真的很感谢你。"

"我只是有一些想法，仅此而已。"福伊尔谦逊地说，和那天一样害羞。肖记得媒体形容他是一个"站在幕后的人"。

肖早些时候打电话告诉他，又发生了一起绑架案，他们找到了一名嫌疑人，问他能不能再帮一次忙。他同意了。

肖现在说明了布拉德·亨德里克斯的事。

斯坦迪什补充说："我们认为是他，但不确定，所以没有理由申请搜查令……"她看向肖。

"布拉德和他的父母住在一起。"肖说，"我见过他们了。他现在在学校，我……说服了他的继父帮助我们。"

游戏设计师问道："背叛他的继子？"

"为了五百美元,是的。"

福伊尔皱起了眉头。

"他让我把这些都带走了。"肖把背包放在桌子上。福伊尔看了看里面的东西,有几十个外接硬盘、磁盘、U 盘、SD 存储卡、CD 和 DVD,还有几张纸、便利贴、铅笔、钢笔和成卷的糖果。"我把那个男孩桌子上的东西都拿过来了。"

斯坦迪什说:"我们已经检查了一些,我们还是知道怎么把硬盘和卡插进驱动器的。但是里面都是乱码。"

"你需要解密。"福伊尔说,"你不能找你们计算机犯罪部门的人来破解,因为你拿不到搜查令。"

"没错。"

"因为你所做的行为……"

"不合法。"斯坦迪什身体前倾,平静地说,"我们会失去在法庭上出示找到的所有证据的机会,但我不在乎。最重要的是拯救受害者。"

福伊尔问道:"按照《低语者》的游戏玩法,受害者现在在第几关?"

"第三关,沉船。"

福伊尔又皱起眉头。"在这附近吗?这里有数以百计的油轮和集装箱船,很多船都已经被弃用了。马林那边的渔人码头到处都是游艇……"

肖说:"你的《谜题》是一款平行实境游戏。马蒂·埃文告诉我们,这是因为你的服务器是超级计算机。"

"没错。"

"你能用它们破译密码吗?"

"我可以试一试。"那人看向背包里面,"SATA 驱动器、不带附件的硬盘，还有这些 SD 存储卡和闪存驱动器。有些是他自己做的，我没见过。"他抬起头，眼里似乎充满了挑战的渴望，"告诉你吧，我或许能找到一个对称的破解方法。如果他使用第一代数据加密标准，那么任何人都可以破解它。"

肖和斯坦迪什对视了一眼，他俩正是"任何人"中的例外。

"如果是这样的话，我可以在几个小时内得到可读的文本或图形。也许是几分钟，也许。"

斯坦迪什看了看手机。"布拉德·亨德里克斯很快就要下课了。科尔特和我打算跟着他，他可能会带我们找到伊丽莎白。但如果他让她自生自灭，你就是唯一的希望了。"

62

半小时后,拉多娜·斯坦迪什驾车行驶在圣克拉拉县西部一个日益荒凉的地区,与前车保持安全距离。

肖给吉米·福伊尔发送短信:

布拉德·亨德里克斯还在路上,没有回家。科尔特和我跟在后面。也许他在去绑架地点的路上,但不确定。解码进行得如何?

过了一会儿,游戏设计师回了短信:

首先是 SATA 驱动器,无法破解。他用了双鱼算法[①]。正在处理那些 SD 存储卡。

肖把这条消息念给她听。

斯坦迪什苦笑了一声:"双鱼。有关电脑的这些名称到底是谁想出来的?为什么是苹果?为什么叫麦金塔[②]?"

"谷歌这个词倒是挺好理解的。[③]"

警探瞥了他一眼。"你总得笑一笑吧,肖。现在你讲笑话

[①]双鱼算法(2-fish algorithm),美国密码学学者、资讯安全专家布鲁斯·施奈尔带领的项目组于一九九八年研发的区块加密算法。
[②]麦金塔(Macintosh),简称 Mac,苹果公司开发生产的计算机型号之一,名称来源于苹果的品种 McIntosh。
[③]谷歌(Google),名称来源于 googol,意为十的一百次幂,代表互联网上的海量信息。

就像一场比赛，我一定要赢。"她驾车又转了两个弯，在坡上减速，保持足够远的距离，以免进入前车后视镜的视野。

远处是太平洋朦胧的蓝色。这里的大海平静温和，名副其实。

"我们有支援吗？"肖问道。

她看了一眼手机。"没有。"

肖和斯坦迪什都明白，鉴于他们的"离队"调查，他们不能请求加州调查局的战术支援。不然他们随时可能被叫停，或者不得不努力找到更有话语权的人支持他们。然而已经没时间了。斯坦迪什发了几条短信，想试试能否"临时"抓到一些支援，显然没有成功。她又发了一条信息。

肖打开麦迪·普尔给他买的《低语者》的游戏指南。他快速浏览，关注每一条信息，以便发现伊丽莎白·夏贝尔被遗弃的地方时能派得上用场。

第三关：沉船

你被遗弃在福雷斯特·谢尔曼级驱逐舰"蝎子号"上。它被敌方鱼雷击中，正在离陆地一百六十千米远的鲨鱼出没的水域中逐渐沉没。你在一间船舱里，身边有一瓶水、一块棉布手帕、一块双面剃须刀片、一个乙炔喷灯和一箱发动机润滑油。

船上有许多船员，但只剩下一艘救生筏。你必须在船完全沉没前找到救生筏。

游戏提示：

死亡的船员越多，留给其他人的资源就越多。

据传，一九四五年在第二次世界大战中沉没的同名驱逐舰的船员鬼魂会出没于此。鬼魂可以通过杀死这艘船上的水手来获得最后的安息。

附近水下有个很大的东西在游荡。可能是一条巨型鲨鱼，也可能是一艘潜艇，尽管它是敌是友还不得而知。"蝎子号"上的无线电装置被鱼雷击毁了。

你已经被抛弃了。你有本事就逃跑，或者有尊严地死去……

肖读了麦迪·普尔在页边空白处写的笔记。在《第三关：沉船》这一章中，她写道："这一关的刺杀事件比其他几关多。刀，还是剃须刀？有汽油。注意照明弹。"

他在前面的一页上发现了一段话：

CS：

你玩游戏。

我玩游戏。

我们都玩游戏……

XO[①]

MP[②]

斯坦迪什叫了一声："肖？"

他放下小册子。

她接着说："我有一个问题。你对布拉德·亨德里克斯的家

[①] XO，意为"拥抱亲吻"（hugs and kisses），表示亲昵或友好问候。

[②] MP，麦迪·普尔（Maddie Poole）的缩写。

庭生活和他父母的印象如何？"

"糟透了，从头到尾。那个继父甚至在知道真相之前就很乐意出卖继子。而妈妈，坐在扶手椅上看电视，几乎昏迷不醒。空气里有大麻的味道。从她看丈夫的眼神中，你会发现她认为这段关系是个糟糕的选择。不知道有没有家暴的情况，可能没有。房子里一片混乱。"

"这就是他迷失在游戏里的原因吧。他的社交生活都是虚构的。"

乌龟……

这条路穿过越来越荒凉的山丘和森林，蜿蜒曲折，对他们有利。他们被树木和灌木丛遮住，但仍能看到前面闪烁的金属和玻璃的反光。

"你带枪了吧？"

"带了。"

"别开枪打他，好吗？"斯坦迪什说，"你开枪之后，文书工作就不好做了……"她咂咂嘴。

"你也挺有幽默感的。"

"我不是在开玩笑。"

他们前面的汽车拐上了一条土路。

斯坦迪什踩下刹车。他们查看GPS，发现这条无名小路的终点在前方三千米的海边，沿路没有其他出口。她继续开车，尽管落后了一段距离，但还不算太远。这是一种平衡。他们不能太早逮捕他，他必须带他们找到夏贝尔；他们也不能太迟，因为他是来杀那个女人的，他们得赶快行动。

他们以每小时十六千米的速度在崎岖的道路上颠簸前行。

"我要考虑成立一个新部门。"

"在特遣队?"

她点了点头。"硅谷的街头跟东帕洛阿尔托和奥克兰都不一样。同样的街头巷尾,但你看看布拉德。我想早点儿接触他这样的孩子,这样他们就能有更多机会。我可以做以前做过的事,跟他们的父母和老师谈谈。他们会给孩子们立规矩,然后其他人才能第一次以不同的眼光看待这些孩子。"

"你以前是黑帮成员吗,斯坦迪什?"肖问道。

她戴上心形耳环,露出了笑容。"吉祥物,我是个吉祥物。"她笑了,"我爸爸,那个大坏蛋弗兰基·威廉姆森——你可以去查查他。天哪,我爸是个厉害角色。在家里,他是那种你能想到的最好的父亲,照顾我们所有孩子。改天我给你看看照片。他的手下会给我们带东西过来。"她摇了摇头,有些怀念地说,"他们要在书房做正事,交换信封,你知道我的意思吧?但是他们也会给我们带乐高和棋盘游戏,还有椰菜娃娃!你肯定不会相信,我十三岁的时候迷上了德文·布朗,爸爸的手下还送了我一个玩偶!他们都为此骄傲,我当然也有些大惊小怪。要问原因,因为我有坐在达扬·卡贝尔膝盖上的照片。你说他是个杀手?那人二十辈子都见不到圣昆廷监狱外面的世界了。

"我要启动这个项目。已经在计划中了,'街道福利教育和卓越计划',简称 SWEEP[①]。"

"我挺喜欢这个想法。"

她注视着前面那辆汽车留下的痕迹。"这真是一桩奇怪的犯罪,肖,幻想犯罪,就像'十二宫杀手'和'山姆之子'。我不想再有幻想了。我想帮孩子们活下去,这才是真实的。你呢,

---

① 全称为 Street Welfare Education and Excellence Program。

肖？你是不是也加入了什么帮派？我都能想象到你穿着黑色皮夹克在体育馆后面抽烟的样子。"

"我和哥哥妹妹一起在家上学。"

"你在开玩笑吧。"她向挡风玻璃外点了点头，"路到头了，我们不能再往前开了，他会看到我们的。"斯坦迪什把车开进一片树林，关掉了发动机。

他们下了车，没有说话，两人都让门开着，保持沉默。他们沿着肖所指的方向，在铺满松针的路上向前走去。他们向沙丘移动了大约十米，蹲在离他们跟踪的汽车不远的地方。

过了一会儿，司机从车里出来，是那个肖和斯坦迪什两个小时前在快字节咖啡厅里断定为"玩家"的人。他根本不是布拉德·亨德里克斯，而是才华横溢但有些腼腆的游戏设计师吉米·福伊尔。

63

朦胧的阳光衬出福伊尔的侧影，他转向大海，伸了个懒腰。

肖和斯坦迪什慢慢退到灌木丛和黄色的草丛中。毫无疑问，这个人携带着杀死凯尔·巴特勒和亨利·汤普森的格洛克手枪，尽管此刻他一只手只有车钥匙，另一只手拿着一个小袋子。小袋子里装的是肖给他的背包里的一些东西，那些布拉德家潮湿难闻的地下室里的游戏桌上的杂物，包括钢笔、电池和便利贴。

福伊尔回到了这里，回到了他藏匿伊丽莎白·夏贝尔的地方。正如肖所预料的那样，他要把这些东西作为栽赃那个无辜男孩的证据，因为上面有他的指纹和DNA。

肖确信，绑匪下一步行动是直接去亨德里克斯家，把凶器藏在后院或车库里。然后他会匿名提供伊丽莎白·夏贝尔所在地点的线索，描述布拉德的长相，或许还会提供部分他的车牌号码。警察会在这里找到她的尸体和证据，最终找到那可怜孩子的家里。

这对肖来说是一场赌博，但是一场出于理智的赌博，成功的概率有百分之六十或七十。他基本断定布拉德·亨德里克斯

佩德罗角南码头

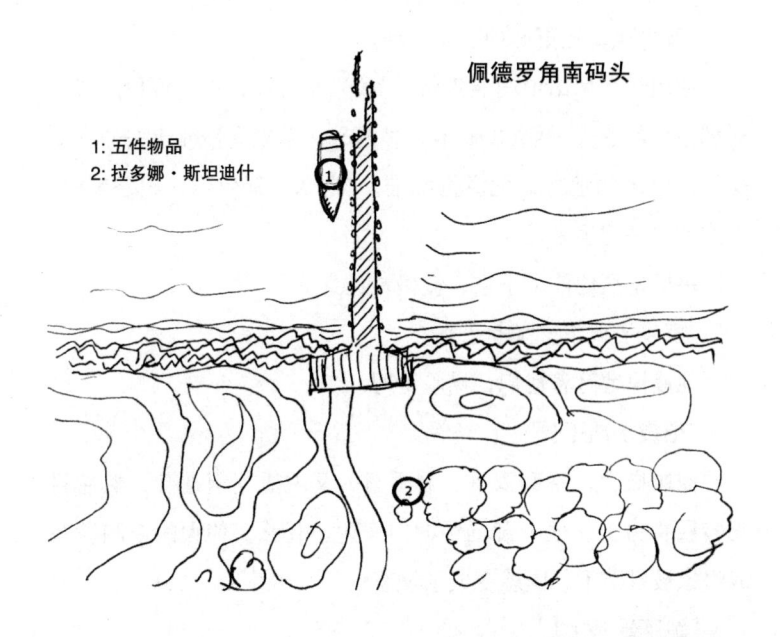

1: 五件物品
2: 拉多娜·斯坦迪什

是无辜的,"玩家"就是吉米·福伊尔,所以他设下圈套,假装让福伊尔帮忙解密,希望他能上钩,而背包里的东西就是饵。

肖和斯坦迪什刚才跟踪的正是福伊尔。他们时不时给他发条短信,让他相信他们正在别的地方跟踪布拉德·亨德里克斯。

那艘正在下沉的船在哪里?

福伊尔走到两座沙丘之间,消失了。

肖朝那个方向点了点头,斯坦迪什站起来,跟了上去。他们蹲在一座沙丘的顶上,俯视一座十五米高的旧码头,突堤伸入波涛汹涌的太平洋。码头中间有一艘半沉的古老渔船。

"你的防弹背心合身吗,肖?"

他们都穿着防弹背心。他点了点头。

"你知道怎么铐人吗?"

"我可以,能更好地限制行动。"

斯坦迪什递给他两条束带。"我来对付他,你去抢他的武器并绑住他的手。"她拔出武器,站起来,默默向沙滩走去。在离福伊尔六米的地方,她举枪瞄准。"吉米·福伊尔!我是警察,不许动,举起手来。"

福伊尔猛地停了下来,慢慢转过身。

"把袋子放下。举起手来。"

他震惊地盯着他们,满脸错愕。

"把袋子放下!"

他照做了,举起双手,看看肖,又看看斯坦迪什,然后目光转回肖身上。他无疑已经明白发生了什么。伟大的电脑游戏战略家被打败了,困惑变成了愤怒。

"跪下。马上!"

就在这时,他们身后传来了汽车的喇叭声。

肖突然意识到车钥匙还在福伊尔手里,他刚刚按下了紧急按钮。

听到声音,警探本能地转身。

"斯坦迪什,不!"肖喊道。

福伊尔蹲下来,拔出他的格洛克手枪,一连串杂乱的闪光从他的右手发射出来。子弹撕裂了斯坦迪什的身体,她发出一声尖叫。

64

肖扑向她,眯起眼睛躲避因福伊尔的射击而飘向空中的沙子。

他拔出格洛克手枪,双手举起,一边保持平衡一边寻找目标。

福伊尔已经绕到左边,在树林里飞速奔跑,肖没有机会开枪。福伊尔发动汽车,飞驰而去。

肖回到斯坦迪什身边,她痛苦地扭动着身体。"好吧,学校不会教这些破事的。确实很疼,很疼。"

他检查她的伤势。两发击中防弹背心。前臂中了一枪,打到了小臂静脉,小腹附近也中了一枪。

肖把枪塞进夹克口袋,双手按住她的伤口,说:"你一定要这么善良吗,斯坦迪什?不能对拿着宝马车钥匙的人开枪?"

"到船上去,肖。如果伊丽莎白……快去!"她喘息着。

"你会很疼的。"

他在斯坦迪什腹部的伤口上施加压力,从刀套里拔出她的锁刀,抓住刀刃,用刀柄的重量单手将它打开。他把血淋淋的手掌从伤口上拿开,但只来得及割下一条衬衫下摆,当作简易止血带。他绑住她的大臂,尽量减少出血,又用树枝把布扎紧。

斯坦迪什小臂出血的速度慢了下来。他合起刀刃，把刀放进口袋。

"疼，疼……"斯坦迪什说，"叫救援，肖。别让他走太远。"

"我会的。他们快到了。"

对于腹部的伤口，除了按压止血之外别无他法。他捡了一些树叶，放在伤口上，然后发现了一块重约两千克的石头，他把它放在树叶上面。斯坦迪什痛苦地呻吟着，弓起了背。

"别动，保持静止。我知道这很难，但你必须保持不动。"

他在夹克和裤子上擦了擦手，以便拿出手机拨号。

"警察和消防紧急热线。有什么问题——"

"代码13。警官中枪。"斯坦迪什有气无力地说。

他重复了一遍，然后看了看GPS，告知具体的经纬度。

"先生，你叫什么名字？"

"科尔特·肖，联合重案组特遣队的卡明斯长官认识我。嫌疑人有武器，已经逃离了我刚刚说的位置。他可能正开着一辆白色新款宝马汽车向东行驶，是加州牌照，车牌号前三位是978，后面的不知道。嫌疑人是吉米·福伊尔，在奈特时间游戏公司工作。受伤的警官是调查组的拉多娜·斯坦迪什警探。"

调度员又问了些问题。肖没理她，把手机开了免提，放在斯坦迪什旁边。她的眼神已经失去了焦点，眼皮低垂。

肖松了松止血带，然后再次系紧。他从斯坦迪什胸前的口袋里掏出一支笔，在她的手腕上写下他绑止血带的时间，那笔的颜色略浅。这样医务人员就会知道，她的手臂已经被绑住一段时间了，他们应该放松止血带，让血液循环，以降低她不得不截肢的风险。

他们一句话都没有说,也确实无话可说。他把手枪放在电话旁边,尽管很明显那个女人几分钟后就会晕过去。

她可能会在救援到来之前死掉。但现在他不得不离开她。

他脱下夹克和防弹背心,盖在她身上,然后站了起来。随后——

科尔特·肖向着大海冲过去,紧紧盯着那艘船。

那艘十二米长的废弃渔船已经有几十年的历史,正缓缓下沉,四分之三已经沉入水下,只有船头露出水面。

肖没有看到通往船舱的门。这意味着这艘船肯定只有一扇门,而且现在已经沉到水面下了。船的前部仍高于海平面,有一扇窗户面向船头。窗户足够大,人可以爬进去,但是看上去已经被封死了。他试着寻找那扇门。

他停了一下,想:有必要这样做吗?

肖试着找到那条把船拴在码头的绳子,也许收紧绳子能让船免于沉没。

但是没有绳子。船抛锚了,这意味着它注定要下沉九米,沉到太平洋底了。

他跑到湿滑的码头上,避开了腐朽最严重的部分,脱下血迹斑斑的衬衫,然后脱了鞋袜。

一阵汹涌的海浪冲击着渔船,渔船颤抖着,在看似平静的灰色海水中再次下沉了一些。

他喊道:"伊丽莎白?"

没有回应。

如果她真的在船里,那么就已经在里面待了好几个小时。如果她没有办法远离太平洋冰冷的海水,那她现在已经死了。

当然,肖不得不做出不同的假设。他把一只胳膊伸入水中,判断温度大约有四摄氏度。在这样的温度下,他距离因失温而晕厥还有三十分钟。

计时开始,他想。

然后他一头扎进水里。

65

"拜托了,先救你自己。"

二十分钟后,科尔特·肖进入正在下沉的船舱,站在隔开他和伊丽莎白·夏贝尔的舱壁门口。他拿着花盆的碎片,继续试图把铰链周围的木头削掉。

"你听得到吗,伊丽莎白?"肖叫道。

"海浪之日号"又下沉了一些,水正从船舱前部的缝隙流进来,很快就会倾泻而入。

"我的孩子……"她啜泣着。

"清醒一点儿,孩子需要你,好吗?"

她点了点头。寒冷使她有些结巴:"你……不、不是警察吧?"

"不是。"

"那、那么……"

"男孩还是女孩?"

"什、什么?"

"你的孩子,是男孩还是女孩?"

"女孩。"

"你给她起好名字了吗?"

"贝、贝琳达。"

"这名字不常见。"肖说,"你得往上爬,爬得越高越好。"

"还有你的……"她的声音很微弱,"名字?"

"科尔特。"

"这名字也不……也不常见。"她笑了,然后又哭了起来,"你、你、你已经做了你、你能做的一切……你得、得出去了。你也有家庭。走吧!谢谢你!上帝保佑你。快走。"

"再高,爬得再高点儿!行动起来,伊丽莎白。乔治想见你。还有你在迈阿密的父母。还有石蟹,很好吃的,记得吗?"

肖捏了捏她的手。她照他说的做了,涉水走到床铺旁,爬了上去。他扔掉了没用的陶瓷碎片。

距离失温还剩多久?当然,时间是有限的。

"快走!"她叫道,"离开这儿!"

就在这时,混着海带的灰蒙蒙的海水从窗户的缝隙涌进了前面的船舱。

"快走!求、求你了……"

有尊严地死去……

肖摸索着爬到前窗,回头看了一眼夏贝尔,然后跃过窗户,进入大海。寒冷使他头晕目眩,迷失方向。

一个浪头打在船上,船撞在他身上,肖被推向一个塔架。他的脚碰到了甲板的栏杆,就在被压碎之前,他把自己推开了。

他仿佛听到了夏贝尔的啜泣声。

是幻觉吗?

是,也可能不是……

肖转身向被淹没的船尾拼命游去。他停止了颤抖,他的身体告诉他:就这样吧,没必要再保持体温了。

由于没有了前窗，水一股脑涌进舱内，就像从破损的水坝的裂缝中流过一样。船下沉得很快。

在船舱几乎完全沉入水下时，肖深吸一口气，一头扎了下去。

在水下大约两米处，他紧紧抓住栏杆，想起门把手的位置。他把脚撑在舱壁上，慢慢伸直双腿。

门像以前一样关着，但片刻之后，它缓缓向外摆动。

这是一次赌博，他赢了。在苏菲的案子里，"玩家"留下了一扇门。《低语者》的游戏规则是，只要你能找到，总有办法逃出去。

在这里，唯一的出路是船舱的门。它不是被螺钉密封的，而是被不相等的压力紧紧压住了，因为外面是水，里面是空气。肖推测，只要船舱内外水面的高度一样，门就可以被打开了。事实的确如此。

这扇门打开的速度非常缓慢，好一会儿才有足够的空隙。他立刻游进去，抓住几乎失去知觉的夏贝尔，把她拉了出来。他们一起离开了"海浪之日号"，船边下沉边向右舷翻滚，在他们身下消失了。船下沉时的吸力向下拽了他们一下，但只是暂时的。他们很快浮出水面，两人都喘着粗气。

肖踢着水，环顾四周，确定方向。

他们离岸边还有九米。突堤比他们高出一点五米，但没有梯子，光滑的绿色塔架无法攀爬。

"你还好吗？"肖喊道。

夏贝尔吐了一口水，不停咳嗽，点了点头。她的脸色非常苍白。

肖一直踢着水，让两人浮在水面。当冷漠的海浪把他们推向突堤时，肖用一只手挡开了塔架。

唯一的出路是上岸……但他看到的情况并不乐观。海边的石头呈现出化石般的灰色，也覆盖着绿色的苔藓。似乎有些地方他可以抓住，但想靠近，就要任由汹涌浪涛的摆布，海浪正拍打着岩石。浪头也会将他们扔向大海，他们会像浪花一样碎裂四散。

"我、我的孩子，孩子……"

"贝、贝琳达会没事的。我、我不是已经带你离开'泰、泰坦尼克号'了吗？"

"孩子……"

好吧，只能从岩石爬上去了，没时间了。

当他转向岸边时，伊丽莎白·夏贝尔尖叫起来："他回来了！他回来了！"

肖抬起头，看见一个人影从突堤上奔来。

不管警方的人反应多快，他们现在都不可能到这里，除非坐直升机，但附近没有直升机。来者应该是吉米·福伊尔，他回来除掉目击者。

肖用力踢水，挣扎着向突堤游过去。他们只能躲在那下面，即使冒着海水涨落的风险，还必须尽量避开塔架上的尖刺、钉子和锋利的藤壶。

冰冷的海洋再一次拒绝合作，让肖和夏贝尔停滞在距离码头两米左右的地方。这在吉米·福伊尔的射程内，肖很清楚，福伊尔枪法不差，可以正中靶心。

肖眨了眨眼睛，抬起头来……他看到那人跪倒在腐烂的码头上，伸出一只手。

他手上拿的不是手枪，而是别的东西……是的，是一些布料，一根粗布做的绳子……

"过来，肖，抓住它！"那个人是丹·威利警探。

所以他们的后援终于到了。他就是斯坦迪什发短信求助的人。由于他们是私自行动，所以需要一个非官方的人，而斯坦迪什能想到的唯一人选就是这位被她贬黜的联络官。

经过两次尝试，肖终于抓住了威利放下去的东西。

啊，聪明。威利把肖的夹克和自己的绑在一起，又把腰带系在绳子的一端，做成一条救生绳。

"系到她的腋下！"威利喊道，"这条绳子！"

这名警察紧紧抓住绳子那头，肖则把另一端绑在伊丽莎白·夏贝尔的头和腋下。

那个大个子男人把她往上拉，她消失在平台上。随后这个临时制作的救生装置再次放下，威利用力拖曳，肖在桩子上找到了踏点，很快也爬上了码头。

66

永远不要犹豫，随机应变……

当然，这是阿什顿·肖的巨著《永不之书》中的规则之一。

此时此刻，他的儿子科尔特正在想一个更细化的变体：

永远不要犹豫，使用破旧的灰色轿车的高效加热器，温暖体温过低的受害者的核心温度。

肖坐在拉多娜·斯坦迪什的车里，琢磨着这是条不错的规则。附近停着来自不同机构的八九辆警车，还有一辆救护车，伊丽莎白·夏贝尔正在里面接受检查。

肖的颤抖减轻了一些，所以他调低了暖气。他穿着由圣克拉拉消防局提供的换洗衣服：一套深蓝色的连体衣。

肖血迹斑斑的手机里有一封电子邮件，是他的私人侦探麦克发来的。邮件内容是对他在布拉德·亨德里克斯书房里打的那通电话的回应，当时他正要用纸巾从桌子上拿走硬盘和其他珍藏。

他仔细阅读那封电子邮件。

假设成为结论。

肖注意到一名医疗技术人员从救护车上走下来，眯起眼睛环顾四周。他发现了肖，朝他走来，肖也下了车。技术人员报告说，夏贝尔的心跳——不管是她自己胸膛中的，还是腹部传来的——都很强烈。医护人员向她保证，福伊尔给她注射的镇静剂的剂量不会对她或孩子产生持久影响，母子都会平安。

但对拉多娜·斯坦迪什来说，情况就不一样了。

肖已经做好心理准备，可以接受她将死于重伤的结果。但是情况并非如此，这名警探还活着，但伤势严重，已经被送往圣克拉拉的一家医院，那里有专门处理枪伤的创伤中心。她失血过多，尽管肖的止血带和他记下的时间可能一时救了她的命。医护人员告诉肖，她还在手术中。

丹·威利站在他的车旁，与联合重案组特遣队的警长罗恩·卡明斯交谈。普雷斯科特和来自加州调查局的无名矮个子探员也在场，但现在由卡明斯负责。

肖猜，这是因为找到罪犯并救出受害者的是他的手下，而不是加州调查局的警官。

在热心市民的帮助下。

肖还看到了另一个参加这场大戏的人。十米外，吉米·福伊尔低着头坐在一辆警车的后座上。

是丹·威利抓住了他。这位警探当时正行驶在通往海滩的那条小路上，斯坦迪什之前给他发过短信，说他们要去那里。他突然发现福伊尔的白色宝马正在单行道上向他疾驰而来。

这个男人可能是个糟糕的管理者，但他证明了自己在身处险境时能保持冷静。他开着那辆便衣警察的车，玩起了老鹰捉小鸡，把福伊尔撞进了沟里。当那位游戏设计师跳出车外盲目射击时，威利只是蹲在车后，手握武器却没有开枪，直到对方打空弹匣，他才追了上去。这次追捕一定很不容易，福伊尔的鼻子流血，左手缠着厚厚的米色绷带，露出的手指因为缺血而泛着紫色。

卡明斯看到肖从那辆开着暖气的车里出来，便朝他走去。普雷斯科特和另一个探员跟着他，卡明斯回身说了些什么，他们停了下来。

"你还好吗？"卡明斯问道。

肖简短地点了点头。

这位特遣队指挥官说："福伊尔什么都不肯说，我仿佛漂在海上，有点儿不知所措。"

考虑到他们就站在离太平洋三十米远的地方，而且肖和一名孕妇差点儿淹死在那里，这句话颇具讽刺意味。

夕阳照在卡明斯光亮的头上。"你要不要解释一下？"

肖解释说："马蒂·埃文告诉我，他找到了一个完全符合'玩家'特征的人。而有人在快字节咖啡厅看到了布拉德·亨德里克斯，他痴迷于《低语者》，绑架发生时也没在线。"

"你觉得他太完美了，"正是因为足够精明，卡明斯才会担任联合重案组特遣队高级警长，"就像是被陷害的。"

"没错。他的代理服务突然关闭了，所以他的名字才那么巧出现在我们眼前。当然，布拉德的确是个值得怀疑的人，我也去查了。我见了他的父母，去过他的房间，那是一个相当可怕的地方。但我寻找过不少失踪青少年，很多人的房间也很恐怖。我注意到他的墙上有些东西，是他在《低语者》的通关进度。我意识到布拉德只是痴迷于这个游戏，而不是游戏代表的暴力。"

"那个孩子绝对不想进入现实世界。坦率地说，他什么都不想做，更别说麻烦地绑架别人了。"

乌龟……

"所以我认为他很可能是无辜的,有人想让他背上杀害亨利·汤普森的黑锅。那么是谁呢?我看了看汤普森写的博客文章。我们已经调查过数据挖掘文章的方向,事实证明是行不通的。我也想过他关于硅谷高房价和租金的文章。"

卡明斯的声音有些阴沉。"房地产吗?详细说说吧。"

"马蒂·埃文创建了一个企业联合组织,收购地产,为工人们提供廉价住房。这个企业联合组织是否涉嫌吃回扣或贿赂?汤普森发现了吗?我用拉多娜的账号进入了县和州的数据库,发现埃文的企业联合组织是非营利性的,没有一个成员能从中获利。那么汤普森也就实在没有什么可以揭露的。也许他发现了另一个房地产骗局,但我没有任何线索。

"然后我退了一步。我回忆起一开始是怎么找到布拉德·亨德里克斯的——通过吉米·福伊尔。也许他做了他最擅长的事,想出一个游戏策略,向我们提供嫌疑人。我记得命运娱乐的马蒂·埃文曾经告诉我们,游戏公司的数据库很容易被黑。福伊尔是个天才白帽黑客。"

卡明斯摇了摇头,肖解释了这个词的含义。

"我猜他黑了《低语者》的服务器,修改了布拉德的登录时间,让他看起来好像在犯罪发生时离线。布拉德最近来过快字节咖啡厅,这将他和苏菲联系起来,但在这之前没人见过他。他收到过一个年轻女子的信息,约在那里见面。我猜那个给他发信息的人正是福伊尔,他想让人们认出布拉德,把他和咖啡厅联系起来。等到今天,他做完该做的事,也就是杀死汤普森,他关闭了布拉德的代理,我们顺理成章地得到了他的地址。"

"但他为什么要杀汤普森呢?"

"因为那篇关于游戏公司新收入来源的博客文章,将会揭露真实情况。"

"那是什么?"

"托尼·奈特和吉米·福伊尔利用他们的游戏传播虚假新闻,以此牟利。"

67

肖对卡明斯说:"早些时候,我的私人侦探订阅了那个电子游戏《谜题》。"

他解释说,他要求麦克回看游戏开始前几分钟出现的新闻广播。侦探在那些报道中发现了一些明显是虚假的故事,散布有关商界人士和政界人士的谣言。

肖拿起手机,转述了麦克的报告,是在过去几天记录下来的几个故事:"国会议员理查德·博伊德自杀了,因为有谣言说他联系过年轻的同性恋男妓。在奈特时间的游戏中出现这个'故事'之前,没有任何关于此事的报道。博伊德的妻子刚刚去世,他的家人说他的健康状况也很不稳定。如果他死了,可能会打破国会的权力平衡。

"阿诺德·法罗是波特兰智能图系统公司的首席执行官。他近期被迫辞职,因为有传言称他对'二战'期间日裔美国公民的死亡发表了正面评论。奈特时间的游戏中出现这则'故事'之前,也没有任何关于这类事件的报道。

"托马斯·斯通,洛杉矶市长的绿党候选人,据传与生态恐怖分子有联系,并参与了纵火和破坏活动。他对此予以否认,没有提出任何指控。

"犹他州民主党参议员赫伯特·斯托尔特因提议对互联网使用征税而成为恐吓邮件的受害者。这个'故事'也是在奈特的游戏新闻里首次出现的。斯托尔特否认有过任何此类提议，在此之前也没有类似提议的报道。"

肖把手机收起来。"托尼·奈特的游戏和附加服务是免费的，前提是你得看完新闻广播和公共服务广告。他害怕汤普森知道这件事。三四年来，该公司的收入一直在下降。他们的摇钱树《谜题》表现不佳，而设计师福伊尔提不出任何新点子。奈特十分绝望。他是个字面意义上的玩家。我猜他联系了众多说客、政客、政治行动委员会和企业家，提出了一个想法：他可以提供平台，传播任何他们想广而告之的信息，也就是那些谎言、谣言、诽谤和虚假新闻。"

"电子游戏是在观众面前进行宣传的一种方式。"卡明斯似乎深受震撼。

肖补充道："对于年轻的观众或随波逐流的观众，这种消息会深入人心。"

"怎么做到的？"

"游戏里有注册投票的插件，也有很多关于投票给谁的建议，有些很隐晦，有些则相对直白。"

他注意到威利走向福伊尔所在的警车，打开门，弯下腰跟他说话。

卡明斯说："而且一切都不为人知。它只是一个电子游戏的附加组件，没人会想到它。它不受监管，躲过联邦通信委员会和联邦选举委员会。所有这些都是假新闻和假观点。有多少观众？"

"光在美国就有数千万用户，足以左右全国大选。"

"天哪。"

肖和卡明斯看着丹·威利关上车的后门,向前走过来。如此英俊、镇定的警察,好似电视剧里的角色。

卡明斯问道:"他有什么要说的吗?"

威利说:"他看着我,就像看着一只虫子。然后他说他想找个律师,仅此而已。"

68

布拉德·亨德里克斯驼着背,坐在他的地下巢穴里,面对高清电脑屏幕。

这个年轻人一动不动,耳朵被裹在巨大的耳机里,手在疯狂敲击键盘,眼睛死死盯着三星的屏幕。对他来说,这个世界除了游戏,什么都不存在。肖毫不惊讶地注意到,他在玩的游戏正是《低语者》。

肖走进地下室,但在楼梯下停住,盯着电脑屏幕。

一个弹出窗口显示,布拉德的背包里现在有十一件物品。

肖想起一件事。阿什顿让他、罗素和多蕾昂准备好求生应急包,放在面向群山的后门附近。这些为了紧急情况准备的包里,装着你在最极端的情况下生存一个月左右所需的一切。(长大后,科尔特明白,生存主义者的真正宗旨是"赶紧他妈的跑路",但阿什顿·肖绝不会在孩子面前说脏话。)

肖慢慢走近。

永远不要让动物或人类感到惊讶……除非为了自身的生存。

布拉德转过头,看到了肖,又转头回到游戏中。

字幕出现在屏幕底部。

液压机将在五分钟后开启。如果可以的话,穿过那里,奖赏将在另一边等着你。

肖回忆起,"低语者"本身就是教练。这个游戏里的大师有时会帮助你,有时则会撒谎。

男孩红着脸转向肖,扯下耳机,暂停游戏。他拂去眼前发亮的直发。

"布拉德?我是科尔特·肖。"

他把背包递给那个年轻人,里面装着他带给吉米·福伊尔的大部分东西。

布拉德朝里面看了看,说:"我一直不喜欢《谜题》。"

"里面有很多广告,信息式广告。"

布莱德皱了皱眉头,仿佛在说明一件显而易见的事。"不,不是。吉米·福伊尔很聪明,太聪明了。我们不需要几千万亿颗行星。他原来挺好的,但他忘记了游戏是什么。他在为自己制作游戏,而不是为了玩家。"

好玩,肖回忆起马蒂·埃文对他说过的话,游戏必须好玩。

布拉德拿出磁盘和驱动器,把它们放在桌子上。他深情地望着它们,仿佛一只从院子里溜出去的狗又回家了似的。

他把它们整理稳妥。"你知道为什么要用硅吗?硅?用在电脑芯片上?"

"我不知道,对不起。"

"材料分别为三种。导体永远让电子通过,绝缘体不让任何东西通过,半导体……硅就是半导体的一种。它们有时让电子通过,有时不让,像门一样。这就是电脑工作的原因。硅是最常见的半导体材料,还有锗,砷化镓更好。这整个地区可以被称为砷化镓谷。"他拿起耳机，想继续游戏。屏幕在等待状态中不耐烦地闪烁着。

他还没来得及戴上耳机，肖就问道："你出去过吗？"

"没有。屏幕太刺眼了。"

当然，肖醉翁之意不在酒。

"你为什么不在流媒体平台直播刷任务呢？"

就算布拉德对肖知道游戏术语感到一丝惊讶，他也没有表现出来。那男孩笑了笑，但有些悲伤。"那是为漂亮的人准备的。他们在漂亮的房间，墙上挂着有趣的东西。他们会整理好床铺，擦干净窗户。你得一直开着网络摄像头，订阅者们希望如此。他们希望你很酷，很有趣，谈谈你的游戏玩法。我不会那么做的。我打游戏的方法是本能。世界上只有二十二个人打到了第九关，我就是其中之一。我必须打到第十关，我要杀了那个'低语者'。"

"我想给你些东西。"

没有回应。

"这是你可能想跟他通话的人的名字。"

还是沉默，但那孩子放下了耳机。

"马蒂·埃文，命运娱乐公司首席执行官。"

他的眼神飘忽不定，某种情感一闪而过。

"你认识他？"

"是的。"

"能跟他说上话？"

肖在手机通讯录里找到电话号码，从布拉德的桌子上拿起一支笔，把它写在便利贴上。他把这个黄色方块贴在一个空酸奶瓶和五本《我的世界》攻略书旁边。"告诉他，是我让你打电话的。如果你想找份工作，他会和你谈的。"

布拉德迅速瞥了一眼那张纸条，注意力转回屏幕上。

然后他又戴上了耳机。游戏角色行动起来，拔出刀，发射激光枪。

肖转身上楼。经过客厅时，他瞥了一眼孩子的父母。母亲坐在沙发上，父亲坐在扶手椅上，两人都全神贯注地看着电视里的犯罪节目。

肖一言不发，从他们身边走过，径直走了出去。他发动越野车，在潮湿的傍晚显然开得太快了。

69

"这就是她。"

科尔特·肖手拿头盔,站在圣克拉拉纪念医院的病房里。考虑到这是一个治愈疾病和伤痛的场所,名字里的第三个词使肖感到好奇,因为它表明这个地方经历过失败[①]。

他向刚才说话的女人点了点头,那微弱的声音不亚于"低语者"。那人正是拉多娜·斯坦迪什。

她躺在一张构造复杂的床上,周围是精密的仪器。她继续说:"科尔特,这是凯伦。"

他在斯坦迪什桌上的照片上见过她。她是个身材结实的女人,个子高高的,一副农家姑娘的模样。照片中她的头发是金黄色的,现在则是橙红色,比麦迪·普尔的头发亮两个色度。

一个大约两岁的漂亮姑娘打量着他。她手里拿着一只兔子毛绒玩具,和她穿的红色格子衣服是同样的布料。她有着遗传自母亲的蓝眼睛。这就是杰姆。

"你好。"肖说道。他总会把笑容留到这样的时刻,大多数时候是留给他的外甥女们。

[①] 圣克拉拉纪念医院,原文为 Santa Clara Memorial Hospital,第三个词 Memorial 意为纪念的、追悼的。

女孩挥了挥手。

凯伦站起来,紧紧握住肖的手。"谢谢。"她的眼睛睁得大大的,流露出感激之情。

肖坐了下来。他注意到这里有鲜花、卡片、糖果和气球。他不是那种会带礼物探病的人。他并不反对这个想法,只是不想这么做。下次来的时候他也许会给她带本书,那更实用一些,不像气球什么都干不了。

"他们怎么说?"他瞥了一眼斯坦迪什那只包得严严实实的胳膊,惊讶地发现医生居然保住了它。腹部的伤口被藏在颇具功能性的毯子下面。

"胳膊断了,脾脏被打穿了,不过我也许可以留得下它。你其实不需要脾脏,肖,你知道吗?"

他回忆起父亲关于急救医学的演讲。

"如果他们把它取出来,可能会有感染的风险。我的医生……"因为止疼药的原因,她恍惚了一会儿,"他说脾脏就像是次级职业棒球联盟的替补选手,不是很重要,但最好有一个。真不敢相信我当时竟然被耍了,肖,那声汽车喇叭。"她的脸上浮现出一个淡淡的微笑,"医生说你很懂,你以前处理过枪伤吗?"

"是的。"

这是父亲给他们上的第一堂急救课,关于按压点、止血带和包扎伤口的方法。父亲还有一些其他建议:

永远不要在枪伤处使用棉塞。有人会建议你这么做,但不行,棉塞会扩张伤口,造成更大的伤害。

阿什顿·肖是一个智慧财富的宝库。

"你是什么时候醒的?"

"有三四天了吧。"

肖问道："你知道整个故事了吗？"

"丹告诉我，这一切都是关于虚假信息、宣传、谎言和让孩子投票……投票给某些人。谣言，这是我们现在最不需要的东西，它会毁掉生活和事业……关于外遇和犯罪的谎言。都是胡说。"斯坦迪什又神游了片刻，然后恢复神志，"奈特呢？"

"消失了。他们扣押了他的飞机，拘留了他的同伙，可是没有找到他。"

这就是特遣队的警官守在她家门外的原因。

凯伦把一本图画书递给越来越焦躁不安的杰姆。她带来了一个装满书和玩具的袋子。肖的妹妹也会这么做，并教会了他在照看孩子时分散注意力的技巧。他不经常实践，但当他被叫去看孩子的时候，他要确保自己已经做好了准备。

他知道在任何情况下都要贯彻生存主义。

接着，斯坦迪什眼里涌出泪水。

凯伦倾身向前："亲爱的……"

斯坦迪什摇了摇头。她犹豫了一下。"我给卡明斯打电话了。"她说。

凯伦说："看起来多妮[①]要去行政部门了。"

斯坦迪什说："他不想告诉我，至少不能在我还卧床的时候，但我必须知道。他说我以后的工作很安全，也不会出外勤了。他说这是政策，没人受了这么重的伤还要回去出外勤。"

肖想到了她的计划，她要到街上去，但现在看来，这个计划要永远搁置了。

---

① 多妮，拉多娜的昵称。

或许并非如此。她止住眼泪,粗暴地擦了擦脸。她橄榄色的眼睛里有某种东西,暗示着她总有一日会和联合重案组特遣队讨论这个话题。他点头,祝她好运。

凯伦对肖说:"多妮出院后,如果你还在附近,要不要来家里吃顿晚饭?还是你准备离开了?"

"她是个——"斯坦迪什低声说了一个形容词,"厨师。"因为她念那些无法过审的词时嘴唇不怎么动,肖只好猜她说的是"了不起的"。

"我很愿意。"

不知道父亲的那堆文件会把他引到何处,去寻找十月五日那个秘密的答案。也许他还会在这里,也许他要去其他地方。

他们又谈了一会儿,直到一个护士进来换药。

肖站了起来,凯伦张开双臂搂住他,再次低声说:"谢谢。"

斯坦迪什睡眼惺忪,目光呆滞,挥了挥手。"我也会这么做的。我不认为……你会喜欢我的尖叫声。"

他走到门口。斯坦迪什低声说:"等一等,肖。"然后她对伴侣说:"东西带来了吗?"

"哦,是的。"女人把手伸进钱包,递给他一个棕色的小纸袋。他取出一个直径约十厘米的廉价金属圆盘。圆盘中心是一颗五角星,上面用浮雕写着"副警长"。

70

"你是个英雄。"

说这话的是他的爱慕者蒂凡妮。

"电视上到处都在报道。第二频道说他们邀请你接受采访,你没答应。"

肖点了一杯咖啡,打断了她的崇拜之情。然后他接了一句:"你的视频帮了大忙。谢谢你。"

"乐意效劳。"

他环顾四周,要见的那个人还没有来。

空气安静了一瞬。蒂凡妮擦了擦手,低下头。"只是……我想我应该现在说出来。我一会儿有空——十一点左右。我知道那已经很晚了,但是,也许,你想吃点儿晚餐吗?"

"我太累了。"

女人笑了。"看得出来。"

这是实话,他真的很累,刚才在房车冲了个澡,换了衣服就来了。如果没有接到电话,他现在已经睡着了。

"我想你很快就要出城了。"

他点了点头,然后瞥了一眼门的方向。

罗纳德[①]·卡明斯推门进来。他对蒂凡妮亲切地点头,蒂凡妮对他笑了笑,这让肖很惊讶。"警官,还是老样子?"

肖扬起眉毛。

警官对他说:"我们这种人也是会出门的……是的,跟平常一样就行了,蒂芙[②]。玛吉怎么样?"

"挺好的。她还在训练。我告诉她半程铁人三项跟全程铁人三项差不多,她说那可不一样。现在的孩子啊。"

她给他端来一杯拿铁或是其他什么飘着泡沫的饮品,卡明斯和肖都坐了下来。店内空位不多了,打开的笔记本电脑像四月的樱花一样散落在各处。

卡明斯抿了一口,努力擦掉奶泡留下的白胡子。"我有事要当面告诉你。"

"我想到了。"肖喝了一点儿咖啡。

蒂凡妮拿来一块燕麦饼干,把它摆在卡明斯面前。

"你呢?"她问肖。

"我不是那种嗜甜的男人,谢谢你。"

肖微微笑了一下,比调情更加深情。

她走后,肖看了看那个警察。

"这真的很好吃,是蒂凡妮自己做的。"他对着小饼干点了点头。

肖什么也没说。

"好吧,针对奈特的行动暂停了。顺便说一句,我绝对不会把这件事告诉你。"

"暂停了?"

[①]罗恩,罗纳德的昵称。
[②]蒂芙,蒂凡妮的昵称。

"有搜查令,但联邦调查局的人正盯着。"卡明斯环顾四周,身体前倾,"看来奈特的某个客户是为政客工作的说客,雇用奈特发布一两则假新闻。这件事也许和这个人有联系,也许没有。但如果奈特被捕,他的名字公之于众,那么他未来的计划就全泡汤了。我指的是他去华盛顿待四到八年的计划。"

肖叹了口气。他现在明白为什么联邦调查局没有参加有关伊丽莎白·夏贝尔的简报会了。

卡明斯嚼着饼干,说:"你可能想问我们怎么办。特遣队,或者加州调查局,会对奈特提起诉讼。"

"嗯。"

"我们必须到此为止。这是从萨克拉门托来的指令,只给我们二十四个小时,让我们做出一副正在收集证据或追查线索的样子,注定是白忙。结果我们和联邦调查局的人都去了他最后出现的地方,又是闪光弹又是坦克,弄得挺热闹。"

"到那时,他已经在一个不允许引渡逃犯的国家的海滩上了。"

"差不多吧。反正我们已经抓住了一个嫌疑人,也就是福伊尔,也关停了他的公司。"

"'低语者'逃之夭夭。"

"什么……哦,那个游戏。我想亲自告诉你,你现在很危险。我觉得亏欠了你。斯坦迪什告诉我,你……因为凯尔·巴特勒和亨利·汤普森的事情,非常想让奈特被捕。"

不一定要抓活的,死的也行。

"你请来了所有帮手?"

卡明斯已经对他的重口味烘焙食品失去了兴趣,也不想喝咖啡了。"我从来没有帮手,我们收到的信息只是让我们按兵不动。"

"只有二十四小时?"

那人点了点头。

"你也无能为力吗?"

"我很抱歉。唯一能让奈特入狱的方法就是,他举起双手走进特遣队,说:'我为这一切感到遗憾。'然后主动投降。"他疲惫地笑了笑,"拉多娜告诉我,你喜欢按百分比办事?好吧,你我都知道这种事情发生的可能性,不是吗?"

肖问道:"你或者联邦调查局的人,知道奈特在哪里吗?"

"不,我们都不知道。就算知道,我也不会告诉你。"卡明斯扫了一眼肖的眼睛,肯定读出了什么令人不安的东西,"我知道你的感受,但现在别做傻事。"

"把这话跟凯尔·巴特勒和亨利·汤普森说去吧。"肖起身,拿上头盔和手套。他向蒂凡妮点了点头,朝门口走去。

"科尔特,"卡明斯说,"他不值得你这么做。"

那位警长好像又说了些什么,但肖已经走到外面凉爽的傍晚中,一个字也没听见。

71

吉米·福伊尔一直在等待访客,但他显然没想到会是这个人。

科尔特·肖走进联合重案组特遣队的审讯室时,福伊尔眨了眨眼睛。巧合的是,这里正是肖和卡明斯相遇的地方,肖感觉那已经是上个世纪的事情了。

福伊尔坐在肖对面。虽然地板上固定着一些铁环,但这名男子并没有被戴上脚镣。也许狱卒们认为肖能应对他的攻击。

这位游戏设计师喃喃自语道:"我对你无话可说。这是一个阴谋。他们想要我供认,但我什么都不会说的。"那人的嘴唇绷紧了。

肖不得不承认他有些同情眼前的人。如果你把一生都投入到艺术中,然后在他这么年轻时意识到自己已经失去了激情,那会是什么感觉?像被缪斯女神抛弃了?

"这只是咱俩的谈话,我不会说出去的。"

"我什么也不会告诉你的。滚吧。"

肖平静地说:"吉米,你知道我是干什么的。"

他有些不确定地说:"你赚取赏金……之类的。"

"没错。有时我会寻找失踪的孩子或患有老年痴呆症的祖父,但我的主要工作是追踪逃犯。我已经把不少人送进监狱了,他们都不太喜欢我。我查看过你的改造计划,估计你要在圣昆廷监狱待到开庭。我之前把四个犯人送进了那个监狱。如果你不配合的话,我就去跟认识的几个看守聊聊,哦,也就是监狱警卫,你很快就会认识他们了。他们会到处说你是我的朋友,而且——"

"什么?"福伊尔浑身僵硬。

肖伸出手,手掌朝前。"冷静,冷静点儿……我保证这个消息很快就会传开的。"

"你这个浑蛋。"他叹了口气,身体前倾,"如果我说了什么,他们会听到的。"他朝天花板点了点头,想必那里的隐藏麦克风正在努力工作。

"这就是为什么我要把问题写下来,你也要把答案写下来。"

他从包里拿出一本笔记本,翻开,又拿出一支笔。那是一支廉价的可弯曲的塑料笔,是看守提供的。看守解释说,带着尖锐的德尔塔钢笔去见杀人案的嫌疑人不是个明智的选择。

72

"不死很容易,"阿什顿·肖对当时十四岁的科尔特说,"生存很难。"

不用他的儿子问这是什么意思,这位教授总是直奔主题。

"躺在电视机前的沙发上,坐在办公室里写报告,在海滩上散步。这些都只是在避免死亡……喂,再给我一个岩钉。"

即使是在那个年龄,科尔特也明白他父亲关于"不死很容易"的话语中带有讽刺,因为他们正身处三十六米的高空中。这个地方在恶魔峡,一道垂直崖壁正好位于肖家土地的边界。

科尔特把岩钉递给他,阿什顿用系着绳的锤子把金属钉敲进一道裂缝,确定稳固之后,"咔嗒"一声把登山扣钩了进去。父子俩在平行的路线上,往手上扑了粉,向上移动了几厘米。他们离山顶只有三米了。

"不死和活着是两码事。只有在求生的时候,你才是活着的。而只有在存在失去某些东西的风险时,你才会设法求生。你冒的风险越大,你就越算是活着。"

科尔特等着父亲把这句话总结为一条"永不规则"。

但是他父亲什么也没说。

这是科尔特·肖从父亲那里得到的建议里他最喜欢的一条,

比所有"永不规则"加在一起都好。

此刻,当肖骑上雅马哈 YZ450FX 摩托车,沿着一条土路前往硅谷和半月湾之间的斯卡帕特峰时,阿什顿的话萦绕在他的脑海里。就像在亨利·汤普森被谋杀的大盆地红杉国家公园,这条路可能是一条古老的伐木道,但现在已经是徒步旅行者的必经之路了。他将速度飙到每小时八十八公里,摩托车腾空,然后像秋天的鸭子降落在湖面上一样落地。

每分钟都很关键。他再次扭动油门。

不久,他来到了一片空地。这是一片四万多平方米的低矮草地,周围环绕着松树和阔叶树。

他把摩托车驶出树林,关掉了引擎。这辆 499cc 的大排量摩托车脏兮兮的,有一个撑脚架。这种附件对于雅马哈之类的合法改装车来说是必需的,否则当你去购物时,它无法侧着停稳。他撑起摩托车,摘下头盔和手套。

这件事到底有多疯狂?

但是肖已经决定了,无所谓,这是不可避免的。

不死和活着是两码事……

这片空地让他想起了家里小屋后面的草地,也就是玛丽·德芙主持她丈夫葬礼的地方。阿什顿早就预料到了自己的死亡,可以说过于未雨绸缪了,而且早就安排好了葬礼。那时他头脑敏锐,聪明,富有一种邪恶的幽默感。他在遗嘱中写道:"我希望阿什的骨灰撒在新月湖。"

疯狂骑行之后,肖凝视着空地。在月光照耀的广阔天地的尽头,有两只猫眼般的窗户,闪着黄色的光,从这里看就是两个光点。灯光是从一间度假小屋照出来的,它的位置正是肖从吉米·福伊尔那里打听到的情报。

给我的答案……

一路小跑到那间小屋只花了他不到五分钟。三十米外,他停住了,想找个安全的地方。屋外可能有摄像头或者运动传感器。肖依靠的是速度和出其不意。

托尼·奈特不会想到有访客,毕竟他已经拿到了豁免权。

肖想知道那位客户是谁。是哪位政客雇用了奈特,散布关于对手的谣言,影响即将到来的选举?某位参议员吗?还是众议员?

他拔出格洛克手枪,上了保险之后习惯性地打开弹夹,确认子弹已装填,然后重新装好弹夹。他蹲下来,走到这间简陋小屋的前面。这间小屋与肖和哥哥妹妹小时候住过的房子并没有什么不同,只是小得多。房子的外墙被粗糙地漆成南塔开特风格的灰色,屋内应该有三到四间卧室,还有一个单独的车库,肖可以看到前面停着一辆 SUV 和一辆奔驰。

这让肖意识到,奈特身边至少有两名手下。那个男人之后会乘坐直升机离开,因为一个橙色的风向袋竖在附近的空地上,而两名手下之后会把车开回去。

肖在冰凉潮湿的空气中闻到了松树的气味。他蹑手蹑脚地靠近小屋,快速抬起头,然后又回到掩体中。

他看到的画面是托尼·奈特正拿着手机踱步,另一只手比画着什么。

这位首席执行官一身假日休闲装,褐色休闲裤、黑色衬衫和深灰色夹克。他的头上戴着一顶黑色棒球帽,上面没有任何品牌或球队标志。这身装扮表明他马上就要启程。屋内不只有他一个人,两名手下坐在旁边,正是在 C3 展会上趁所有人的目光都集中于《谜题 VI》令人眼花缭乱的广告时带走肖的人。他们一个在看手机,另一个戴着耳机看平板电脑,不知道看到什么而笑了起来。

肖等了三分钟,再次探头。

场面没什么变化。

他绕着小屋转了一圈,留意着只踩在松针和光秃秃的土地上。他检查了其他能看到的房间,看来屋内只有那三个人。

他走到前门,试了试门把手,是锁着的。那么就只能翻窗进入了。

不过他从来没有爬过窗户。

这时出现了第四个人。他从车库出来,肩上扛着背包,手里拿着一个行李袋。这个人身材矮胖,留着平头,手臂很长。他突然停下,松开背包,放下行李袋,把手伸向臀部的位置。肖快步向前冲去。来不及了,那人便放弃了拿枪,挥了一拳。但他没有击中,肖放低重心,低身躲避,做了一个勉强过关的单腿绊倒动作,这是经典的专业摔跤动作。

这名看守体重很大,但他还是重重地倒下了,仰面朝天,喘着粗气,面目扭曲。空气从他的肺里被挤压出来。肖掏出手枪,指着那个人,但并没有瞄准。

这个人并不笨,迅速地点了点头。肖把对方的手枪——同样是一把格洛克——装进了口袋,又拍了拍他全身,确认没有其他武器。他关掉那个人的手机,拿走一串钥匙。肖用手指画了一个圆,看守点头表示明白,然后主动翻了个身。

肖把他的手腕绑起来,转身回到度假屋前。

他把钥匙插进锁里,非常安静地转动,然后拔出枪,打开门,踏入走廊。屋内弥漫着饭菜的味道,是洋葱和油脂的香气。他看了一眼没有灯光的地方,左边的卧室一片漆黑。至于厨房,得靠点儿运气,因为厨房和客厅中间被打通了,只有一个吧台,他一检查厨房就会立刻暴露。这里有第五个人的概率是多少?

很低。

于是肖双手握着枪,快步走进房间。三人正坐在那里,时不时起身踱步。

奈特吓得把手机扔了出去,大喊一声:"天哪!"看守们转过身,同时站起。

"别喊,蹲下。"

他们缓慢蹲下。

肖注意着每个人拿手机或平板电脑的方式。"你,"他朝一个人点点头,"用左手的拇指和食指,把武器扔给我。"肖要求另一个人用右手做同样的动作。

现在的情况下不可能发挥英雄主义或巧妙策略,他们只能按照肖的指示办事。

肖把束带扔给他们。

"我们怎么……"一个人开口道。

肖苦笑了一下。"自己想办法吧。"

他们用牙齿咬住并拉紧束带,绑住自己的手腕。

肖看到远处的墙上有一块控制板,他走过去,拨动开关,户外瞬间灯火通明。然后他走到厨房附近,站在那里可以监视整个房间,还可以看到外面的院子。

"除了被绑在外面的那个人,这里还有别人吗?"

"听着,肖——"

"因为如果有的话,只要他出现,我一定会杀了他。这意味着可能会发生枪战。"

奈特说:"肯定有人,你最好……"

肖看了看其中一个看守，他之前一直在平板电脑上欣赏喜剧，直到被肖打断。那人摇了摇头。

奈特咆哮道："你他妈的在干什么？"那张脸上的愤怒取代了帅气。

"掀起你的夹克和衬衫，转过身，把口袋里的东西都掏出来。"

挑衅失败之后，这位首席执行官还是照做了。他身上没有武器。

肖拿起他的手机，挂断了电话。

"你是怎么找到我的？是福伊尔说的吗？那个浑蛋。好吧，那又怎么样？你随便叫警察，反正没人敢碰我。我一个小时后就要出国了。我有免死金牌。"

"坐下，奈特。"

"那个孩子被杀了，我很难过。我说的是凯尔·巴特勒。那本不应该发生。"他吓得睁大了眼睛，目光从肖的武器移到肖冰冷的眼睛上。

"我不在乎你怎么想。他确实被杀了。亨利·汤普森也是如此。伊丽莎白·夏贝尔和她的孩子也差点儿丧命。"

"福伊尔绑架孕妇，真是太傻了。"那传说中的暴脾气突然爆发了，肖相信他是真的气得发抖，"那么，现在是什么情况？你没法把我交给警察。你要杀掉我？就像那种'我要复仇'之类的屁话？那些人会发现是你干的，你逃不掉的。"

"嘘。"肖厌倦了这种喋喋不休。他拿出手机，解锁，打开一封电子邮件，把手机放在咖啡桌上。他向后退了一步，举起胳膊，用枪对着奈特。"看看吧。"

奈特用颤抖的手拿起手机，查看邮件。然后他抬起头，说："你一定是在开玩笑。"

73

科尔特·肖驾驶着满是灰尘和伤痕的雅马哈摩托车进入位于洛斯阿尔托斯山的西风房车公园入口时,注意到一个之前从未留意的广告牌。它离公园有一段距离,大概两百多米,但白地儿黑字的广告语非常醒目,上面写着:"把新家建在西利康维尔吧……现在就访问我们的网站!"

想想看,他竟然怀疑那玩具狂就是"低语者"……

他沿着苹果路前进。在世界上其他任何地方,苹果就是苹果,一种水果而已。但是在这里,在硅谷,苹果更接近一种宗教信仰,而这条路就像梵蒂冈大道或麦加大街一样。他向右转,驶入谷歌路,朝着他的温尼巴格房车骑去。到了之后,他迅速刹车,关掉引擎。等了一会儿,他才脱下头盔和手套。

他走到麦迪·普尔身边,她正靠在前挡泥板上,喝着科罗娜啤酒。她一句话也没说,又从车里拿出一瓶酒。她用开瓶器撬开瓶盖,把酒递给他。

他们互相点头示意,喝了口酒。

"该死的。你又救了个人,科尔特,我听说了。"

他瞥了一眼房车,她点了点头。夜晚很冷。他打开门,他们走了进去。他打开灯和暖气。

麦迪说:"她怀孕了。她要用你的名字给孩子取名吗?"

"不。"

麦迪咂咂嘴。"嘿,这是那天晚上的那个弹孔吗?门边的那个?"

肖试着回忆。"不,那是挺长时间之前的事了,光线好一点儿的时候你可以看到它都生锈了。"

"在哪儿出事的?"

只要想到曾经有人想开枪杀了你,你一定能立刻想起时间和地点,还有当时的天气和你穿的衣服。

可能是在亚利桑那州工作的时候吧。

"亚利桑那"。

"嗯。"

也许是新墨西哥,肖不确定,所以他说了邻近的州。

她抚平薄皮夹克里面的深紫色T恤,肖只能看到T恤上第一行写着AMA,第二行是ALI。她穿着一双浅蓝色的破旧凉鞋,他注意到她右脚中趾上绑着一条红金相间的带子。那天晚上它在那儿吗?没错,他不知道,因为那时关着灯。

她环顾房车内部,注意力集中在一张挂在卧室附近墙上的地图,这是刘易斯和克拉克远征队的部分路线。肖迅速把格洛克手枪放回了调料柜。

"科尔特,我从来没有问过,'赏金猎人'是怎么回事?真是有趣的谋生方式。"她转过身。

"符合我的天性。"

"不安分的人,在身体和精神上都是。话说回来,我收到你的信息了。"她喝了一大口啤酒。屋内一片寂静,如果不算上窗外那呼啸的车流声。在硅谷,路上永远有车。肖回忆起那些无声无风的日子。四平方千米的土地上弥漫着一种执着的寂静，就像美洲狮的咆哮一样令人不安。他注意到麦迪空着的左手的手指在抽搐，随后他意识到，不，它们在敲打空气键盘。但是她似乎没有意识到。

肖说："我开车路过那幢房子的时候，你已经走了。"

"展会结束了，我们这些游戏流浪汉就收拾好帐篷。我会先去南边。"时间很晚了，已经晚上十一点了，但是对于麦迪·普尔这样的夜猫子来说，现在相当于下午三点，"我不太喜欢打电话，所以就来了。"

肖抿了口啤酒，说："我只是想道歉，虽然没什么用。道歉永远没用，但是……"

她在看另一张地图。

肖说："我有一个想法，关于我们的俱乐部。"

"俱乐部？"

"重新命名，"他说，"从'永无未来'俱乐部改成'或许可能'俱乐部吧，你觉得怎么样？"

她喝完了啤酒。

"垃圾扔那儿。"他指向角落。

她把瓶子扔了进去。"几年前，我的一个朋友告诉我，她要和渣男分手。我也和那个男人很熟。她告诉我，他打了她，把她推下楼梯。她对我绘声绘色地讲述，痛哭流涕。所以，很自然地，我开车去了他家，把他揍得屁滚尿流。我只能这么做，对吧？"

这确实是最好的选择。

"只是，后来我发现，她竟然对我撒了谎。你能相信吗？他甩了她，她无法接受，就散布谣言说他虐待她，这样她会感觉好一些。"她摇了摇头,"你知道吗?如果当时我仔细想想,我就会明白那个男孩绝对不会做那种事。我行动太快了,没过脑子。之后我尝试过弥补错误,但是,嗯,无济于事。"

肖说:"没有重置按钮。"

"没有重置按钮。不管怎么说,科尔特,即使你不联系我,我也会来的。我的准则是,生命是短暂的,永远不要错过与人打招呼的机会,也永远不要错过与人道别的机会……嘿,你看,我终于让你笑了。好吧,我该走了。"

他们拥抱了一下,然后她走了出去。他透过窗户看着她钻进车里。片刻之后,她留下两行黑色的波浪状车辙,伴随着幽灵似的蓝色烟雾,在谷歌路上渐行渐远,直至消失。

肖放下窗帘,心想:我永远不知道那个文身的含义了。

74

这个事件已经上新闻了。

肖打开电视,调到当地新闻节目。

奈特时间游戏公司的联合创始人托尼·奈特已经前往位于圣克拉拉的联合重案组特遣队总部。奈特因与上周末震惊硅谷的绑架案和谋杀案相关而被通缉。该公司另一位联合创始人和首席游戏设计师詹姆斯·福伊尔于今晚早些时候被捕……

肖关掉了电视,这就是他需要知道的一切。他很想知道,此刻全国各地和华盛顿的执法部门办公室里正在进行什么样的对话,他猜测会充斥着激烈的言辞、飙高的血压和异常焦虑的心情。

肖想起两个小时前,奈特盯着肖的手机屏幕时说的话。

"你在跟我开玩笑吧?"

肖对着手机点了点头。"明天早上六点,这条信息会被传到网上,并发送给世界各地的五十家报纸杂志社。"

一百万美元悬赏

悬赏安东尼(托尼)·阿尔弗雷德·奈特的下落。他因涉嫌谋杀、绑架、故意伤害和共谋罪,在加利福尼亚州被通缉。

下面是一些奈特的照片,有些用修图软件处理过,模拟他外表的变化,以及其他关于奈特的信息,以便赏金猎人找到他。结尾处还有关于如何领取赏金的细节。

"我不……我不明白你的意思。这是谁提供的?不是警察吗?他们同意了……"他沉默了,可能是意识到最好不要暴露他安排的交易。

"我出钱。"肖告诉他。

"你?"

他通过名下的一家有限责任公司亲自出资提供奖金。当他声称自己依靠赚取赏金来谋生的时候,更准确的说法是赚取赏金只是他谋生方式中的一种。科尔特·肖还有更多资源。

"我来给你解释一下,奈特。一旦消息传开,来自世界各地的成百上千的人就会想方设法追踪你,无论你去到哪里。不允许引渡?那无所谓。雇佣兵会找到你,把你偷运回美国,然后来领钱。

"我认识很多这样的人,他们不是那种邻家好孩子。对于这种钱,他们会认为是奖金。即使公告上没说要活的还是死的,他们也能明白是什么意思。这个悬赏一旦发出去,你这辈子都无法安生了。"

那人厌恶地瞥了一眼无助的看守们。

肖说:"只有我能阻止这条消息被上传。如果我出了什么事,这条信息明早六点会准时发往世界各地。"

"他妈的。"

"你有身居高位的朋友,托尼,你的那些客户。如果他们可以下令暂停调查,那也能提出量刑建议。你想想,和丢掉性命比起来……好了,把手机放下吧。"

他又读了一遍公告,把苹果手机放在桌子上。

"这是备份。"

肖拿回手机,装进口袋。

"就在明早六点。奈特,该你了,你要怎么做?"

肖从房子里退了出来,蹲下身确认地上的看守没事后,一路小跑回到空地的另一边取摩托车。

他现在走到外面,把雅马哈摩托车固定在房车后面的架子上,锁好后回到车门口。就在他准备上车时,手机响了,他瞥了一眼屏幕。

他一直在等这个号码的来电,尽管打电话的人令人意外。

"科尔特?我是丹·威利。"

"你好,丹。"

"喂,有人叫你科尔特吗?"

"有些人会这么叫。"

"你知道这也是一种枪吧?"

"听说过。"他说。他此刻坐的床底下放的那把枪就叫柯尔特。

肖瞥了一眼车窗外,谷歌路上还有麦迪那辆充满活力的车留下的黑色胎印。他的脑海中浮现出在快字节咖啡厅和她见面时的画面,他把它归档在存放玛戈特·凯勒照片的地方。他关上了车门。

"那么，我有一些新消息，是关于托尼·奈特的。罗恩·卡明斯，你还记得他吗？"

"记得。"

"他让我打电话告诉你。"

"继续说。"

"我想你会想听听的。嗯，我们特遣队的人和联邦调查局的人就一次寻找奈特的行动吵得不可开交。"

"吵起来了？"

"是的，我们吵起来了。没有人有任何进展。然后突然间，你猜谁走进我们办公室投降了？"

"奈特？"

"没错。我们以谋杀、绑架和大家最喜欢的共谋罪逮捕了他。没人知道他为什么要投案自首。"

"这是个好消息。"卡明斯把给肖打电话的任务交给了威利，对此肖并不感到惊讶。联合重案组特遣队的高级警长卡明斯想要和奈特保持距离。肖不知道在快字节咖啡厅的会面是在暗示肖可以自己解决问题，还是明确警告肖不能这么做。可能性一半一半吧。

威利说："哦，还有一件事。我们在整理犯罪现场的线索，我在查弹道。杀死凯尔的子弹和击中拉多娜的子弹来自同一把枪，也就是我们在福伊尔身上找到的那把格洛克手枪。但是反恐小组昨天在你房车上和附近的树上挖出的子弹可能来自十毫米口径的贝雷塔手枪。你注意到福伊尔可能有别的武器吗？"

啤酒瓶停在肖的嘴边。"不，丹，我从来没有……我得挂了。我会再联系你的。"

他没有等到威利说再见就挂断了电话。

因为肖非常怀疑福伊尔有另一把枪,可是如果他有,他为什么要换枪呢?

不,昨晚有人闯进了温尼巴格房车。

他走了三步,拉开调料柜的门,把手伸进装满鼠尾草、牛至和迷迭香的瓶子间,准备拿出他的格洛克手枪。

但是那把枪已经不在那里了。当他在车外把雅马哈摩托车固定在房车上的时候,它就被拿走了。

肖听到卧室的门开了。他转过身,眼前的场景和他预想的一样。闯入者走向他,手里拿着贝雷塔手枪。

然而,他没有料到的是,他的不速之客是那个来自奥克兰的"啮齿动物",那个带着自制燃烧瓶到处跑的人。他满心仇恨,决心犯罪,烧毁了向早期政治抵抗运动致敬的涂鸦。肖现在明白了,他的任务与以往大不相同。

75

"坐吧,肖,别拘束。"

还是那个声音,音调很高,带着笑意和自信,口音明显是明尼苏达州或达科他州的。

肖试图解释,但是放弃了。

他坐了下来。

"啮齿动物"指着桌子,说:"解锁你的手机,然后把它放在那儿。谢了。"

肖照做了。

那名男子拿起手机,他的手上戴着有浅色指垫的黑色布手套,手指在手机屏幕上滑动。他的目光从屏幕上移到肖身上,上下打量着。

是的,吉米·福伊尔是那个在圣米格尔公园跟踪肖的人,也是他贴上的那张模板印刷的"低语者"。当然,这并不意味着他是唯一监视肖的人。

永远不要眼光狭隘。

"啮齿动物"问道:"你手机里的最后一通电话,是谁打来的?"

肖没打算撒谎,因为这很容易发现。"硅谷的联合重案组特遭队。"

"嗯,那个地方就是一团糨糊,你不知道吗?"

"那不是你要考虑的问题。这通电话跟我参与调查的绑架案有关系。"

"啮齿动物"点了点头。他翻了翻通话记录,肯定注意到了通话时间,那表明肖在他拿着那把精美的意大利枪出现之前就挂断了。"啮齿动物"放下了肖的手机。

"我的枪呢?"肖问道。

"舒服地待在我的口袋里。那个小东西,还有那把被藏在床底下的蟒蛇左轮。你可真聪明。那家公司造的枪很好,我相信你肯定很喜欢。"

肖觉得莫名其妙。但他明白一件事,那就是这份夸奖不是真心的,因为对方正为肖毁了他在奥克兰的"篝火"而感到生气。那次纵火未遂是为了转移注意力,以便"啮齿动物"闯进肖的温尼巴格房车。

那次对峙时他好像还碎碎念了一句:"你为什么这么做,肖?"

进一步的问题是他到底想干什么,肖还没有答案。

借着房车里的灯光,肖比前几天看得更清楚了,那人的脸上满是麻子。肖还注意到他脖子的一侧有一道伤疤,位置和肖的疤痕差不多。不过,"啮齿动物"的伤口似乎更严重,疤痕看起来像是子弹擦过造成的双重伤害:皮肤凹陷和高温灼烧形成的瘢痕。

这个人非常专业,没有用枪对着肖。因为如果对手是反应敏捷的专业人士,可能会一只手把枪拍到一边,另一只手直接打过来。肖曾经不止一次这样做。然而那只"啮齿动物"只是把光滑的黑色武器放在身边,枪口朝前。

肖说:"你昨晚闯进来,用的是凹槽吸和撬棍,有点儿草率,像是个嗑药嗑大了的人干的。今天晚上你做得更精巧。"

"啮齿动物"用灵巧的手法撬开了刚修好的锁,让曾有多次类似经历的肖印象深刻。

第一次闯入,"啮齿动物"寻找目标,但没有找到。一番搜查后,他只找到了保险箱和武器的位置,但是保险箱需要重型设备才能打开。然后他一直等待,等到今晚才再次回来拜访。

"啮齿动物"用左手从口袋里摸出一副叮当作响的手铐。他把它扔给肖,肖则把它扔在地板上。

空气突然安静了。

"听着,我得定几个规矩。"

肖说:"我不同意用手铐。我不会空手道,而你拿了我唯一的武器。虽然我也会用刀,但这里只有一把在房车里做饭用的菜刀,不是很好用。"

"规矩,懂吗?为了你的安全,也为了我内心的平静。好了,我明白,我明白,我杀了两个人了,但主要是出于自卫。死亡没有什么意义……那句话怎么说的来着?死亡会适得其反。它会吸引多余的注意,让我的生活变得复杂。我不希望情况变复杂。所以我会杀你吗?不会的。除非,只有一种情况,那就是你做的某件事需要我杀了你。

"我确实会伤害别人。我喜欢伤害别人。我的伤害会改变他们,永远地。如果是个热爱艺术的男人,就戳瞎他的眼睛;如果是个喜欢音乐的女人,就伤害她的耳朵。你能明白我的做事方式。咱俩都了解你的情况,肖。不要觉得余生都得在轮椅上度过是一件好事,明白吗?"

肖凝视着这个瘦骨嶙峋的男人,努力保持表情的平静,但心怦怦直跳，嘴干得像棉花一样。

永远不要向捕食者显露恐惧……

"这是一把十毫米口径的枪，射出的子弹很大。我想你应该很熟悉。"

肖的确很熟悉。

"肘部、脚踝，还有膝盖。这些部位要是被子弹打到了，就无法复原了。我有个东西能让枪声听起来像咳嗽，还有东西用来捂住你的嘴。所以，戴上手铐，这样我就不需要担心你了，肖。手铐或者胳膊肘，选一个。"他从口袋里掏出一团黑色塑料布。是某种消音器吗？

肖捡起手铐并戴上。

"现在，咱们可以好好谈谈，然后我就要走了。信封在你卧室的保险箱里吗？"

"什么？"

他耐心地说："我知道你不是一个——怎么说来着——忸怩的人，你现在应该还被蒙在鼓里。我想要你父亲的朋友尤金·杨藏在伯克利社会学院档案馆的那个信封，你几天前偷走的那个。"

肖仍然无法理解事态的变化。

"不，不，我可不想听'我不知道你在说什么'这种话。我们知道你给杨的家里打了电话，而且你不知道他已经死了。肖，你现在的表情很好，你平时面无表情的样子也不错。我来回答你吧，我们窃听了他的电话。"

他们监视他父亲的同事，现在依然监视他的遗孀，已经有十五年了？这带来了一种令人不安的入侵感。他们也一直在监视他。

究竟为什么?

"啮齿动物"继续说道:"你发现了信封的事,也许是在翻爸爸遗物的时候。你爸爸的老物件把你引到社会学院档案馆,在那里你'借用'了那个信封。"他的脸绷紧了,露出老鼠般的笑容,"社会学院,我的天哪,那是为数不多的几个我们没调查过的地方之一,真的为数不多。毕竟,我们没有理由调查那里,那是你爸爸少数几门不感兴趣的学科之一。"

"我——"

"你还记得吧?社会学可没有什么'令人困惑的'东西。"

"啮齿动物"是怎么发现伯克利失窃的?肖努力回忆着。他告诉过杨的遗孀,他住在奥克兰的一个房车公园,所以他们很容易找到卡罗尔这里。"啮齿动物"跟着肖到了伯克利。但是肖没有注意到他的尾随,因为骑摩托车时会更多朝前面和侧面看,而不是朝后面,除非有闪光灯照过来。

然而,这样的逻辑在肖的脑海中渐渐淡去,现在更让肖在意的是"我们"这个词、神秘的文件和长达十五年的窃听。肖意识到,他的父亲也许远没有看上去那么疯狂或偏执。

永远不要过快地否定阴谋论……

肖回想起尤金·杨写给他父亲的信。他问"啮齿动物":"那么布拉克斯顿现在在哪儿?"

说到点子上了,"啮齿动物"眉头皱了起来。"你对那个女的了解多少?"

肖比几秒钟之前多知道了一件事。

女的……

那人的嘴微微绷紧了。他意识到自己被耍了,不再说关于布拉克斯顿的事,不管她是谁。

"打开保险箱,让我们看看里面有什么。"

"这只是个陷阱,保险箱里面是空的。"被铐住意味着肖的策略失败了,他无法趁闯入者把手伸进去、手指被折断时解除他的武装。他意识到这有点儿讽刺,毕竟他给这个不速之客起的绰号就是"啮齿动物",而保险箱里的那个大捕鼠夹确实是给老鼠用的。

"我猜到了,但也可能是一个反向陷阱。我不确定这玩意儿是否有用,但你懂的。"

肖打开保险箱。

"啮齿动物"拿出了一个小卤素手电筒,他现在用它来窥视保险箱,似乎对肖的陷阱很是在意。

然后他回到厨房。"信封在哪儿?或者我可以用疼痛让你开口。这完全取决于你。"

"我的钱包里。"

"钱包?趴在地上,脸朝下。"

肖照他说的做了。他感觉到那人用一个盖着柔软布料的东西抵住他的膝盖窝,并施加压力。

"是枪。"

肖已经猜到了。如果它能减弱十毫米口径手枪的声音,那它一定是某种真正有魔力的布料。

那人抽出肖的钱包,把肖翻了个身。

"在驾照后面。"

"啮齿动物"把驾照后的东西拿出来。"阿拉米达联邦快递公司的认领单?"

"是的,那里有我父亲留下的文件的原件和两份复印件。"

就在那家萨尔瓦多餐厅所在的购物中心里。肖品尝过波特雷罗·格兰德产的咖啡豆后,在去弗兰克·穆林纳家的路上,他复印了文件。他决定暂时停止那里的工作几天,以防警察应社会学院的要求来找他。这是合情合理的逃避。

"还有其他复印件吗?"

"反正我只复印了这些。"

他的眼睛一次只离开肖一秒钟。"啮齿动物"掏出手机打了一个电话,向对方解释联邦快递公司的事情。他念出取件码,然后挂断了电话。

"现在已经关门了。"肖说。

"啮齿动物"笑了起来。他没有说话,而是发了一条短信,大概是发给另一个人的。他的眼睛打量着肖,仿佛如果他多分神一秒钟,他的俘虏就会像蛇一样袭击他。

最后,肖再也等不下去了,问道:"十五年前的那个十月五日是怎么回事?"

"啮齿动物"手里的动作停了下来,从手机上抬起头,眼睛里没有一丝惊讶。他的声音不再像拉紧的小提琴弦那样高了。他说:"我们没有杀死你的父亲,肖。"

肖的心怦怦直跳,但这与他现在正被大口径的枪指着毫无关系。

"很明显,这一切对你来说是一个巨大的谜团。而这件事最好保持这种状态。我要告诉你的是,阿什顿的死是个……问题……对我们来说。我们跟你一样生气……好吧,好吧,可能确实不太一样……你明白我的意思。"

"啮齿动物"继续发送短信。

肖很沮丧。他的心一沉,因为这意味着他的噩梦成真了,是他的哥哥罗素杀死了他们的父亲。他短暂地闭上眼睛,脑海里闪过哥哥的声音，仿佛那个又瘦又高的男人就在这间房间里。

他教会了我们如何求生。现在我们必须在他手下生存……

罗素杀人是为了救他的弟弟、妹妹和母亲。四十年前，他的母亲和阿什顿在太平洋山脊的安塞尔·亚当斯荒野相遇，那条山脉从墨西哥边境一直延伸到加拿大。从那时起，两人几乎形影不离。在他去世前一年左右，他的精神逐渐崩溃，开始怀疑他的妻子，偶尔会认为她也是阴谋的一部分，不管阴谋到底是什么。

如果救他的弟弟、妹妹和母亲不是唯一的动机呢？肖一直在想，是否有更阴暗的动机。是罗素的怨恨终于爆发了吗？举家搬迁时，多蕾昂和科尔特还很小，两人都不太记得文明世界的生活了。但是罗素那时候已经十岁了，有时间体验疯狂而奇妙的旧金山湾区生活，也留有那段时间的记忆。他已经结交了朋友，但突然之间，他被放逐到荒野中去。

多年来怒气一直存在，但他从不表达，怨恨越积越多。

罗素是个隐士……

"啮齿动物"放下了手机。"不管怎么说，那都是一场意外。"

肖专注地听着。

"对于你的父亲，我们想要他活着，布拉克斯顿想要他死，但时候未到，她得先得到想要的东西。她派人去，嗯，跟他谈了文件的事。"

"谈话"在这个语境下的含义是"严刑逼供"。

"从我们掌握的线索来看，你父亲知道布拉克斯顿的人正在去你们住的地方的路上。阿什顿故意让那人发现，并且把他从你家附近引开，打算在树林里杀了他。但是伏击没有成功。他们打了起来，你爸爸掉下了悬崖。

"这是布拉克斯顿的人第二次搞砸了,所以他已经不在人世——如果这能让你感到安慰的话。"随后,"啮齿动物"歪了歪脑袋,微微一笑,"第一次,那个人被某个孩子赶了出去。那是个少年,向闯入者开了枪,用的是一把旧左轮手枪……天哪,那是你吗,肖?"他拍了拍夹克口袋,大概是那把蟒蛇左轮所在的位置。

你家可真有点儿《生死狂澜》的意思啊。

猎人……那就是他在那里做的事,追杀他的父亲。所有人都相信,阿什顿·肖的头脑非常混乱,以至于幻想出有间谍和多方势力在对付他。

阿什顿·肖还活着的话可能会说:"我说什么来着?"

哦,罗素……

科尔特·肖从来没有像此刻这样感受到哥哥不在身边的空虚。你到底在哪里?他想着。

你为什么消失了?

肖说道:"你确实知道不少事情。那我哥哥罗素呢?他在哪里?"

"几年前就失踪了,在欧洲。"

他居然在国外……这让肖很吃惊。他开始思考原因,自从葬礼之后,他和哥哥就几乎没再联系过。对肖来说,巴黎并不比旧金山的田德隆或堪萨斯城的别墅更远。

"这是怎么回事?"

"啮齿动物"回答说:"我告诉过你,这不关你的事,你没听懂吗?"

"我关心的是布拉克斯顿和杀害我父亲的人。无论那是不是意外,他们得负责任。"

"不，那也不关你的事。相信我，你不会想让这件事成为你的负担。"

肖想知道他脸上的麻子是怎么来的。年轻时长的粉刺？还是生过什么病？"啮齿动物"体格结实，目光闪烁，像个军人或雇佣兵。也许是毒气袭击导致的？

"啮齿动物"的手机嗡嗡作响。他把它举到耳边。"是的……好的，我很快回去。"

夺取联邦快递的行动显然成功了。

他挂断电话。"好了。"他收起那块消音用的黑色手帕，回到房车的另一头，把他的贝雷塔也收了起来，"我会把手铐钥匙放在你的车底下，格洛克和柯尔特手枪在前门的垃圾桶里。为了你自己着想，千万别来找我们，知道了吗？"

76

整整十五分钟,肖都在那条无情的柏油路上扭动,试图用脚从雪佛兰迈锐宝车底够出手铐的钥匙。由于他还需要回答一个十岁男孩的问题,所以本就难熬的时间显得更加漫长了。

"你在干什么,先生?看起来很好玩。"

"我后背痒。"

"才不是。"

解开手铐后,他又花了五分钟才找到他的格洛克和柯尔特手枪。令他特别恼火的是,"啮齿动物"竟然把这两支枪扔进了装着没喝完的饮料的垃圾桶里。为了去除渗进去的樱桃味糖浆,肖必须把这两支枪彻底拆了,还得用大量清洁剂。

回到房车,他开了一杯札幌啤酒,以缓解大腿和颈部肌肉拉伤的疼痛。他把手机里的联系人、照片和视频转移到电脑上,检查是否有病毒。然后他把手机装进塑料袋,拿起锤子敲了几下,又把新手机号用短信发给了住在家里的母亲、妹妹、泰迪和维尔玛。

他拨通了麦克在华盛顿的电话。

"喂?"那女人用慵懒的声音说。

"买新手机之前我都只能用这个一次性的。"

"好。"

夏洛特·麦肯齐身高一米八，肤色苍白，留着棕色长发，眉毛轮廓优美。她白天总是穿一套时髦但颜色暗淡的西装，如果她随身携带武器，剪裁得体的西装可以隐藏武器。她一般会穿平底鞋，但不是因为她的身高太高，而是因为她的工作偶尔会需要她快速跑动。肖不知道她现在穿着什么，她听上去躺在床上。也许她会穿短裤和T恤衫，或者是名设计师出品的丝绸睡衣。

肖喜欢她让说客哭出来的方式，喜欢她庇护举报者的方式，也喜欢她发现事实和数据的方式。那些事实和数据对其他人来说，就像春天的凉爽空气一样无形。

肖听说，认识他们两人的人都想知道，为什么他们不在一起。肖偶尔也会这样想，尽管他知道，他的心和麦克的心一样，只有通过极其复杂且困难的攀登才能到达，就像登上约塞米蒂国家公园酋长岩的黎明墙一样困难。

"我需要一些东西。"他说。

"准备好了。"

"发过去了一张图。我需要进行面部识别。这个人可能与加州有关，但还不确定。"他用电脑给她发了一封电子邮件，里面有一份附件，那是他在自制燃烧瓶事件中拍摄到的那个"啮齿动物"的截图。

过了一会儿，她说："收到，在处理了。"麦克会把这张图交给在一台超级计算机上运行的价值二十五万美元的面部识别软件。

"等一两分钟。"

电话那头安静了一瞬，很快响起咔嗒声。麦克用耳机和麦克风接电话,这样她就可以继续编织了。她也会做点儿缝纫的活。换了别人,这些爱好可能会和她其他的极限运动爱好冲突,比如潜水和极限速降滑雪。但是在麦克身上,这些矛盾的爱好优雅地和谐共处。

"还有点儿别的东西。我需要知道关于布拉克斯顿的所有资料。这可能是个姓氏。她是女性,现在五六十岁。她可能是我父亲死亡的幕后黑手。"

电话那头的唯一回应是:"布——拉——克——斯——顿?"

在一起工作的这些年里,麦克对他要求她做的任何事,都未曾表现出一丝惊讶。

"是的。"他回想起尤金·杨写给父亲的那封信。

布拉克斯顿还活着!

"十五年前可能有人企图暗杀她。"

这使他产生了一种不安的想法,他的父亲也许参与了杀人的阴谋。

"还有别的事吗?"

他还想问问一个叫麦迪·普尔的女孩的地址,她做游戏直播,住在洛杉矶附近的某个地方。

"没有。就这些。"

电话那头是鼠标的点击声,还有片刻寂静和敲击电脑键盘的声音。

"面部识别系统有结果了。"

"说吧。"

"艾彼特·德隆。"她告诉肖这个名字的拼写。

肖说:"以你的本事,就找到个名字?"

"我给你发了一张照片。"

肖看了一眼屏幕上的照片,照片里的"啮齿动物"看起来二十多岁。

"就是他。"

德隆?

"有其他信息吗?"

麦克说:"互联网上几乎没有他的踪迹,然而有足够多的碎片告诉我,他——或者更有可能是一些信息安全专家——定期在网上删除他的身份信息。但我在一本旧杂志上找到一篇关于兽医的文章,里面有他删除信息时漏掉的一张照片。那个网页是 jpeg 格式的,没有被数字化,所以电脑程序会错过这张图。他年轻时在中西部的上部地区的陆军突击队当过兵,然后退伍了。他在军队里干得不错,之后就从公共记录里消失了。我把一二〇发给了他们,他们会继续找。"

增强面部识别搜索基于一百二十个面部位点,是正常面部识别位点的两倍。这个"他们"可能指的是某个安全机构。

麦克说:"接下来,关于第二个问题。布拉克斯顿,女性,其他什么信息都没有。这没什么好说的,我可以继续找,但我得找人帮忙。"

"去吧。需要钱的话,你从业务账户里取就行。"

"好。"

电话挂断了。

科尔特·肖仰面躺在长凳上,又喝了一小口札幌啤酒。

这是怎么回事?

他从一沓旧账单中取出了尤金·杨教授写给他父亲的便条,

他通常把重要文件藏在那里。

阿什:
　　我恐怕得告诉你,布拉克斯顿还活着!可能往北去了。万望小心。我跟大家解释过信封里是你藏东西的地方的钥匙。
　　我把它放在三楼 22-R。
　　我们会成功的,阿什。上帝保佑我们。
　　　　　　　　　　　　　　　　　　　　尤金

　　他的父亲和尤金·杨是加州大学的两名教授,与"大家"一起卷入了一件显然非常危险的事情,无论"大家"是谁。"啮齿动物"的人想要阿什顿活着,布拉克斯顿的人则想要他死。可能还有其他人也想要他死,但现在得先找到信封。
　　那沓纸是解开他父亲藏在某处的东西的钥匙。他的注意力回到笔记本上,快速浏览他在萨尔瓦多咖啡馆里随手摘记下来的那几页。他的发现少得可怜,只有折角和写着批注的书页的页码。
　　三十七,六十三,一百一十八和二百五十五。
　　那时他并没有费心记下书页上的内容。他试着回忆,一个是《泰晤士报》上的一篇文章,还有一个是他父亲的一篇语无伦次的随笔……是不是还有一张是地图?
　　他盯着数字,努力回忆。
　　然后他突然意识到,这些数字有些似曾相识。到底在哪里看到过?
　　科尔特·肖突然直起身来。真的有可能是这样吗?

三十七，六十三，一百一十八和二百五十五……

他站起来，找到家里的地图，就是之前拉多娜·斯坦迪什一直在看的，并且他在上面指出了去看望母亲时计划的攀岩路线的那张。

他把那张地图摊开在面前，手指抚过，从左往右，从下往上。那是经度和纬度。

北纬三十七点六三度，西经一百一十八点二五五度，这组坐标就在他家的正中间。

事实上，那组坐标在地图上圈出了回声岭的一部分洞穴和森林。

这个很少笑的男人现在笑了起来。

他父亲在那里藏了什么东西，显然是非常重要的东西，值得为之牺牲。他还留下了那个信封，作为解谜的钥匙，让我们知道它的下落——回声岭的洞穴。

熊躲在大的地方而蛇躲在小的地方……

然而，这组坐标没有指向一个非常具体的地方。在没有其他数字的情况下，它们确定的是一个和郊区社区规模相当的区域。即使"啮齿动物"和他的人找到这些数字，推断出它们代表的东西——极小概率事件——他们也永远找不到阿什顿藏的东西。但是肖不一样。他知道阿什顿的习惯、他的足迹和他的智慧。

他用一次性手机拍下了那些坐标，将图像加密，给麦克和他的前联邦调查局探员朋友汤姆·佩珀各发了一份副本，并告诉他们要妥善保管。

然后，他撕下那页纸，把它浸在水槽里，直到它变成纸浆。

你藏了什么，阿什顿？这是怎么回事？

他把柯尔特蟒蛇手枪放进夹克口袋,又打开一瓶啤酒,一只手拿着,另一只手拿上一袋花生,走了出去。邻居们对最近发生在他房车的枪战戏码很好奇,但他没心情和他们聊天。他搬了一把草坪椅到房车后面,放下,一屁股坐到椅子上。

这把椅子是他最喜欢的,用最好的棕黄色塑料条装饰,舒服得不合理。房车公园的景色宜人,他眼前是起伏摇曳的草地,以及一条从不夜城硅谷蜿蜒而过的小溪。他踢掉鞋子。草地松软,溪水声诱人,空气中弥漫着桉树的香味。如果不是有个长着老鼠脸的疯子拿了一把惊人的意大利手枪威胁他的生命和四肢的话,肖很可能会把睡袋拿出来,在这里过夜。他会通过在森林里欣赏从黄昏到黎明的时间,或者骑上越野摩托车飙速,或者用绳子把自己绑在离地一百五十米的岩壁上来净化感官。这些看上去堪称疯狂的行为,对某些时刻的科尔特·肖来说,是必需品。

喝了半杯啤酒,吃了十三颗花生之后,他的手机响了。

"泰迪,"肖说,"这么晚了打电话干什么?"

"维尔玛睡不着。算法发现了一些你可能会感兴趣的东西。"

"嘿,科尔特。"

肖对那个女人说:"穆林纳大概下个月开始寄他的那些支票。"

"那些?"维尔玛说,"我没听错吧?你又搞分期付款?"

"他没问题的。"

泰迪说:"你甚至上了这里的新闻。你救了那个孕妇,还抓住了'玩家'。你怎么没让媒体也给你起个这种奇怪的名字?"

肖没有告诉他,这个绰号不是新闻媒体起的,而来自一个身材矮小的警探,她的婚后姓氏来自有名的清教徒。

"发现什么了?"肖问道。既然他知道父亲的文件是个幌子,那就没有理由留在旧金山湾区了。

泰迪问:"你想去华盛顿吗?"

"也行。"

维尔玛说:"一些仇恨犯罪。几个孩子疯狂地在犹太教堂和几个黑人教堂的墙上画了纳粹标志,还放火烧了一座教堂。当时教堂里有人,一个清洁工和一名在俗传教士跑了出来,结果被枪击。传教士没事,清洁工现在在重症监护室,可能醒不过来了。那些男孩坐上卡车逃走了,再也没有出现过。"

"谁提出的悬赏?"

"听着,科尔特,这才是最好玩的地方。你有两个选择:一个是五万美元,由镇政府和州警察联合支付;另一个出价九百。"

"我想该不会是九百万吧。"

"你可真棒,科尔特。"维尔玛说。

肖又喝了几口啤酒。"九百。这是某个男孩家人东拼西凑凑来的钱吗?"

"他们肯定不是那孩子干的,但全镇的人都不这么想。他的爸爸、妈妈和姐姐都认为他是被绑架了,或者被迫开车逃跑。他们希望有人能在警察或持枪的平民之前找到他。"

"我听到了别的消息。"肖说。

泰迪回答:"我们听说道尔顿·克劳正在追查这件事,当然是为了五万的赏金。"

克劳四十多岁,是个性情阴沉、棱角分明的男人。他在密苏里州长大,服役一段时间后,曾经在东海岸开过一家安保公司。他发现自己也天性不安分,于是关停了公司。他现在是一名自由安全顾问兼雇佣兵，也时不时干点儿赏金猎人的活。肖知道他的情况，因为这一年里他们谈过好几次。他们在其他方面有过交集，而且克劳要对肖腿上的伤疤负责。

他们对这一职业的看法截然不同。克罗很少寻找失踪的人，只追捕通缉犯和逃犯。因为如果你用合法武器杀死一个逃犯，并且是出于正当防卫，那你仍然可以得到赏金。这是克罗喜欢的商业模式。

"所以这地方在哪儿？"

"塔科马附近的吉格港小镇。如果你需要的话，我把详情发给你。"

"发过来吧。"肖补充说他会考虑一下，谢过他们之后就挂断了电话。

他戴上耳机，在音乐应用程序上调出原声吉他手汤米·伊曼纽尔的播放列表，点击播放。

一小口啤酒。一把花生。

他正在两个选项间犹豫，其中一个是争取在华盛顿塔科马追捕仇恨犯罪嫌疑人的赏金。不，他提醒自己。

永远不要脱离事实做出判断……

两名嫌疑人涉嫌破坏宗教建筑并开枪射击两名男子。这有可能是至上主义者的行动，有可能暗含一段三角恋，有可能是次大冒险，有可能是一个无辜的男孩被罪犯挟持为人质，也有可能是一场假借仇恨犯罪之名的谋杀。

最近的事情已经足够说明问题了，不是吗？

另一个选择是回声岭，去寻找他父亲的秘密宝藏。

那么，去吉格港，还是回声岭？

肖从口袋里掏出一枚硬币，那是一个精致的圆盘，上面刻着伟人的侧脸和一只高贵的鸟。

他把硬币抛向空中,它在旋转时闪闪发光,化身为一个球体,在街灯的蓝色辉光中舞动在谷歌路上空。

肖默默决定,如果人脸的那面朝上,就去回声岭;相反,则去吉格港。

等银盘落在他的草坪椅旁的沙土里时,科尔特·肖已经懒得去看了。他捡起硬币放进口袋。在抛出硬币的那一刻,他就知道他要去哪里了。现在唯一需要弄清楚的是,他早上什么时候出发,以及怎样才能最快到达目的地。

后　记

　　写小说从来不是一个人的事情——至少对我来说如此。我要感谢以下这些人，他们为本书的创作提供了至关重要的帮助：马克·塔瓦尼、安东尼·戴维斯、丹妮尔·迪特里奇、朱莉·里斯·迪弗、塞巴·佩扎尼、詹妮弗·多兰和玛德琳·沃卓里克。还要感谢在大洋另一边的朱莉娅·威兹德姆、芬恩·科顿和安妮·奥布莱恩。一如既往，我也要感谢黛博拉·施耐德。

　　对于那些想要更加了解电子游戏迷人世界的人来说，你可能想看看这些作品：特里斯坦·多诺万的《重播：电子游戏的历史》、弗林特·迪耶和约翰·祖尔·普拉滕的《电子游戏写作与设计终极指南》、雷切尔·科维特和托尔斯滕·科万特的《电子游戏辩论》、理查德·斯坦顿的《电子游戏简史》、达斯汀·汉森的《游戏开始！：电子游戏的历史——从〈乓〉〈吃豆人〉到〈马里奥〉〈我的世界〉及更多》、贾森·施赖埃尔的《血、汗和像素：电子游戏制作背后的胜利与动荡》和布雷克·J. 哈里斯的《主机战争：世嘉、任天堂以及定义了一代人的战斗》。你可能还会喜欢威廉·吉布森（他创造了"网络空间"一词）和布鲁斯·斯特林的小说《差分机》。这部小说融合了事实与虚构,讲述了一八五五年建造一台蒸汽动力计算机的故事。

对了,别忘了看看一本叫《路边十字架》的惊悚小说,其中电子游戏也扮演了重要角色。书中一名调查人员实际上通过分析游戏中角色的肢体语言,洞察了潜在的谋杀。作者是一个姓迪弗的人。

The Never Game by JEFFERY DEAVER
Copyright © 2019 by Gunner Publications, LLC
This edition is arranged with Gunner Publications, LLC in association with CURTIS BROWN – U.K. Through Bardon-Chinese Media Agency.
Simplified Chinese edition copyright: 2024 New Star Press Co., Ltd
All rights reserved.

著作权合同登记号：01-2024-0865

图书在版编目（CIP）数据

游戏中毒 /（美）杰夫里・迪弗著；邢泊静译. ——北京：新星出版社，2024.7
ISBN 978-7-5133-5177-5

Ⅰ.①游… Ⅱ.①杰… ②邢… Ⅲ.①长篇小说－美国－现代 Ⅳ.① I712.45

中国国家版本馆 CIP 数据核字 (2023) 第 251972 号

游戏中毒

[美]杰夫里・迪弗 著；邢泊静 译

责任编辑	曹晓雅
特约编辑	郭澄澄
责任校对	刘 义
责任印制	李珊珊
装帧设计	hanagin

出 版 人	马汝军
出版发行	新星出版社
	（北京市西城区车公庄大街丙 3 号楼 8001　100044）
网　　址	www.newstarpress.com
法律顾问	北京市岳成律师事务所
印　　刷	北京美图印务有限公司
开　　本	910mm×1230mm　1/32
印　　张	14
字　　数	193 千字
版　　次	2024 年 7 月第 1 版　　2024 年 7 月第 1 次印刷
书　　号	ISBN 978-7-5133-5177-5
定　　价	69.00 元

版权专有，侵权必究。如有印装错误，请与出版社联系。
总机：010-88310888　　传真：010-65270449　　销售中心：010-88310811